À PROPOS DE L'AUTRICE

Maya a commencé à lire de la romance quand elle est entrée à l'Université, sur l'insistance de sa mère. Elle préparait un diplôme de littérature à l'Université de New York et étudiait pour cela la place des femmes, en tant qu'auteurs et personnages. Depuis lors elle est devenue auteure de nombreux romans, aussi intelligents qu'impertinents. Elle vit à New York avec son chien adoré, Penelope.

Une délicieuse vengeance

Collection : VICTORIA

Titre original :
AN HEIRESS TO REMEMBER

Ce roman a déjà été publié en 2020.

HARPERCOLLINS FRANCE
83-85, boulevard Vincent-Auriol, 75646 PARIS CEDEX 13
Service Clients — https://www.harlequin.fr/contenu/contactez-nous
ISBN 978-2-2805-0811-7 — ISSN 2493-013X

Édité par HarperCollins France.
Composition et mise en pages Nord Compo.
Imprimé en septembre 2025 par ScandBook UAB en Lituanie
en utilisant 100% d'électricité renouvelable.
Dépôt légal : octobre 2025.

FSC
www.fsc.org
MIXTE
Papier | Pour une gestion forestière responsable
FSC® C021394

Pour limiter l'empreinte environnementale de ses livres, HarperCollins France s'engage à n'utiliser que du papier fabriqué à partir de bois provenant de forêts gérées durablement et de manière responsable.

MAYA RODALE

Une délicieuse vengeance

Traduit de l'anglais (États-Unis) par
MARIANNE JACKSON

Victoria

HARLEQUIN

À toutes les ladies qui font ce que bon leur semble,
en particulier Penelope et Seneca

Prologue

New York, 1879
N° 1, 34e Rue, à l'ouest de la Cinquième Avenue

Le duc était à la porte. Lord Montrose avait fait le long voyage depuis la vieille Angleterre pour se présenter à la résidence des Goodwin. Comme nombre de ses semblables, il était en quête d'une héritière à épouser.

Mais Beatrice Goodwin n'avait d'yeux que pour le beau jeune homme qui venait de se glisser par la fenêtre de sa chambre.

De tous les points de vue, Wes Dalton n'était personne. Il était néanmoins celui que Beatrice adorait le plus au monde pour de nombreuses raisons, même si une en particulier réclamait son attention à cet instant.

Wes Dalton savait embrasser. Il se trouvait dans la pièce depuis moins d'une minute, et déjà leurs bras s'entrelaçaient, leurs bouches se joignaient, leur jeune amour saisissait l'instant présent.

— Vous devez partir, murmura-t-elle.

— Je sais, dit-il.

« Marmonna-t-il » eût été plus juste, parler et s'embrasser n'étant pas des activités extraordinairement compatibles. La seconde eut le dessus haut la main.

Deux êtres, deux cœurs qui ne faisaient qu'un. De doux soupirs. D'exquis baisers.

— Je dois partir, souffla-t-il.

— Je sais, chuchota-t-elle.

Beatrice ne se faisait pas d'illusions : elle connaissait les règles et les usages du monde. Un duc attendait devant la porte d'entrée, et Wes était un rien-du-tout qui avait l'audace de pénétrer dans sa chambre en cachette. Quant à elle… Elle n'était qu'une jeune fille. Une jeune fille qui menaçait d'oublier son devoir. Pourquoi son père avait-il gagné une fortune à la sueur de son front, travaillant nuit et jour, du lundi au dimanche, sinon pour que sa mère assouvisse ses plus hautes ambitions en devenant duchesse ?

Le duc était à la porte…

Non, Barney et Estella Goodwin ne s'étaient pas donné tout ce mal pour que Beatrice épouse Wes Dalton, simple assistant de chef de rayon au Goodwin's, le grand magasin que possédait sa famille. Même si Wes embrassait divinement et, quand il ne l'embrassait pas, écoutait attentivement tout ce qu'elle avait à dire.

Et Beatrice avait souvent beaucoup à dire, pour le malheur de son entourage.

— Nous pourrions nous enfuir, suggéra-t-il.

— Nous pourrions, répéta-t-elle en riant, car il ne pouvait parler sérieusement.

Mais, quand elle releva la tête pour plonger le regard dans le bleu infini de ses yeux, elle se tut. Il parlait sérieusement.

Lui. Elle. Fuir ensemble.

À cette pensée, elle sentit son cœur bondir dans sa poitrine. Passer de longues nuits avec lui, se réveiller à ses côtés. Affronter le monde main dans la main, avec pour seules armes leur intelligence, leur amour et leurs baisers enflammés.

Mais le duc était à la porte...

C'était un grand risque. Un risque immense. Le duc était en bas, il devait même être dans le salon de réception, à présent. Ce n'était pas sa première visite. Mais tout le monde avait compris que c'était *la* visite. Celle où il allait lui poser la question que Wes était en train de lui poser. Mais avec la garantie d'une vie de château, de réceptions et de belles toilettes.

Elle appréciait ces choses comme toute jeune fille, c'est-à-dire un peu tout de même.

— Je ne peux rien vous promettre du tout, dit Wes, même s'ils le savaient déjà tous deux. Rien d'autre que mon amour éternel. Fuyez avec moi, Bea. Tout de suite !

Si Beatrice avait une certitude au sujet de Wes, c'était qu'il avait le goût du risque.

La preuve : il venait d'escalader le mur de la demeure de son employeur pour se glisser dans la chambre de sa fille, une riche héritière sur le point de recevoir la demande en mariage d'un duc. Des hommes finissaient dans l'East River pour des fautes moins graves.

— Tout de suite ? Mais où ? Et comment... ? bredouilla-t-elle.

Beatrice n'avait rien contre le fait de prendre des risques, mais elle appréciait qu'il y ait un plan. Contrairement à son frère Edward, qui n'avait manifestement pas hérité du sens des affaires de leur père, elle avait une once de jugement. Il lui fallait un peu plus qu'une promesse, une idée, un baiser. Non, vraiment, un plan ne serait pas de trop.

— Nous prendrons le train dès cet après-midi.

Tout en murmurant ces mots, Wes l'embrassait dans le cou et, l'espace d'une seconde, elle songea : *Peut-être.*

— Wes, vous êtes fou ! s'exclama-t-elle, reprenant ses esprits. Vous êtes complètement fou, de suggérer une chose pareille !

Le pensionnat n'avait jamais eu raison de son franc-parler ni de ses manières impulsives.

— Oui, je suis fou amoureux.

— Et vous pensez que cela me rassure ?

Il l'attira tout contre lui pour qu'elle sente à quel point il était amoureux, tout en lui décochant un sourire qui alluma un feu d'artifice dans son cœur. Si c'était le début du reste de sa vie... Cela aurait pu être pire.

À cet instant, on frappa à la porte.

Ils s'écartèrent brusquement l'un de l'autre.

Lorsqu'il se fut caché derrière les rideaux, elle entrouvrit légèrement la porte.

C'était une domestique.

— On m'envoie vous dire que le duc vous attend. Ainsi que votre mère.

La seconde était plus redoutable que le premier.

— Je descends dans un instant, répondit Beatrice avant de refermer la porte.

Les rideaux de la fenêtre flottaient, agités par la brise.

Wes savait aussi bien qu'elle pourquoi le duc attendait en bas, dans le salon de réception. Une seule raison pouvait pousser un pair du royaume de Sa Majesté à voyager si loin. Un seul motif pouvait amener un duc à daigner rendre plus d'une visite à une débutante issue d'une famille de nouveaux riches.

La course à la dot était le dernier sport à la mode.

Elle en était la récompense.

— Si vous ne voulez pas prendre la fuite tout de

suite, alors partez avec moi ce soir, ajouta Wes d'une voix pressante.

Car le temps leur était compté. Leurs chances de se revoir s'amenuisaient de minute en minute.

— Beatrice, ajouta-t-il en lui saisissant la main, vous êtes la femme de ma vie !

Sur ses lèvres, elle sentait encore la fièvre de leur baiser. Elle voulait savoir comment cela pourrait fonctionner. Parce qu'elle était tentée. Le duc était… très bien. Il était plus âgé qu'elle, guindé et distant, et… très bien.

Tandis que Wes était divin. Un sourire de lui depuis l'autre bout du magasin, et voilà qu'elle était sur un petit nuage. Un baiser et elle envisageait de sacrifier son avenir tout entier pour lui.

Elle était encore jeune. Vingt ans seulement. Cela faisait beaucoup d'avenir à sacrifier.

— Et ensuite ? Imaginez que je parte avec vous pour la gare sur-le-champ. Et ensuite ?

— Vous. Moi. Pour le restant de nos jours. À partir de ce soir.

Ce soir ! Beatrice eut l'impression que les murs se refermaient sur elle. Elle savait ce que sa mère et la société attendaient d'elle : qu'elle se marie, et qu'elle se marie bien. Qu'elle porte des toilettes élégantes, donne des réceptions, fréquente les bonnes personnes. Elle savait tout cela si bien qu'elle pensait rarement pouvoir espérer autre chose. Elle adorait Wes, mais comment pourrait-elle abandonner sa famille, ses amis et la ville qu'elle aimait tant au gré d'une fantaisie ?

Beatrice le regarda attentivement. La mèche noire qui tombait sur ses yeux bleu océan et lui donnait un air canaille. La forme de son menton, la courbe de sa lèvre supérieure, les mains qui lui enlaçaient la taille.

Elle regarda ce garçon qu'elle aimait tant embrasser, qui faisait chanter son cœur, qui ne lui disait jamais de se taire et lui demandait toujours son opinion. Bien sûr, qu'elle avait envie de s'enfuir avec lui. Mais elle ne pouvait s'empêcher de s'interroger.

Où iraient-ils ?

De quoi vivraient-ils ?

Son père le congédierait aussitôt. Elle connaissait la marche du monde : les hommes puissants protégeaient leurs semblables. Wes verrait toutes les portes de la ville se fermer. Jamais il ne trouverait un emploi correct à New York. Beatrice devrait renoncer à sa famille, à ses amis et à sa ville bien-aimée pour errer de par le monde aux côtés d'un homme peut-être incapable de subvenir à ses besoins.

Il lui semblait excessivement, terriblement injuste d'être condamnée à choisir entre deux extrêmes. Que n'aurait-elle donné pour... pour voir, simplement, quelle tournure prendraient les événements. Pour explorer les deux voies sans être confrontée à ces enjeux démesurés, à ces répercussions dévastatrices. Si seulement elle avait un peu plus de temps ou de liberté ! Si seulement il y avait autre chose que cette cruelle alternative !

Mais le duc était à la porte.

— Je vais y réfléchir, déclara-t-elle avant de déposer un dernier baiser sur ses lèvres. Mais, pour l'instant, je dois vous laisser.

1

New York, 1895
Seize ans plus tard

La première décision que prit Beatrice une fois son mariage mort et enterré fut de retourner à New York. Après avoir passé près de seize années à se languir dans un château délabré perdu dans la campagne anglaise, elle ne voyait pas meilleur endroit. Une femme qui avait brûlé les ponts et détruit sa réputation, mais ne s'avouait pas vaincue pour autant, ne pouvait se réfugier qu'à Manhattan.

C'était le lieu de tous les possibles pour qui souhaitait une seconde chance, à condition d'avoir suffisamment de folie et d'audace pour la saisir. Beatrice possédait les deux. Elle n'avait pas le choix.

Quel autre endroit au monde accueillerait une duchesse divorcée ?

Malgré ses vaillants efforts, le duc n'était pas parvenu à éteindre l'étincelle qui brillait en elle. Il n'avait pourtant pas ménagé sa peine ! Aujourd'hui encore, Beatrice ne pouvait réprimer un frisson lorsqu'elle pensait aux soirs où il venait frapper à la porte de sa chambre. Mais elle avait laissé cette vie-là de l'autre côté de l'Atlantique. Bon débarras !

Enfin libérée de ses entraves, elle posa le pied sur le quai pour se mêler à la turbulente marée humaine et prit une profonde inspiration.

— Quelle puanteur ! grommela un homme corpulent qui marchait à ses côtés. J'ai l'impression d'être...

Chez moi, songea Beatrice au moment où il ajoutait :

— ... dans un cloaque !

À dire vrai, il régnait dans le port une odeur pestilentielle. C'étaient des effluves de déchets laissés longtemps au soleil, mélange de crottin, d'ordures et d'émanations exhalées par la multitude grouillante qui peuplait l'île. Oui, cet endroit empestait. Mais c'était chez elle. L'endroit où elle était née et avait grandi, une ville qu'elle avait chérie avant de devoir la quitter.

C'était bon d'être de retour. Ici, elle était à sa place. Déjà elle voyait s'ouvrir un horizon de possibles, sentiment qu'elle n'avait pas éprouvé depuis longtemps. C'était la magie de New York qui l'accueillait.

Beatrice retrouva vite le pas rapide d'une citadine. La duchesse douairière n'avait jamais réussi à lui faire adopter l'allure modérée d'une aristocrate oisive. Même si, comme le duc, la vieille femme avait fait tout ce qui était en son pouvoir pour la freiner, la réduire au silence, la museler.

Mais Beatrice ne voulait plus penser à eux.

Elle ne voulait plus penser au passé. Désormais, seul l'avenir l'intéressait.

Bousculée par la foule, elle longea le quai. Quelqu'un lui marcha sur le pied et la poussa légèrement de côté. Comme les gens étaient pressés, ici ! Ils semblaient tous animés d'une ardente ambition, déterminés à brûler les étapes. Toute cette énergie vous poussait à aller plus vite, à redoubler vos efforts. Il fallait une vigueur extraordinaire pour suivre le rythme. Certains trouvaient cela épuisant. Pour Beatrice, c'était formidablement exaltant.

Le duc aurait dû comprendre qu'il était vain de tenter de dompter une Américaine. Une fille de Manhattan.

Rira bien qui rira le dernier ! Elle était de retour chez elle, elle avait de l'argent et elle était libre.

Beatrice sourit de toutes ses dents.

La douairière aurait dit qu'il était inconvenant pour une femme d'un certain âge de sourire. Un certain âge, c'est-à-dire trente-six ans. Selon les normes sociales, Beatrice était une vieille fille. Sa jeunesse était derrière elle. Sottises ! Elle avait l'impression que sa vie ne faisait que commencer !

Son odieuse belle-mère n'avait plus aucun pouvoir sur elle, désormais.

À cette pensée, elle poussa un petit cri de joie. Là, au milieu de la foule qui se pressait sur le quai.

Parce qu'elle était à New York, et qu'ici, si l'envie vous prenait de pousser un cri de joie en pleine rue, pour un oui ou pour un non, personne ne vous prêtait la moindre attention.

Lorsque Beatrice aperçut Henry, qui occupait de longue date les fonctions de cocher de la famille, elle agita la main d'un geste frénétique tout à fait indigne d'une duchesse.

— Henry ! Je suis là !

Il sourit en la voyant.

— Bienvenue à New York, milady !

— Oh ! Henry, pas de cela avec moi ! J'ai laissé la duchesse en Angleterre. C'est comme si j'étais à nouveau Miss Goodwin !

Ils cherchèrent ses bagages, qui étaient peu nombreux. Elle n'avait emporté que quelques toilettes. Ses robes de duchesse étaient faites pour se fondre dans le décor d'un château sinistre battu par les courants d'air.

Il allait sans dire qu'elle avait d'autres idées pour sa nouvelle vie à New York.

— Henry, voulez-vous bien me conduire au magasin d'abord ?

— Avant que vous alliez embrasser votre mère ?

— Vous me connaissez, Henry !

— Oui, Miss Goodwin, je vous connais.

Henry dirigea habilement la voiture dans la cohue des quais avant de s'engager sur l'avenue qui mènerait Beatrice vers l'endroit qu'elle préférait au monde. Ils avançaient lentement car la circulation était dense, mais il y avait tant à voir !

Certains bâtiments avaient été rasés pour laisser place à des immeubles d'un style nouveau, à l'architecture métallique, plus hauts qu'elle n'en avait jamais vu. À leur côté demeuraient des églises et des résidences qui existaient avant sa naissance. L'avenue était à la fois fidèle à son souvenir et totalement différente, avec ces anciens bâtiments qui semblaient écrasés contre les nouveaux. C'était une ville qui se réinventait constamment.

Une ville propice aux secondes chances.

Enfin, Beatrice vit apparaître le fameux édifice qui se dressait à l'angle de Broadway et de la 10e Rue. Le Goodwin's, le plus grand magasin de tout New York. Oui, c'était, sans conteste, son endroit préféré au monde.

Son grand-père maternel avait ouvert jadis, plus au sud, un commerce prospère que son père avait repris, en lui donnant son nom, après avoir épousé sa mère. Puis il avait fait construire ce somptueux grand magasin sur le Ladies' Mile[1] : cinq étages renfermant tout ce dont un homme, une femme ou un enfant pouvaient rêver ou avoir besoin.

Beatrice avait passé là les moments les plus heureux de son enfance, se promenant dans les rayons, s'émerveillant

1. Quartier de Manhattan où furent construits, à la fin du XIXe siècle, les premiers grands magasins de luxe. (NdT)

devant la beauté des tissus, des gants, des bijoux ou des parapluies. Elle suivait son père partout tandis qu'il discutait stratégies de prix et exposition des marchandises et dirigeait le personnel.

C'était aussi au Goodwin's qu'elle avait vécu le frisson magique du premier amour d'une jeune fille : le plaisir de flâner dans les boutiques. Et au Goodwin's encore qu'elle avait vécu son autre premier amour.

Qu'avait-il bien pu devenir ?

Quand la voiture s'immobilisa, Beatrice sauta à terre sans perdre une minute et, poussant les hautes portes, se précipita à l'intérieur.

C'était exactement comme dans son souvenir.

Les colonnes de marbre rose. L'atrium qui se déployait sur cinq étages. Les vieux lustres de cuivre.

Mais tout lui semblait plus petit, et ne brillait plus du même éclat qu'autrefois. L'énergie qui vibrait partout dans les rues ne semblait pas pénétrer entre ces murs qu'elle avait tant révérés autrefois.

Quelques clientes déambulaient autour des comptoirs et des étalages, fouillant parmi le choix d'articles proposés. Beatrice ne retrouvait pas la vie et l'animation des scènes de son enfance. Elle ne reconnaissait pas le lieu merveilleux qui lui avait inspiré tant d'espoirs et de rêves de lendemains souriants.

Quelque chose avait changé. Quelque chose avait mal tourné.

La magie avait disparu.

Que s'était-il donc passé ?

Edward, probablement. Une fois leur père disparu, sans doute son frère ne s'était-il guère soucié du magasin. Il avait laissé le Goodwin's vivoter tandis que la ville croissait et se transformait tout autour.

Le cœur triste, Beatrice tourna les talons, poussa à nouveau les lourdes portes et regagna la rue.

L'espace d'un instant, elle fut aveuglée par le blanc étincelant d'une façade, de l'autre côté de Broadway. Il s'agissait d'un imposant bâtiment de six étages, surplombé d'un gigantesque dôme de verre. Derrière d'immenses vitrines étaient exposés des chapeaux et des robes chamarrés. Une foule de clients entraient et sortaient de l'établissement par une porte tambour. L'immeuble tout entier paraissait bourdonner d'activité.

— Henry, quel est ce magasin ? Je ne vois pas d'enseigne.

— C'est le Dalton's. Il est si connu qu'il n'a pas besoin d'en porter, expliqua Henry.

Le Dalton's ?

C'était curieux : elle n'avait pas songé à lui pendant des années, et c'était la deuxième fois depuis ce matin qu'il resurgissait dans sa mémoire. Les fantômes de New York, sans doute. Mais peu importait : Beatrice avait traversé les flammes de l'enfer pour revenir ici, au cœur de sa ville. Elle n'avait aucune intention de regarder en arrière.

2

Résidence des Goodwin
N° 1, 34ᵉ Rue, à l'ouest de la Cinquième Avenue

Après avoir longuement profité des commodités modernes de la demeure familiale, dont elle avait été privée dans le château décrépit du duc, Beatrice s'habilla et descendit pour le souper.

— Comme c'est bon, d'être chez soi ! s'exclama-t-elle.

Elle se rendit compte trop tard qu'elle aurait mieux fait de tenir sa langue : sa remarque ne faisait que rappeler son échec à sa mère.

Divorcer était en soi scandaleux. Mais divorcer d'un duc ? Cette idée était tout simplement inconcevable. Cela représentait une attaque envers sa mère, ses valeurs et tous les sacrifices et les projets qu'elle avait faits pour Beatrice.

Estella lui adressa un sourire crispé.

— Quelles sont les nouvelles ? demanda Beatrice.

— Nous vous avons à peu près tout dit dans nos lettres, répondit-elle.

Beatrice avait reçu et savouré avec délice les longues missives de sa mère relatant les naissances, les décès, les mariages et les scandales de la société de Manhattan. Mais ensuite venait le moment de répondre. Et elle avait tant de temps et si peu à raconter que cet exercice s'était chaque fois révélé assez démoralisant.

Silence. Estella buvait son verre de vin à petites gorgées. Appuyé contre le manteau de la cheminée, Edward sirotait quelque chose de plus fort. Quel accueil !

— Je suis allée au magasin aujourd'hui, annonça Beatrice.

— Déjà ?

— J'y ai fait un saut sur le chemin de la maison. Il m'avait si affreusement manqué que j'avais hâte de le revoir. Vous savez que c'est mon endroit préféré au monde. Mais il a changé. Ou plutôt j'ai trouvé… qu'il n'avait pas changé du tout.

Beatrice promena son regard de sa mère à son frère, espérant une explication. Pourquoi le fleuron du Ladies' Mile était-il devenu ce lieu navrant où l'on ne trouvait que les invendus de la saison dernière, pourquoi évoquait-il une réception qui aurait duré trop longtemps ?

— Nous allons le vendre, déclara Edward.

Dans l'âtre couvaient les restes d'un feu que l'on avait laissé s'éteindre. Mais quelques braises obstinées rougeoyaient encore.

— Le vendre ? s'écria Beatrice. C'est comme si tu affirmais que tu voulais vendre ton cœur ou un poumon ! Edward, que dis-tu là ?

Son frère haussa les épaules.

— C'est beaucoup de travail pour peu de profits. De plus, nous n'en avons pas besoin, avec les rentes que rapportent nos différents placements immobiliers. Avec le fruit de la vente, je pourrai investir dans la mine d'argent de Hodsoll.

Sa mère, assise parfaitement droit sur son fauteuil (rien ne pouvait autoriser une posture inélégante), continuait à siroter son verre de vin.

— Le magasin n'est plus tout à fait ce qu'il était, Beatrice, dit-elle. Honnêtement, c'en est devenu embarrassant.

Aucune de mes amies n'y fait ses achats, désormais. C'est terriblement gênant. Mieux vaut nous en débarrasser, puisque nous n'en avons pas besoin. Et la mine de Hodsoll est un placement sûr : nous gagnerons une fortune.

— Nous pourrions..., commença Beatrice. Mais, naturellement, je ne fais que penser à voix haute. Je ne suis qu'une femme, donc je n'y connais rien.

C'était un préambule qu'elle avait pris l'habitude de prononcer avant de formuler la moindre idée : il avait pour but de prévenir une avalanche de critiques de la part de son ancien époux.

— Mais..., poursuivit-elle en se tournant vers Edward, peut-être pourrais-tu fournir un peu plus d'efforts pour attirer la clientèle ?

— Beatrice, ton frère a travaillé très dur, et nous ne pouvons pas lutter contre la conjoncture. Nous ne nous sommes jamais vraiment remis de la récession de 1873.

— C'était il y a vingt-deux ans.

— Ni de celle de 1893.

— Certes, il y a eu une crise il y a quelques années. Mais ne pouvons-nous pas avoir une seconde chance ?

Beatrice était fermement convaincue que l'on pouvait se relever des décombres de ses erreurs passées. Qu'il ne fallait pas renoncer. Après avoir divorcé d'un duc, elle avait été bannie de la haute société anglaise et avait traversé un océan pour s'octroyer une seconde chance. Son frère pouvait au moins essayer de ne pas ruiner une affaire qui avait été si prospère !

— C'est le magasin de ce maudit Dalton qui nous a menés à notre perte ! pesta Edward. Il a fallu qu'il construise un établissement plus grand et plus beau juste en face du nôtre. Sans lui, tout irait bien !

Dalton.

Beatrice avait connu un dénommé Dalton, autrefois. Elle l'avait même aimé, bien qu'elle n'ait pas eu le courage de ses convictions. À sa décharge, il fallait admettre qu'il était très difficile pour une jeune fille d'écouter son cœur lorsqu'il fallait pour cela résister aux injonctions d'une mère, de la société et des usages. Mais aujourd'hui elle avait le sentiment que toute cette histoire avait eu lieu dans une autre vie. Son amour de jeunesse était sans doute parti chercher fortune dans l'Ouest. À moins qu'il n'ait disparu de la surface de la terre. Ce qui était certain, c'était qu'il n'avait plus de place dans son esprit ni dans son cœur.

Surtout après ce qu'il avait fait.

Oui, ce feu-là n'était plus que cendres aujourd'hui.

Ce qui l'intéressait, à présent, c'était le Goodwin's. Certes, elle n'était qu'une femme, et, en tant que telle, que savait-elle du monde des affaires ? Pourtant, elle restait persuadée que, quand un concurrent s'installait dans l'immeuble d'à côté, cela ne signifiait pas forcément qu'il fallait hisser le drapeau blanc. Que ce concurrent se nomme Dalton ou non.

— J'aimerais savoir ce que nous lui avons fait pour qu'il vienne sur notre territoire nous voler notre clientèle, grommela Edward.

Les yeux fixés sur la dernière braise qui rougeoyait dans l'âtre, il donna un coup de pied dans les cendres pour la recouvrir. Estella continuait à boire son vin. Il poursuivit.

— Nous étions là depuis des dizaines d'années. Nous étions là avant !

— As-tu essayé de renouveler la marchandise ? demanda Beatrice. J'ai remarqué que certains chapeaux étaient passés de mode. Même si je suis mal placée pour en juger, puisque je porte moi-même des toilettes cruellement démodées, ajouta-t-elle diplomatiquement en haussant les épaules.

Il lui avait suffi de regarder par la fenêtre de la voiture

pendant le trajet du port au magasin pour connaître le goût du jour en matière de chapeaux. Comment une telle évidence avait-elle pu échapper à Edward ?

— Nous ne pouvons pas acheter de nouveaux articles avant d'avoir vendu notre stock, expliqua-t-il avec impatience, comme s'il s'adressait à une demeurée.

Le ton de sa voix n'était guère différent de celui que le duc adoptait avec elle. Comment pouvait-elle avoir une opinion ? Elle n'était qu'une femme. Une épouse. Une fille de la haute société sans beaucoup de cervelle.

Elle avait traversé l'océan pour ne plus avoir à entendre ce genre de discours, pour se défaire de cette impression de n'être qu'une moins-que-rien. Elle ne tolérerait plus d'être traitée de la sorte.

— Pourquoi ne pas baisser les prix ? demanda-t-elle. Ainsi, tu écouleras rapidement le stock et tu pourras prendre un nouveau départ, avec des produits en vogue.

— Notre clientèle est composée d'hommes et de femmes respectables, aux goûts traditionnels. Ils ne veulent pas d'articles au rabais. C'est du Goodwin's qu'il s'agit, pas d'un magasin bon marché !

— Tu préfères donc vendre l'établissement, sans doute pour n'en tirer guère plus qu'une bouchée de pain. Pense à notre père : tu t'apprêtes à céder au plus offrant l'œuvre de toute une vie, la joie et la fierté de notre famille ! Tu vas baisser les bras.

— Beatrice, ce n'est pas une façon de parler à ton frère !

— Laissez, Mère, coupa Edward. Si ma sœur est si futée, peut-être nous proposera-t-elle une meilleure idée ?

— Peut-être bien, répliqua Beatrice.

Et, en un clin d'œil, la petite flamme qu'elle gardait dans son cœur crépita et se mit à grandir un peu et à briller plus fort. *Peut-être vas-tu trouver une idée.* Ce n'était qu'un murmure, mais Beatrice prêta l'oreille. Fermant les yeux, elle fit taire tous les rabat-joie qui avaient voulu régenter sa vie et écouta avec attention la petite voix qui s'exprimait en elle. *Peut-être vas-tu trouver une idée.*

Peut-être, et peut-être pas. Mais elle pouvait au moins essayer.

Après tout, qu'avait-elle d'autre à faire ?

— Je dois toutefois préciser que tu n'as pas beaucoup de temps, reprit Edward. Le conseil d'administration se réunit vendredi.

— En effet, cela ne laisse guère le temps de sauver quoi que ce soit, dit Beatrice à mi-voix.

Évitant de regarder sa famille, elle fixait intensément la dernière petite braise qui subsistait dans l'âtre. Bien qu'il ne fît pas froid dehors, elle avait envie de la ranimer. Elle ne pouvait se résigner à la laisser s'éteindre. Non, elle ne voulait pas laisser mourir le feu, ni le magasin, ni elle-même.

Se levant, elle se dirigea d'un pas décidé vers la cheminée et se saisit du tisonnier.

— Écarte-toi, Edward.

— Décidément, même les tâches les plus basses ne t'effraient pas.

— Il faut remuer ces braises, et je ne vois pas pourquoi je ne m'en chargerais pas.

— Je vous demande pardon, Votre Grâce.

Ce n'était pas ainsi que l'on était censé s'adresser à elle, mais elle comprenait parfaitement ce qu'il voulait dire par là : il la considérait comme une aristocrate bien éloignée des affaires et de la trépidante vie new-yorkaise. Elle ne connaissait rien à rien. Elle n'était qu'une mondaine frivole, une duchesse déplorable, une divorcée fanée.

Stupide, inutile et hors d'usage. Du moins était-ce ce que le duc avait dit. Ou plutôt aboyé.

Beatrice s'accroupit pour ranimer le feu.

— Ne crois-tu pas que tu ferais mieux de te trouver un nouveau mari ? demanda Edward.

Beatrice prit une profonde inspiration, puis elle expira très lentement en se concentrant sur le feu pour ne pas assommer son frère avec le tisonnier.

— J'ai entendu dire que l'un des fils Schermerhorn était en quête d'une épouse, intervint sa mère, soudain ragaillardie. Un nouveau mariage ferait oublier à tout le monde ton échec avec le duc.

Beatrice eut l'impression d'avoir à nouveau dix-huit ans. Elle avait alors le cœur empli d'espoirs et de rêves, mais on lui avait ordonné de se faire jolie et de se montrer docile, et pourquoi ? Pour que l'on puisse la jeter dans les bras d'un époux qui lui dirait comment se coiffer, qui fréquenter et quoi lire. Quelqu'un qui lui interdirait de marcher trop vite, de parler quand elle n'y était pas invitée et de rire trop fort.

Mais elle n'avait plus dix-huit ans. Elle était une adulte à qui l'on avait, des années durant, dicté sa conduite et infligé des remarques humiliantes pour contraindre son corps, la réduire au silence et étouffer sa vivacité. Pour la modeler à l'image de la parfaite lady. Cette époque-là était terminée.

Contre toute attente, elle avait échappé à ce destin.

À présent, elle comptait bien tirer parti de chaque moment.

En tisonnant la dernière braise, Beatrice réussit peu à peu à la raviver. Elle souffla doucement dessus et esquissa un sourire satisfait lorsqu'elle obtint une belle flamme. Enfin, le feu se mit à flamber. Vif et dangereux.

Tout comme elle.

Se levant, elle s'essuya les mains sur sa jupe sans prêter

attention au petit cri étouffé de sa mère, horrifiée de la voir se salir ainsi.

— Vendredi, c'est bien cela ?

— Oui, mais n'y pense plus, répondit Edward. Nous allons vendre, et tu ne pourras rien faire pour nous en empêcher.

3

Le Dalton's
À l'angle de la 10ᵉ Rue et de Broadway
Le lendemain

— Bonjour, Mr Dalton !

Wes répondit d'un clin d'œil à la vendeuse en passant devant son comptoir. Aussi pimpante que toutes ses collègues dans son uniforme fraîchement repassé, la jeune femme était prête à entamer une journée chargée.

Cela faisait partie de la routine.

Chaque matin, à neuf heures moins le quart exactement, il quittait son bureau du dernier étage et traversait chaque rayon du magasin avant de se diriger vers l'entrée principale. Ameublement au sixième, tissus au cinquième, confection pour femmes au quatrième, articles pour hommes au troisième, accessoires et marchandises de saison au deuxième. Il formulait des observations, donnait des consignes et veillait à ce que tout soit parfaitement en ordre.

Enfin, il descendait le majestueux escalier dont la courbe élégante menait jusqu'à l'allée centrale. Il parcourait alors un labyrinthe d'étalages attrayants où l'on trouvait de tout, des gants aux diamants, pour arriver devant la porte tambour superbement ornée qui s'ouvrait sur Broadway.

À 9 heures précises, Wes l'ouvrait.

Ce matin, Connor le rejoignit au deuxième étage, près de la fontaine à soda nouvellement installée, quelques minutes avant l'heure d'ouverture. D'un pas rapide, ils descendirent ensemble jusqu'au niveau principal.

— Quelles sont les nouvelles, Connor ?

Sam Connor était son bras droit, la seule personne au monde sur laquelle il pouvait se reposer. Partis de rien, ils avaient réussi ensemble, surmontant les nombreux obstacles qui se trouvaient sur leur route. Dalton avait de l'intuition et de l'audace, et Connor était d'une efficacité sans pareille. Il veillait à ce que le travail soit fait.

Et quel beau travail ils avaient accompli !

Grâce à leurs talents conjugués, le Dalton's était devenu le grand magasin le plus fréquenté de tout Manhattan. L'établissement connaissait un succès éblouissant.

Car Wes était capable d'inventer des mises en scène qui attisaient le désir dans le cœur des spectatrices. Il avait un talent, perfectionné par des années de pratique, pour créer chez ses clientes des besoins qu'elles n'avaient jusqu'alors jamais soupçonnés. Il savait briser la barrière entre leur bon sens et leur porte-monnaie.

Il avait le don de faire naître en elles des visions, des rêves de la femme qu'elles pourraient être et de la vie extraordinaire qu'elles pourraient mener… si seulement elles avaient ce chapeau, cette robe, ou ce service de porcelaine sur la table de leur salle à manger.

Mais il n'avait pas toujours eu ce talent.

Un chagrin d'amour lui avait donné l'envie d'apprendre, et un pacte avec le diable lui en avait fourni la possibilité.

En seize ans, il s'était enrichi grâce aux femmes, en particulier à ces femmes de la haute société qui n'hésitaient pas à flirter avec lui mais n'auraient jamais envisagé le mariage si elles avaient su qui il était réellement. Dalton leur avait donc soutiré une fortune, une paire de gants de chevreau après l'autre. Et c'était en riant qu'il avait regardé son compte en banque enfler.

— Ta duchesse est de retour à New York, annonça Connor.

Wes eut la surprise de découvrir qu'après toutes ces années la mention de Beatrice Goodwin causait encore dans sa poitrine un pincement qui rendait sa respiration difficile.

— Tous les journaux en parlent, poursuivit son ami. Le *New York Post*, le *New York Times*, le *New York World*...

Il le savait. Oh oui, il le savait ! Il avait entendu des clientes en parler au rayon bijouterie la veille, et avait aperçu son nom dans le journal du matin. Chaque fois, il avait éprouvé un serrement de cœur que, étant un homme, il s'était empressé d'ignorer.

— Cette nouvelle me laisse froid, répondit-il. De plus, elle n'est pas ma duchesse.

— Oh ! je ne te crois pas, répondit Connor avec un sourire entendu. Peut-être n'est-elle pas ta duchesse, mais elle est celle qui t'a échappé. Du reste, elle n'est plus duchesse.

Soudain, Dalton se heurta à un étalage de parfums. Le meuble se mit à trembler dangereusement et un délicat flacon tomba sur le sol de marbre, où il se brisa en mille éclats. Un lourd parfum de lilas se répandit aussitôt dans le rayon.

Sacrebleu ! Un millionnaire froid et séduisant ne fonçait pas dans un étal de marchandises à la simple mention du nom d'une femme ! Même s'il s'agissait de cette femme-là. Celle qui lui avait échappé, celle qui l'avait quitté pour un duc à la première occasion. La femme qui avait donné un but et un sens à sa vie, mais pas de la façon dont il l'avait espéré lorsqu'il était encore un jeune homme idéaliste et romantique.

Mais bon sang !

La femme qui avait préféré la respectabilité et la sécurité à l'amour qu'il lui promettait était à présent divorcée. C'était un juste retour des choses qu'il ne se privait pas d'apprécier.

— Peu m'importe qu'elle soit revenue. Et qu'elle ne soit plus duchesse, répondit Wes en s'efforçant d'adopter un ton las. Cela m'est parfaitement égal.

— Tu protestes un peu trop vivement. Veux-tu que je te dise pourquoi tu es troublé de savoir qu'elle est de retour parmi la bonne société de Manhattan ?

— J'imagine que je ne pourrai pas t'en empêcher.

— Parce qu'elle risque de compliquer les choses, déclara Connor.

Wes attendit que son ami s'explique. Il dut fournir un immense effort pour afficher une calme indifférence alors que son cœur battait furieusement dans sa poitrine.

— Comme tu le sais, le Goodwin's est au bord de la faillite.

— Cela fait partie de mon plan diabolique.

— Edward Goodwin nous a facilité la tâche. Il n'a pas le sens des affaires, contrairement à Goodwin Sr, paix à son âme.

Wes acquiesça d'un hochement de tête : c'était un fait bien connu.

— Peut-être qu'Edward s'en sortirait mieux s'il buvait moins et mettait plus de cœur à l'ouvrage, observa-t-il.

Ce n'était manifestement pas dans ses intentions.

— Le conseil d'administration se réunit vendredi, poursuivit Connor. Ils envisagent de mettre le magasin en vente et doivent en discuter.

Dalton s'arrêta net. Ils étaient presque arrivés devant la porte tambour. Dehors, une foule de clientes attendaient déjà, impatientes de pénétrer à l'intérieur. 9 heures allaient sonner d'un instant à l'autre.

— D'où tiens-tu cette information ?
— J'ai mes sources. Tu le sais.
— Enfin ! dit Wes avant de laisser échapper un long soupir. Enfin.
— Enfin, répéta Connor.
C'était le moment que Dalton attendait patiemment, pour lequel il avait travaillé sans relâche, depuis seize ans. Depuis qu'Estella Goodwin lui avait présenté une offre qu'il n'avait pu refuser. Depuis que Beatrice lui avait prouvé que le prestige et la fortune comptaient plus que lui à ses yeux.
— Mais Beatrice pourrait te compliquer la tâche, reprit son ami. Tu sais à quel point elle aimait ce magasin. Imagine qu'elle décide de se battre pour le garder.
— Si mes souvenirs sont bons, elle n'est pas femme à se battre.
Wes se souvenait parfaitement du moment où il avait découvert l'annonce de ses fiançailles avec le duc dans le journal. Un avis déclarant publiquement qu'elle ne l'aimait pas, du moins pas suffisamment. Il se souvenait aussi de son rire, du goût de sa bouche, de son esprit et de son sourire lorsqu'elle s'était retournée vers lui avant de se glisser hors de sa chambre pour rejoindre le duc. Il avait bien cru alors que son cœur allait bondir hors de sa poitrine. Wes avait essayé d'oublier. Il avait presque réussi.
— Elle a divorcé d'un duc. À mon avis, elle sait se battre. Mais cela n'engage que moi, répondit Connor en haussant les épaules.
— Je sais me battre, moi aussi.
Sinon, comment aurait-il réussi à devenir quelqu'un, lui qui n'était personne ? La dernière fois qu'il l'avait vue, elle l'avait quitté parce qu'il n'avait ni fortune, ni pouvoir, ni prestige, ni avenir à lui promettre. Et à présent il se trouvait au cœur d'un empire dont la notoriété et la fréquentation

étaient telles qu'il n'avait même pas besoin d'accrocher une enseigne au-dessus de l'entrée. Il avait gagné tant d'argent que les portes qui lui étaient autrefois fermées s'ouvraient toutes grandes pour lui : les clubs les plus prestigieux le voulaient pour membre, l'élite de la société new-yorkaise l'invitait à ses bals.

Le pouvoir. Le prestige. La fortune. La vengeance.

Il était si proche du but.

Bientôt, le Goodwin's lui appartiendrait. Il tiendrait enfin sa revanche.

Dalton ouvrit la porte et une nuée de femmes se rua à l'intérieur en le contournant. Devant chaque rayon, des vendeuses se tenaient prêtes à les délester de leur argent avec le sourire. Le magasin résonna bientôt du son aigu des conversations et des exclamations devant les articles sélectionnés et exposés avec soin. Les étalages affichaient une débauche de couleurs, de parfums et de textures : un véritable délice pour les sens. De quoi tenter, séduire et conquérir. Tout autour de Wes, des femmes achetaient et vendaient, désiraient et rêvaient. L'argent changeait de mains.

C'était là le bruit de fond de sa vie.

Mais cela ne suffisait pas à couvrir les battements effrénés de son cœur ni la voix dans sa tête qui répétait : *Elle est de retour. Elle est de retour. Elle est de retour.*

Beatrice était là, quelque part sur cette île. Elle marchait sur le même sol. Respirait le même air. Le simple fait de la savoir proche affectait Wes plus qu'il ne l'aurait voulu. Il fit taire cette voix intérieure pour entonner un refrain bien connu, tant de fois répété depuis seize ans :

Je m'appelle Wes Dalton. Vous avez volé mon cœur et insulté mon honneur et j'ai juré de me venger.

— Vendredi, mon ami. Le moment que tu attends depuis

si longtemps, conclut Connor en lui administrant une tape dans le dos avant de le quitter.

Bientôt, il tiendrait sa revanche. Il n'était pas question qu'il laisse Beatrice faire. Au contraire : sa vengeance ne serait que plus douce si elle était là pour y assister.

4

La Maison d'Adeline
Plus tard ce même jour

— Je n'ai rien à me mettre ! déclara Beatrice.

Elle se trouvait chez Adeline, la couturière attitrée de la haute société de Manhattan, d'après les périodiques posés un peu partout dans la maison, les potins des magazines et les réclames des journaux. Adeline elle-même, une femme menue aux cheveux noirs et au regard espiègle, l'examinait dans le miroir devant lequel elles se tenaient toutes deux.

— Rien du tout ?

— Rien du tout. J'ai laissé presque toutes mes robes en Angleterre. Je ne peux plus les porter, maintenant que je ne suis plus duchesse. Et je ne suis plus une débutante non plus. J'ai besoin d'une toute nouvelle garde-robe pour la femme que je suis déterminée à devenir.

— Et qui êtes-vous déterminée à devenir ? demanda Adeline.

— Pas une épouse, c'est certain, répondit Beatrice. Ma famille veut que je me trouve un nouveau mari. Mais je viens d'échapper au premier, et je n'ai aucune intention de me laisser enfermer à nouveau dans une cage dorée.

— Le but n'est donc pas de vous habiller pour plaire. Nous allons vous habiller pour vous.

— Oui. C'est exactement cela. Même si je ne suis plus très sûre de savoir qui je suis. Je sais seulement que je suis une duchesse divorcée qui fait son retour dans la société, chose proprement scandaleuse. Tous les regards vont être rivés sur moi.

— Vous devez donc faire une entrée sensationnelle. Apparaître comme une femme fière, qui ne doit d'excuses à personne.

— Oui, dit Beatrice avant de pousser un soupir de soulagement.

Pour la première fois depuis très longtemps, elle avait l'impression que quelqu'un la voyait telle qu'elle était. Et la prenait au sérieux.

— Je veux retrouver ma fierté. J'ai été rabaissée pendant trop d'années. Je disais toujours ce qu'il ne fallait pas, quand je ne me taisais pas complètement. Mon mari m'a épousée pour mon argent et mon ventre, et, comme le second ne lui a pas donné ce qu'il attendait, il n'a pas cessé de me rappeler mes échecs et de faire étalage de ses infidélités. Je me sentais seule et inutile. Invisible et encombrante à la fois.

Elle s'arrêta soudain, imaginant le visage horrifié du duc et de la douairière s'ils avaient entendu le déluge de paroles qui venait de franchir ses lèvres. Elle-même était épouvantée de s'être ainsi livrée à une femme dont elle venait de faire la connaissance.

— Pardonnez-moi, dit-elle. Je ne vous connais pas, et voilà que je vous confie mes secrets les plus intimes !

— Je vous en prie, ne vous excusez pas. Il n'y a rien de tel que des confidences entre une femme et sa couturière, répondit Adeline.

Laissant sur le comptoir les échantillons de tissu vert pâle et bleu clair qu'elle avait choisis, elle se saisit de coupons allant du rouge au rose vif.

— Cela va m'aider à vous confectionner la garde-robe qu'il vous faut, reprit-elle. Si vous ne vous mariez pas, que comptez-vous faire ?

C'était là toute la question.

Beatrice avait une idée. Depuis qu'Edward lui avait annoncé son intention de vendre le magasin, elle s'était prise à rêver d'en assumer la direction. Elle lui prouverait qu'elle pouvait faire mieux que lui, qu'elle était capable de rendre au Goodwin's sa magie d'autrefois.

Oserait-elle formuler son idée à voix haute ?

Adeline allait-elle se moquer d'elle, comme sa mère et Edward l'avaient fait le matin même, lorsqu'elle avait abordé le sujet ? Peut-être pas : la couturière était propriétaire de son établissement. Ne serait-elle pas disposée à écouter une femme qui songeait à se lancer dans les affaires ?

Beatrice se décida.

Elle dit ce qu'elle avait en tête.

— J'ai le projet fou de reprendre le grand magasin de ma famille.

Oh ! cette lueur dans l'œil d'Adeline ! Cette lueur lui disait que, peut-être, son idée n'était pas si absurde. Et ce « peut-être » lui procurait un sentiment merveilleux qu'elle n'avait pas éprouvé depuis bien longtemps. Depuis... ses vingt ans, lorsqu'elle était jeune et amoureuse.

— Et si je vous disais que votre projet n'a rien d'une folie ? demanda Adeline.

— Je vous dirais que c'est la réponse que j'espérais. Mais j'ai besoin que vous m'en persuadiez. Vous savez sans doute que le magasin ne se porte pas bien.

— Il n'est plus ce qu'il était, répondit Adeline, diplomate.

— Mon frère souhaite le vendre aussi rapidement que

possible, mais je voudrais le sauver. Je crois que je pourrais faire mieux. Je ne pourrais certainement pas faire pire. Le problème, c'est que je dois convaincre mon frère et le conseil d'administration de me laisser tenter ma chance. Et vous savez…

— Les hommes.

— Exactement.

— Peut-être n'aurez-vous pas à leur demander la permission. Le Goodwin's est une entreprise familiale, n'est-ce pas ?

— Oui. Mon père disait toujours qu'il appartenait à nous tous.

— Alors peut-être aurez-vous votre mot à dire. Vous devriez consulter un avocat.

Beatrice n'avait pas envisagé une démarche aussi sérieuse. Certes, elle avait de l'expérience en la matière : des avocats, elle en avait consulté plus d'un. Seulement, elle avait espéré ne plus jamais avoir besoin de leurs services après la longue et éprouvante procédure de divorce qu'elle avait endurée. Mais il s'agissait du Goodwin's, de l'héritage de sa famille, de son propre avenir…

Cela valait la peine d'essayer.

Même si elle savait que ce ne serait là qu'une première étape. Il lui faudrait ensuite affronter le conseil d'administration. La seule idée de cette salle remplie d'hommes replets tournant vers elle leurs sourires condescendants lui donnait la nausée. Même la femme la plus sûre d'elle perdrait ses moyens dans une telle situation, et Beatrice se sentait encore sensible et vulnérable. Sans compter qu'elle aurait encore bien d'autres obstacles à franchir.

— Imaginez que je parvienne à stopper la vente, dit-elle. Cela n'effacerait en rien les autres difficultés : les chiffres de vente médiocres, la réputation du magasin, devenu démodé, sans parler de la fierté de mon frère, qui ne permettrait jamais à une femme de réussir là où il a échoué. Mais c'est si triste d'envisager que le rêve de mon père, mon rêve, soit brisé à jamais ! Tout cela à cause d'un incapable qui préfère rejeter la faute sur les autres plutôt que de chercher à résoudre le problème !

La couturière la considérait d'un air curieux.

— N'avez-vous jamais songé que la solution pourrait être sous vos yeux ? demanda-t-elle.

Beatrice se tenait devant le miroir. Devant son reflet. Une femme d'un certain âge, aux yeux soulignés de fines rides. Une femme qui, selon les critères communément établis, n'était plus de la première jeunesse. Bien sûr, qu'elle pensait être la solution. Elle voulait être la solution. Au point d'être prête à affronter une pièce remplie d'hommes replets en costume, armés de leurs sourires condescendants. Reprendre le magasin et le diriger était son rêve.

Mais elle ne s'était pas encore complètement débarrassée du duc et de la douairière. Elle avait beau se trouver sur un autre continent, elle entendait encore la voix de son ancien époux.

« Vous ? Vous êtes à peine capable de tenir le personnel de maison ! Aucun domestique ne vous respecte. Comment voulez-vous diriger un magasin ? Que connaissez-vous au commerce ? Je croyais vous avoir dit de ne pas vous coiffer de cette façon ! »

— Pensez-y, insista Adeline. Je crois que vous en êtes capable. Et, si vous souhaitez en discuter plus longuement, vous n'aurez qu'à venir nous trouver, mes amies et moi.

Sur ces mots, elle tira une carte de visite de la poche de sa robe.

— Nous recevons le mardi, ajouta-t-elle en glissant le petit carton dans la main de Beatrice.

5

Le Goodwin's
Vendredi

Le 1er juin 1879, Wes Dalton avait juré de prendre sa revanche sur la famille Goodwin : *Je m'appelle Wes Dalton. Vous avez volé mon cœur et insulté mon honneur et j'ai juré de me venger.*

Beatrice lui avait donné le premier coup de poignard en acceptant la demande en mariage du duc, brisant ainsi son jeune cœur. Leur amour était pour lui tellement solide, tellement sûr, tellement absolu qu'en être brusquement privé lui avait semblé aussi impossible que de se passer d'un organe vital.

Le deuxième coup de poignard était venu d'Estella Goodwin, qui lui avait proposé de l'argent pour se débarrasser de lui. Elle ne voulait pas le voir auprès de Beatrice, craignant la tentation qu'il pouvait représenter. Humilié après avoir été éconduit, Wes avait fait ce que n'importe quel pauvre bougre réduit au désespoir aurait fait : il avait accepté l'argent.

Enfin, Barney Goodwin, qui l'avait arraché à une sombre existence pour le former personnellement, l'avait congédié en apprenant toute l'histoire. Wes l'avait trahi en voyant sa fille en secret. Et il s'était révélé être un chasseur de dot en acceptant l'argent. Il ne méritait plus de travailler au Goodwin's.

En réalité, il méritait mieux.

Il l'avait prouvé avec le succès spectaculaire de son propre magasin, un établissement plus vaste, plus haut, plus neuf, plus élégant, plus populaire et bien plus prospère que son concurrent. Mais cela ne lui suffisait pas. Il devait aller plus loin encore.

Il voulait sa revanche.

Pour cela, il était prêt à attendre aussi longtemps qu'il le faudrait, et à y mettre le prix.

Le jeu en valait la chandelle. C'est pourquoi il était déterminé à aller jusqu'au bout.

Et voilà qu'enfin, au bout de seize ans, Wes touchait au but. Le plan qu'il méditait depuis ce maudit jour de juin avait lentement mûri et était sur le point d'aboutir. La vengeance était à portée de main. Il en sentait déjà le goût. Bientôt, elle serait sienne.

Dalton n'avait pas été invité à la réunion du conseil d'administration du Goodwin's. Mais cela ne l'empêcha pas de pénétrer dans le magasin comme si celui-ci lui appartenait déjà. Car c'était ainsi que les hommes de sa trempe, les millionnaires partis de rien dont le cœur brisé avait été ressoudé par un alliage d'acier et d'or, évoluaient dans le monde.

Une cohorte d'hommes en costume sombre, à l'allure distinguée, étaient assis autour d'une longue table parfaitement cirée. Une faible lumière éclairait la pièce aux murs lambrissés. L'atmosphère était chargée de la fumée des cigares, du grondement sourd des voix masculines et du grincement des fauteuils en bois garnis de cuir.

Un club de vieux gentlemen.

Edward Goodwin était installé à la place d'honneur.

Il était, comme souvent, dans un état pitoyable.

En le regardant, Dalton éprouva presque de la compassion. Edward avait mené à sa perte le magasin que son père lui avait légué. Il s'apprêtait à le vendre pour une misère, une fraction de la valeur qu'il avait représentée jadis, et à qui ? À un homme qu'il jugeait indigne de lui. Même si, qu'il s'agisse d'argent, de pouvoir ou de réussite, Wes le surpassait en tout.

En réalité, il n'éprouvait aucune compassion pour lui. Parce que Edward Goodwin avait tout reçu à la naissance, et qu'il avait tout perdu par stupidité. Parce qu'il avait le sentiment que tout lui était dû. Mais comment aurait-il pu en être autrement alors qu'on lui avait répété dès l'enfance que tout irait de soi, qu'il obtiendrait tout ce qu'il pouvait désirer ? Non, Edward n'aurait jamais été capable d'innover comme Dalton l'avait fait, et il n'était pas de taille à lutter contre la concurrence de son magasin.

Mais il aurait au moins pu se donner la peine d'essayer.

Les membres distingués du conseil d'administration se tournèrent comme un seul homme vers Wes, l'intrus parmi eux.

— Bonjour, gentlemen. J'ai appris que le Goodwin's était à vendre.

Le concert de récriminations qui s'éleva aussitôt (Comment avait-il su ? Ils n'avaient pas encore pris leur décision !) lui fit comprendre que c'était exact, et qu'ils étaient outrés qu'il le sache.

Dalton sourit en prononçant les mots qu'Estella Goodwin lui avait un jour adressés :

— Je suis venu vous faire une offre que vous ne pourrez pas refuser.

Le silence qui suivit lui confirma qu'ils avaient bel et

bien l'intention de vendre et qu'ils étaient, malgré eux, intéressés par son offre.

— Pas si vite, Dalton ! s'écria cependant Edward, déjà prêt à se priver par orgueil de la meilleure affaire qui lui serait jamais proposée. Il y aura une procédure en bonne et due forme, et nous étudierons toutes les offres. Nous avons bien l'intention d'obtenir le meilleur prix.

Wes Dalton n'avait pas atteint un tel niveau de pouvoir et de fortune en respectant les procédures, ni en attendant sagement que toutes les propositions soient étudiées.

Non, il dégainait le premier. Il éblouissait l'adversaire, il l'aveuglait. Le séduisait.

C'était la première règle à connaître dans le monde du commerce : il fallait surprendre et charmer. Ne jamais cesser d'étonner la clientèle.

— Deux millions de dollars, lança-t-il. Ici, maintenant. Le prix est plus qu'honnête. Vous le savez comme moi. Cela vous épargnera la honte d'avoir à évaluer des offres ridiculement faibles au cours d'une procédure qui ne fera que vous révéler à quelles extrémités est réduit un vieil établissement poussiéreux comme le vôtre. Nous savons tous que le Goodwin's n'est plus ce qu'il était.

Le 1er juin 1879, le Goodwin's était le grand magasin le plus prestigieux de Manhattan.

Le 1er juin 1879, la famille Goodwin avait satisfait ses plus hautes ambitions. Grâce à un soupçon de génie, une part de chance et un mariage stratégique, Barney Goodwin avait fait du magasin un empire florissant. Estella Goodwin, elle, avait usé de son habileté pour les introduire dans la haute société. Pour couronner ce succès, leur fille avait accepté la demande en mariage d'un duc anglais.

Aujourd'hui, le magasin était au bord de la faillite et la fille avait divorcé.

Après la gloire, la chute.

Dalton resta debout, en prenant soin d'afficher un ennui profond, tandis que les membres du conseil d'administration débattaient son offre en marmonnant. S'ils se sentaient insultés par sa présomption, ils n'en demeuraient pas moins tentés. Ne serait-il pas plus simple d'accepter sa proposition immédiatement et de se laver les mains de toute cette affaire ? Chacun pourrait alors passer à autre chose. S'acheter un yacht, par exemple.

Wes consulta sa montre de gousset. Il n'avait pas que cela à faire. Ces gentlemen n'allaient tout de même pas tergiverser toute la journée avant de se décider à accepter ! Car ils allaient accepter, c'était certain. Il obtenait toujours ce qu'il voulait.

Sauf elle.

Mais peu lui importait, à présent. Le 1er juin 1879, il la voulait de tout son cœur et de toute son âme. Il aurait donné sa vie pour elle. Mais elle avait dit oui au duc. Ce « oui » avait été un camouflet cinglant pour lui, un reniement de tout ce qu'ils avaient partagé. Wes avait cru qu'elle l'aimait et qu'elle croyait en lui. De toute évidence, il s'était trompé.

À présent, il voulait uniquement se venger.

Il avait attendu seize ans ; il pouvait patienter quelques minutes de plus.

C'est alors que la discussion fut interrompue.

Par une femme.

Car seule l'irruption d'une femme au milieu d'un conseil d'administration pouvait provoquer une telle réaction : en un clin d'œil, tous les hommes furent au garde-à-vous.

Elle ne se donna même pas la peine de les saluer.

— Il n'y aura pas de vente, gentlemen.

Wes se raidit. Il reconnaissait cette voix, même s'il ne l'avait pas entendue depuis seize ans. Même si elle était légèrement tremblante. Cette voix était inscrite dans son âme, elle hantait ses rêves. Et, s'il avait eu le moindre doute, il lui aurait suffi d'écouter les battements de son cœur. Son cœur qui s'affolait comme s'il était appelé, soudain, de toute urgence. Dans les bras de cette femme.

Seize ans auraient dû suffire à oublier tout cela. Mais visiblement ce n'était pas le cas.

Je m'appelle Wes Dalton. Vous avez volé mon cœur et insulté mon honneur et j'ai juré de me venger.

Je suis ici pour me venger, se rappela-t-il. *Pour me venger.*

Mais... elle était là.

Il était inévitable qu'ils se croisent un jour ou l'autre, à présent qu'elle était de retour à Manhattan. L'île était à la fois une grande ville et un village.

À la vérité, il s'était attendu à la voir.

Mais pas de cette façon.

Pas ici.

Il répugnait à l'admettre, mais il s'était plu à imaginer cette rencontre. Seulement, dans ses rêves, ils se trouvaient dans une salle de bal, ou au Dalton's, ou dans tout autre lieu où il pouvait faire étalage de sa fortune et de sa puissance. Lui montrer que, malgré tous les obstacles que l'on avait mis sur sa route, il évoluait à présent dans les mêmes cercles qu'elle. Oui, il voulait sa revanche, il la voulait plus que tout au monde.

« Elle risque de compliquer les choses. »

Connor l'avait mis en garde.

Dans ses plans, elle avait toujours été la faille.

Le grain de sable dans l'engrenage.

— Il n'y aura pas de vente, répéta-t-elle.

Elle s'avança dans un tourbillon de jupes carmin. Elle portait une veste élégamment taillée et un chapeau perché sur sa chevelure blonde relevée en chignon. Le dos droit, le menton haut comme celui d'une duchesse, elle semblait à la fois terrifiée et redoutable.

Mais c'était bien elle. La fille qui lui avait brisé le cœur. Celle qui avait la peau douce, les cheveux dorés, et cette étincelle que tout le monde s'était toujours évertué à éteindre. Celle qui riait fort et l'embrassait avec passion. C'était grâce à elle qu'il avait osé rêver à une autre vie. C'était à cause d'elle qu'il se trouvait ici aujourd'hui : plus riche qu'il n'aurait jamais pu l'imaginer, auréolé d'un succès stupéfiant, et bientôt propriétaire du lieu qu'elle avait toujours aimé le plus au monde.

C'était elle encore qui était responsable de sa solitude.

Celle qui avait réduit son cœur à un bloc fait d'acier et de béton, semblable à la ville où elle l'avait abandonné. Comme il ne la quittait pas des yeux (comment aurait-il pu faire autrement ?), il vit le moment exact où elle posa le regard sur lui pour la première fois depuis seize ans.

La confusion.

Ses grands yeux bleus écarquillés.

Le cri silencieux qui mourut sur ses lèvres.

Elle le reconnaissait, bien sûr : le poids des années l'avait généreusement épargné, et il avait compté pour elle, c'était indéniable. Mais elle ne comprenait pas ce qu'il faisait là. À présent, elle le dévisageait comme s'il était un problème algébrique complexe ou un plan de table particulièrement déconcertant.

— Dalton, dit-elle d'une voix douce.

Wes imaginait les souvenirs qui défilaient dans son esprit. Peu à peu, ses traits se durcirent. Elle commençait à rassembler les éléments de l'équation. La raison de leur présence dans cette pièce. La raison probable de sa présence à lui. Le regard qu'elle lui lança alors lui glaça les os.

— Le Dalton's, dit-elle.

Wes esquissa une révérence.

— Pour vous servir, milady.

Il l'observa tandis qu'elle poursuivait son raisonnement. Qu'elle mesurait tout ce que cela impliquait. Le garçon pauvre, le rien-du-tout qu'elle avait abandonné était devenu quelqu'un. Quelqu'un de très riche qui s'apprêtait à racheter son magasin. Ses lèvres se serrèrent pour ne plus former qu'une ligne droite.

Que c'était bon ! Mieux encore : jubilatoire.

Wes lui sourit. Le moment qu'il attendait depuis si longtemps était enfin arrivé. Qu'elle soit là pour y assister ne rendait sa vengeance que plus savoureuse. Oui, il allait l'acheter, ce magasin qu'elle aimait plus que tout au monde. Et il allait le fermer pour toujours. Le nom Goodwin ne serait plus qu'un détail insignifiant dans l'histoire du commerce. Tandis que son nom à lui, son empire, triompheraient.

La roue tournait ; c'était ainsi.

Beatrice pivota à nouveau vers les membres du conseil d'administration. Rien dans son attitude n'avait laissé paraître que Wes et elle s'étaient connus autrefois. Très bien, si c'était ce qu'elle voulait. Il sentit la colère l'envahir. Une fois de plus.

— Comme je vous le disais, reprit-elle, il n'y aura pas de vente.

À ces mots, son frère poussa une exclamation de dégoût.

— Beatrice, que signifient ces sottises ? Dalton, ici présent, nous a déjà fait une offre.

— Ce ne sont pas des sottises. Ce sont des affaires. Mais peut-être ne fais-tu pas la différence entre les deux, Edward. Si c'était le cas, nous ne serions pas dans cette fâcheuse situation.

Wes réprima un sourire. Ils n'avaient donc pas réussi à éteindre son étincelle. Pas complètement.

Comme on pouvait s'y attendre, Edward rougit violemment.

— Nous allons vendre ! s'exclama-t-il. Je te dis que Dalton nous a déjà fait une offre.

— Ah, vraiment ?

— Oui, vraiment.

— Il n'y aura pas de vente, dit-elle une fois encore, comme si elle espérait qu'à force qu'elle répète cette phrase celle-ci deviendrait vraie.

— L'offre de Dalton est très correcte, Beatrice. Je crois parler au nom de tout le conseil en affirmant qu'une transaction rapide et lucrative est dans notre intérêt. Nous allons tous pouvoir passer à autre chose avec la satisfaction de savoir le Goodwin's entre de bonnes mains. Tout le monde sera gagnant.

— Mais pas moi.

Le silence qui suivit exprimait ce qu'aucun des hommes présents n'osait dire à voix haute : son avis ne comptait pas vraiment, n'est-ce pas ?

— Avec tout le respect que je vous dois, Votre Grâce, c'est une question complexe, intervint finalement l'un des gentlemen. Mieux vaut laisser ce genre de décisions à ceux qui ont de l'expérience en la matière.

— Tout d'abord, ce n'est pas « Votre Grâce » mais Beatrice Goodwin Archer, duchesse de Montrose, marquise de Hargrove, comtesse de Winslow et un assortiment d'autres titres de moindre importance. Vous pouvez néanmoins m'appeler « milady », ou vous abstenir de vous adresser à moi. Ensuite, si vous avez tant d'expérience en la matière, pourriez-vous avoir la gentillesse de m'expliquer comment vous avez mené le plus prestigieux commerce de tout Manhattan à sa perte ?

Wes aurait pu le lui expliquer.

Mais Edward en était incapable. Ou plutôt il se refusait à le faire.

— J'ai consulté mes avocats, qui m'ont informée que l'entreprise ne pouvait en aucun cas être vendue sans ma signature, poursuivit-elle. Or je n'ai pas l'intention de signer. Nous ne vendrons à personne, et surtout pas à cet homme. Visiblement, il n'a jamais eu qu'une idée en tête : s'emparer du magasin.

Elle l'avait donc pris pour un coureur de dot. Sans doute avait-elle pensé cela en apprenant qu'il avait accepté l'argent d'Estella, des années plus tôt. Et ce qu'elle découvrait aujourd'hui ne faisait que confirmer ses soupçons.

Beatrice se tourna alors pour lui faire face. Et leurs regards se rencontrèrent.

Dans ses yeux, il vit de l'amour et de la peine. Des années de « et si… ? » et de « si seulement… ». L'inclinaison de son menton. L'éclat furieux de ses yeux. Le rouge qui lui montait aux joues. Une femme déterminée. Mais Wes avait aussi des visions d'elle en train de marcher vers l'autel avec un autre. D'une femme qui agitait la main sur le pont d'un navire en partance. Il se souvenait de la souffrance qu'il avait éprouvée comme si c'était hier.

Seize ans plus tôt, il s'était juré d'acheter le lieu qu'elle préférait au monde pour le détruire. Il pouvait attendre une ou deux semaines de plus.

Beatrice soutenait son regard.

Elle n'allait pas lui rendre la tâche facile. Mais il était certain de réussir.

— Vous pouvez étudier la question autant que vous le voudrez, ajouta-t-elle. Mais mes avocats sont formels :

vous ne pouvez pas vendre le Goodwin's sans mon accord ni celui de ma mère. C'est écrit noir sur blanc dans le testament de père.

« Elle risque de compliquer les choses », avait prévenu Connor.

Elle l'avait déjà fait.

6

Beatrice aurait tant aimé avoir un moment à elle seule pour se remettre de ses émotions ! Hélas, cela semblait compromis. Dès l'instant où elle avait poussé les portes pour affronter une salle remplie d'hommes aux cheveux aussi gris que leur costume, son cœur avait tambouriné sans répit dans sa poitrine. Elle tremblait encore comme une feuille sous sa robe. Quel combat cela avait été, de cacher sa nervosité, de maîtriser sa voix, de s'interdire de croiser et décroiser les doigts pour afficher une assurance qui n'était pas tout à fait sienne !

Elle s'était efforcée de faire taire la voix de la vieille duchesse douairière, ce redoutable dragon.

C'était un geste téméraire que de faire irruption dans une réunion d'affaires à laquelle on n'était pas invitée, de déclarer ceci et d'insister sur cela. Beatrice n'avait encore jamais fait une telle chose. Elle ne possédait pas la confiance inébranlable que seule l'expérience pouvait donner.

Contrairement à Dalton, qui, lui, avait semblé parfaitement à son aise. Avec quel calme, quelle décontraction il avait posé ses millions sur la table ! La dernière fois qu'elle l'avait vu, il l'avait suppliée de s'enfuir avec lui. Avant d'accepter l'argent de sa mère contre la promesse de disparaître. Et voilà qu'ils se retrouvaient ici, se disputant le magasin.

Dalton. Pendant des années, elle n'avait pas pensé à lui. À présent, il était juste derrière elle.

Ils se dirigeaient tous deux vers la même destination : l'ascenseur situé au bout du couloir.

Beatrice arriva la première, actionna la commande et recula. Tandis qu'elle attendait, elle jeta un regard vers lui par-dessus son épaule. L'ignorer était impossible.

— Oserais-je vous demander si vous me suivez ?

Ce fut à peine s'il daigna la regarder.

— Je vais au même endroit que vous, voilà tout. Préféreriez-vous que j'emprunte l'escalier ?

— Oui, mais je m'en voudrais de priver qui que ce soit des joies du confort moderne.

C'était la vérité. Après des années passées dans un vieux château battu par les courants d'air, elle découvrait avec ravissement les nouveaux équipements dont étaient pourvus les immeubles de Manhattan. L'eau chaude courante, les cabinets d'aisances privés, les ascenseurs et l'éclairage électrique ne cessaient de l'émerveiller.

Bientôt, un petit « ding ! » signala l'arrivée de l'ascenseur. Prenant une profonde inspiration pour se donner du courage, Beatrice pénétra à l'intérieur.

Elle pouvait le faire. Elle pouvait supporter ces quelques minutes de confinement avec l'homme qui n'avait jamais voulu qu'une chose : le Goodwin's. Et non elle. Car tout était clair, à présent. Dalton avait accepté l'argent de sa mère lorsqu'il avait compris qu'il n'aurait jamais le magasin, ni en lui passant la bague au doigt ni en tirant parti de la protection de son père. Oui, elle avait accepté la demande en mariage du duc. Mais la pression de sa famille avait été si forte ! Au moins Lord Montrose n'avait-il jamais caché qu'il l'épousait pour son argent.

Mais Dalton… Dalton lui avait fait croire qu'il l'aimait. Alors qu'il n'était qu'un coureur de dot, lui aussi.

Lorsqu'il pénétra dans la cabine à sa suite, elle eut l'impression que l'air se raréfiait soudainement.

Le garçon d'ascenseur leur adressa un signe de tête, visiblement insensible à la tension qui régnait entre eux.

— Bonjour. À quel étage dois-je vous conduire ?

— Le rez-de-chaussée, je vous prie.

— Très bien.

Leur lente descente commença dans un silence absolu. Un silence qui, seconde après seconde, semblait de plus en plus difficile à rompre. Que pouvait dire une femme à un premier amour qui réapparaissait dans le seul but de détruire ses projets d'avenir ? Au bout de combien de temps devenait-il plus gênant de prendre la parole que de continuer à se taire ? Une minute ? Deux ?

Beatrice ne pouvait tout de même pas parler du temps qu'il faisait. Pas après la scène qu'ils venaient de vivre.

Elle continua donc à regarder droit devant elle, notant le passage de chaque étage franchi sans que l'ascenseur ne se bloque ou ne descende en chute libre. Une façon très moderne de finir ses jours.

Au moins serait-ce rapide.

Pas comme cet interminable supplice.

À présent, il lui paraissait évident que Dalton ne s'était jamais intéressé qu'au magasin. Cela expliquait sa conduite d'autrefois, et l'offre qu'il était venu faire aujourd'hui. Il voulait le Goodwin's. Point. Elle laissa échapper un bref soupir. Le léger doute qui avait subsisté dans son esprit pendant toutes ces années était désormais dissipé.

Comme c'était triste.

À vrai dire, il lui était parfois arrivé de songer à lui pendant ces longues et froides journées. Pendant ces longues et froides nuits. Que faisait-il ? Qu'avait-il fait de l'argent ? Avait-il regretté son choix ? À présent, elle savait que pendant tout ce temps il était à Manhattan, occupé à faire fortune grâce à la coquette somme qui lui était tombée du ciel.

Sa mère ne lui en avait jamais rien dit. Dans toutes ses lettres, pas une seule fois elle n'avait évoqué Dalton. Du reste, Beatrice s'était bien gardée de l'interroger à son sujet.

Dieu merci, l'ascenseur ralentit et s'arrêta. Elle attendit en tapant du pied que les portes s'ouvrent. Enfin, le garçon les salua d'un signe de tête et les invita à sortir.

Redressant les épaules, Beatrice s'apprêta à affronter le monde et le reste de sa vie. D'un pas vif, elle quitta l'immeuble sans un regard derrière elle.

L'air du dehors était lourd et relativement déplaisant, mais elle était heureuse de retrouver le vacarme de la ville. De s'engouffrer dans la foule affairée pour mieux disparaître.

Elle marcha droit jusqu'au bout de la rue et leva la main pour arrêter un fiacre.

Puis elle attendit.

Et attendit encore.

Des dizaines et des dizaines de véhicules passaient devant elle dans un grand désordre : voitures de ville, charrettes de livraison, fiacres déjà bondés de passagers... Des bicyclettes la frôlaient, provoquant son envie. Mais pas une seule voiture libre en vue.

— C'est le pire moment de la journée pour trouver un fiacre, dit une voix derrière son épaule droite.

Beatrice n'eut pas besoin de se retourner pour savoir qui lui parlait. Qui osait lui expliquer les subtilités de la circulation à Manhattan, à elle, une vraie New Yorkaise.

— Il n'y a pas de bon moment pour trouver un fiacre à New York, répliqua-t-elle sans détacher les yeux de Broadway.

— Mais c'est une heure particulièrement défavorable,

insista-t-il. C'est le moment où l'on change les attelages. Les chevaux sont pressés de rentrer pour avoir leur repas. Mais, si vous allez vers le nord de la ville, peut-être que l'on vous prendra au retour de l'écurie.

— Il se trouve que je vais vers le sud.

— Comment se porte le vieux manoir des Goodwin ? J'espère qu'il est mieux entretenu que le magasin.

Quelle remarque grossière ! Et purement gratuite, par-dessus le marché.

— Vraiment ? lança Beatrice en se tournant brusquement vers lui. Vous voulez vraiment que nous prenions ce chemin ?

— Pardon ?

— Peut-être allons-nous être concurrents, puisque vous convoitez manifestement depuis le début le magasin qui m'appartient. Mais faut-il pour autant que chacune de nos conversations se résume à un échange d'attaques mesquines ?

— Vous avez raison. Je vous demande pardon.

— Merci, répondit-elle avant de se tourner à nouveau vers la rue pour se remettre en quête d'un fiacre.

C'était, il fallait bien l'admettre, une très mauvaise heure pour en trouver un. D'autant plus que le temps se faisait de plus en plus menaçant. Des nuages noirs assombrissaient le ciel, annonçant un orage.

Formidable.

— Ne vous méprenez pas, Beatrice, il y aura bien concurrence entre nous.

— Une perspective que je trouve enthousiasmante, répliqua-t-elle.

Était-ce un fiacre, là-bas ? Se dressant de toute sa hauteur, elle tendit le bras en priant de toute son âme le saint patron des fuites précipitées et la déesse des évasions spectaculaires. Et... Alléluia ! La voiture s'arrêta juste devant elle.

Ha ! et il disait qu'elle n'en trouverait jamais ! Dieu merci, la ville était venue à son secours. Un fiacre ! Alors que l'orage était imminent !

C'était ce genre de miracles qui vous donnait la foi.

Beatrice ouvrit la portière d'un geste énergique et monta dans la voiture. Une fois à l'intérieur, elle regarda Dalton qui la dévisageait, visiblement ébahi qu'elle ait réussi à arrêter un fiacre à cette heure de la journée et par un temps aussi incertain. Ha !

À ce moment précis, l'orage éclata, déversant des trombes d'eau sur la ville.

En l'espace de quelques secondes, Dalton fut trempé, de son beau chapeau jusqu'à ses élégants souliers. Son costume parfaitement coupé risquait d'être bon à jeter. Était-ce terriblement amoral de se réjouir de ce spectacle ? Dans son triomphe, Beatrice décida de se montrer magnanime.

— Voulez-vous que je vous dépose quelque part, Dalton ? Ma voiture attend, dit-elle en montrant le cocher d'un geste de la main.

L'intérieur était sombre et sale, et la garniture du siège, déchirée. Il régnait une odeur assez désagréable, un mélange de transpiration et de boissons renversées.

— Vous savez, c'est le pire moment de la journée pour arrêter un fiacre, ajouta-t-elle. Je doute que vous en trouviez un autre.

La pluie continuait à tomber. Dalton, de plus en plus ruisselant, parut hésiter. Qui allait remporter le combat ? Son désir de confort et sa coquetterie, ou sa fierté ?

Poussant un juron, il monta en voiture.

— Où allez-vous, milady ? demanda le cocher.

— Au n° 1 de la 34e Rue, et un deuxième arrêt pour le gentleman.

Il donna une adresse dans le Nord. Celle de sa demeure,

sans doute. Avait-il choisi une simple mais élégante maison en grès brun ou l'une de ces monstruosités au style tarabiscoté qui s'étendaient sur un îlot entier ? Sans doute ne le saurait-elle jamais. Du reste, Wes Dalton pouvait bien habiter où bon lui semblait, cela ne la regardait pas.

Tous deux s'installèrent pour la course.

Autant qu'il était possible de le faire dans un fiacre à la propreté douteuse et à l'odeur incommodante.

Comme Dalton fixait le regard sur Beatrice, elle contempla ses yeux, dont le bleu intense avait conservé le même éclat que dans ses souvenirs. Elle observa ses cils assombris par la pluie. Ses cheveux noirs parsemés de fines mèches grises. Maudit homme ! Même trempé, il restait éblouissant !

Elle songea qu'elle avait pour la première fois le loisir d'apprécier la beauté d'un homme sans crainte de s'attirer une avalanche de reproches et d'accusations. Toutes ces épreuves n'avaient pas été vaines. Le divorce, le scandale, les doutes. Non, tout cela n'avait pas été vain.

— Ainsi, vous vous êtes mis en tête de racheter le Goodwin's, commença-t-elle.

Il fallait bien que l'un d'eux entame la conversation.

— Comme vous le voyez.

— Pourquoi ?

— Pourquoi pas ?

Elle laissa échapper un soupir d'exaspération.

— Ah, je vois. Vous allez jouer à l'homme taciturne et impénétrable, que ce soit pour couper court à cette discussion ou pour me séduire en paraissant mystérieux. Dans les deux cas, cela risque de rendre le trajet fort désagréable. Très bien, ne me dites rien. Après tout, peu m'importe de savoir pourquoi vous voulez racheter *mon* magasin.

Dalton se pencha en avant.

— Je possède le commerce le plus prospère de New York,

et sans doute du monde, déclara-t-il. Ma fortune est de taille à rivaliser avec celles de Vanderbilt et de Rockefeller.

— C'est pourquoi vous avez tant besoin du magasin décrépit d'en face...

— Vous savez que je pourrais vous poser la même question ? coupa-t-il. Pourquoi une femme divorcée voudrait-elle d'une affaire au bord de la faillite ? Il y a bien d'autres boutiques de luxe où vous pourriez faire vos achats.

— Il faut bien que j'occupe mes journées, maintenant que je ne peux plus déambuler dans mon château. Et ne me suggérez pas de chercher un nouveau mari. C'est hors de question. Voyez-vous, je me trouve dans une curieuse position : j'ai si bien ruiné ma réputation que désormais je peux faire absolument tout ce que je veux. Et mon rêve est de reprendre les rênes de mon magasin préféré pour lui rendre sa gloire passée. Même si je dois pour cela affronter le propriétaire du commerce le plus prospère de New York.

Comme Dalton ne répondait pas, ce fut au tour de Beatrice de se pencher vers lui.

— Même si cela signifie qu'il sera vaincu par une femme.

Sur ces mots, elle appuya le dos contre le dossier de son siège, qui était affreusement inconfortable. Décidément, cette voiture empestait. Et la circulation était un cauchemar, bien entendu. Beatrice avait toujours le cœur battant après son acte d'audace, et elle n'était pas sans inquiétudes pour la suite. Et pourtant elle eut la surprise de constater qu'elle était heureuse de se trouver là, à cet instant. En train de faire quelque chose. De dire ce qu'elle pensait. Jamais elle ne s'était sentie aussi vivante.

C'était pour éprouver cela qu'elle avait enduré le calvaire du divorce.

Dalton la regardait toujours.

Il ne semblait pas remarquer les légères rides au coin de

ses yeux, ni lorgner sa silhouette comme elle avait vu plus d'un homme le faire pendant la réunion. Non, elle avait la nette impression qu'il la regardait comme une rivale, qu'il tâchait d'évaluer sa fougue et sa combativité.

Il ne donnait pas l'impression de la sous-estimer.

Elle trouva cela exaltant. À sa grande consternation. S'il s'était contenté de la contempler lascivement comme la plupart de ses semblables, il lui aurait été facile de l'envoyer au diable. Mais non, il fallait qu'il la regarde comme un être humain dont il reconnaissait les qualités, et elle ne pouvait s'empêcher de trouver cela… intrigant. Excitant.

Était-ce le mot juste ? Était-ce vraiment ce qu'elle éprouvait ? Cela faisait si longtemps.

Beatrice laissa échapper un soupir. Il n'y avait pas de place dans sa vie pour de tels sentiments. Pas maintenant. Elle s'apprêtait à affronter le propriétaire du commerce le plus prospère de Manhattan, l'une des trois plus grandes fortunes de l'époque. Et il lui fallait rapidement échafauder un plan pour prendre la succession de son frère. Pour convaincre le conseil d'administration de lui donner le temps de remettre le magasin sur pied.

Et ensuite il lui faudrait trouver un moyen de le faire prospérer à nouveau.

Aussi redoutable que fût la tâche, elle ne reculerait pas.

Elle avait fait trop de chemin, bravé trop d'obstacles pour s'arrêter là. Et avait trop connu l'ennui. Elle avait seize années à rattraper.

Dalton avait au moins le mérite de ne pas tenter de l'en dissuader.

Ils avaient compris sans avoir besoin de se le dire qu'ils allaient se jeter à corps perdu dans une bataille qui promettait d'être féroce. Parce que tous deux avaient grandi dans l'univers des grands magasins. De l'argent et du désir, étroitement mêlés. Et qu'ils se savaient également passionnés et déterminés, et non dépourvus d'une dose de cruauté et de cynisme. Beatrice songea au choix auquel ils avaient été confrontés, des années et des années plus tôt. Aux décisions qu'ils avaient prises. À la place qu'ils avaient accordée à l'amour et à la passion.

Si Dalton voulait le Goodwin's, rien ne pourrait l'arrêter.

Mais pourquoi ?

Elle se devait de lui poser à nouveau la question. Du reste, ils avaient tout le temps : le fiacre était bloqué dans une mêlée de voitures.

— Pourquoi tenez-vous tant à racheter le magasin ?

— Et si je vous disais que je le veux depuis toujours ?

— Je vous croirais. Mais cela ne m'explique pas pourquoi.

— Appelons cela un compte à régler. Une dette impayée.

— Voilà que vous jouez à nouveau à l'homme taciturne et impénétrable ! Je me demande qui a pu vous donner l'impression que ce genre d'attitude plaisait aux femmes.

— Très bien. Je vais vous dire la vérité, répondit-il, un éclair dans le regard. Je veux racheter le Goodwin's pour le fermer. Parce que je veux me venger des offenses que j'ai subies. On m'a volé, et j'aurai ma revanche.

Allons donc, encore un homme convaincu que le monde avait une dette envers lui !

Beatrice hocha la tête.

— Un noble dessein, commenta-t-elle d'un ton sérieux. La vengeance.

— Vous vous moquez de moi.

Il était furieux ; elle le voyait dans ses yeux et dans sa mâchoire serrée. Sans doute ferait-elle bien de se rappeler qu'elle était seule avec lui dans une voiture. Elle était bien placée pour savoir qu'il était imprudent de se tenir à proximité d'un homme en colère. Les châteaux n'étaient pas si grands que cela.

Malgré tout, elle ne pouvait rester muette devant une telle déclaration de vengeance.

Comment une personne civilisée pouvait-elle parler ainsi en 1895, à Manhattan ?

— Et, en imaginant que vous obteniez votre revanche, que ferez-vous ensuite ? Vous êtes encore jeune.

— Je vivrai ma vie avec la satisfaction de savoir que j'ai atteint mon but.

— Vous n'y avez pas vraiment réfléchi, n'est-ce pas ? dit-elle en haussant un sourcil. Vous êtes obnubilé par cet affront dont vous parlez et par votre désir de vengeance. À tel point que vous ne vous êtes même pas demandé ce que vous feriez de votre vie ensuite !

— Certaines personnes seraient impressionnées par ma détermination.

— Je crois que nous savons tous deux que je ne suis pas « certaines personnes ». J'imagine que lorsque vous parlez d'offenses vous faites allusion à ce qui s'est passé entre nous il y a des années ?

— Je vais vous dire ce qui s'est passé entre nous il y a des années. Les personnes que j'aimais le plus au monde, c'est-à-dire votre famille et vous, m'ont fait comprendre une chose : que la fortune, la position sociale et le pouvoir étaient tout ce qui comptait chez un homme. À l'exclusion de tout le reste. Vous me pardonnerez donc d'avoir tout fait, et avec quel succès, pour obtenir les trois. Au détriment de la famille Goodwin, qui plus est.

Beatrice devait admettre qu'elle avait été élevée dans cette idée. Sa famille avait toujours jugé un homme à l'aune de ces critères. Voilà comment elle en était venue à épouser un duc, un homme qu'elle avait rapidement méprisé, qui l'avait choisie pour son argent et ne s'était jamais intéressé à elle. Leur mariage n'avait reposé que sur de mauvaises raisons.

— Rien ne vous décidera à abandonner le combat, n'est-ce pas ? demanda-t-elle.

— Absolument rien.

— Dans ce cas, je n'essayerai pas de vous en persuader. Si le désir de vengeance est ce qui anime votre cœur, donne un sens à vos journées et vous réchauffe la nuit, alors ainsi soit-il.

— Pourquoi ce sourire narquois ?

— Parce que vous vous trompez. J'ai appris à mes dépens que la fortune, la position sociale et le pouvoir n'offraient qu'un piètre réconfort.

Elle savait désormais que rien n'était plus important dans la vie que de trouver une raison d'être. Un amour véritable. Un compagnon. Toutes choses qui lui avaient tant manqué.

— Pour ma part, j'y trouve au contraire un immense réconfort. Car je me souviens très bien de l'époque où je n'avais rien de tout cela.

Dalton avait été pauvre. Un rien-du-tout. Et pourtant elle l'avait aimé. Intensément. Follement. Passionnément. Mais pas au point de risquer le tout pour le tout. De faire fi des désirs de ses parents et des règles de la haute société. Dieu merci ! Parce que, tout ce qu'il voulait, c'était le magasin, et non elle.

Tout était pour le mieux, puisqu'il avait rapidement prouvé qu'il ne méritait pas un tel sacrifice. Oui, on avait appris à Dalton que rien d'autre ne comptait que la fortune, la position sociale et le pouvoir, et il avait pris la leçon à cœur. C'était probablement folie que de vouloir se mesurer à lui. Mais que pouvait-elle faire d'autre de sa vie, à présent ?

— Un jour ou l'autre, Dalton, vous obtiendrez satisfaction

ou vous devrez renoncer à votre quête de vengeance. Il vous faudra alors trouver un autre but.

— Jusqu'à ce jour, je n'aurai de cesse que le Goodwin's m'appartienne.

7

Résidence de Dalton
°748, Cinquième Avenue
Plus tard dans l'après-midi

Le grand magasin de Dalton était surnommé « le Palais de marbre ». Sa demeure aurait, elle aussi, mérité le nom de palais. Bâtie en pierre calcaire et en briques, c'était un manoir richement orné qui occupait un îlot entier à l'angle de la 57e Rue, tout près de Central Park. C'était le genre de maisons que les passants s'arrêtaient pour admirer, une résidence conçue pour recevoir la haute société de Manhattan.

L'immense vestibule s'ouvrait sur cinq étages. De là, on accédait au petit salon, au grand salon, à la bibliothèque, à une salle de bal construite sur deux niveaux, à la salle à manger et à toutes les autres pièces, qui se comptaient par dizaines.

La demeure avait la particularité d'être la plus vaste résidence privée de New York.

Dalton y vivait seul avec trente-sept domestiques.

La maison comptait quatorze chambres à coucher. Il dormait dans l'une d'entre elles.

Les salons et les boudoirs étaient nombreux. Il ne pouvait en occuper qu'un à la fois. Ce jour-là, il attendait dans le petit salon la visiteuse que son majordome avait annoncée. Haynesworth était l'archétype même du majordome anglais. Il avait passé la majeure partie de sa carrière à régir la résidence londonienne d'un comte. À présent, il subissait l'indignité de travailler au service d'un immigrant parvenu dans une ville de parvenus : New York.

Mais il était généreusement payé. Très généreusement.

Les portes du salon s'ouvrirent, et Haynesworth, de sa voix basse à l'accent distingué, annonça la visiteuse.

Ce n'était pas Beatrice. La déception qu'en éprouva Dalton lui parut… intéressante.

Miss Claflin faisait partie de ces femmes issues de familles riches qui consacraient tout leur temps libre à diverses études universitaires et à des œuvres de bienfaisance. Depuis quelque temps, elles étaient des dizaines à parcourir la ville en tous sens pour rendre le monde meilleur.

— Merci de me recevoir, Mr Dalton.

— Tout le plaisir est pour moi, Miss Claflin. Asseyez-vous, je vous en prie. Haynesworth va nous apporter des rafraîchissements.

Elle prit place un peu gauchement sur le bord de l'un des canapés rembourrés tandis qu'il s'installait dans un fauteuil face à elle. Les deux sièges étaient des antiquités qu'on avait fait venir d'Europe.

Ils étaient seuls. Dans cette immense demeure. Quelque part, des domestiques s'affairaient avec l'énergie nécessaire pour tenir une résidence de cette taille, mais ils étaient d'une discrétion remarquable. Comme à l'accoutumée, même lorsque Wes avait de la compagnie, la maison était aussi silencieuse qu'une tombe.

— Mr Dalton, on m'a dit que vous étiez ouvert à certaines propositions.

Miss Claflin semblait nerveuse, ce qui était naturel.

Le décor de la maison avait été conçu par l'architecte et le décorateur, et selon ses ordres, pour impressionner et intimider quiconque en franchissait le seuil. Dalton avait voulu que sa demeure soit digne, disons… d'une duchesse. Et elle était parfaite pour recevoir l'élite de la société new-yorkaise, dont il avait entrepris de se faire accepter. Mais, pour accueillir une personne telle que Miss Claflin, une jeune femme qui venait lui demander des fonds pour les pauvres, son opulence avait quelque chose d'outrancier et de presque indécent.

Wes connaissait parfaitement les visiteuses telles que Miss Claflin. Elle n'était pas la première à venir le trouver pour solliciter son soutien.

— Parlez-moi de votre travail, Miss Claflin.

— Au refuge d'Orchard Street, je m'occupe d'immigrantes sans le sou, exclues de la société. Ces femmes cherchent du travail, du travail honnête, mais elles ont souvent besoin d'aide pour trouver une place convenable et garder leurs enfants.

Des femmes telles que la mère de Dalton. Sauf qu'elle n'avait pas rencontré de bienfaitrice comme Miss Claflin, avec ses beaux idéaux, ses relations dans la haute société et sa volonté de sauver tout le monde. Il n'avait pas oublié. Il n'y avait pas suffisamment de marbre et de dorures dans le monde pour recouvrir ces souvenirs-là.

— L'institution se trouve dans le Lower East Side, poursuivit sa visiteuse. Nous voulions être proches des femmes que nous prenons en charge.

Bien sûr. Le Lower East Side était situé dans l'extrême sud de New York. Bien loin des beaux quartiers. Là-bas, on logeait quatre personnes dans une pièce minuscule et sombre, généralement mal aérée et propice aux épidémies. Dalton le savait, car il avait vécu cette vie-là.

À présent, il avait un îlot de maisons à lui seul.

Quel chemin parcouru !

C'était ce qu'il avait voulu. Il avait travaillé pour cela. Il l'avait mérité.

Il n'avait pas à se sentir coupable. Et pourtant...

Miss Claflin continuait à lui parler des services offerts par le refuge, des femmes que l'institution avait aidées, des effets bénéfiques qu'elle produisait sur le quartier. Elle lui fournit tous les renseignements nécessaires pour qu'il sache que son argent, s'il daignait le lui donner, servirait une noble cause. Dans ses explications, elle se montrait aussi professionnelle que les hommes avec qui il faisait affaire. Peut-être davantage encore, car elle savait qu'elle ne serait pas d'emblée prise au sérieux. Sous son calme apparent, il devinait une grande nervosité.

À cet égard, elle le faisait penser à Beatrice.

Au Goodwin's, cet après-midi, elle vibrait d'une énergie nerveuse tout en s'efforçant vaillamment de garder son sang-froid. Sans doute n'avait-elle pas l'habitude de s'inviter sans prévenir dans des réunions de conseil d'administration. Ni de se trouver nez à nez avec un ancien amour. Il y avait bien longtemps que Dalton n'avait connu ce sentiment. Le frisson que l'on éprouve lorsque l'on tente le tout pour le tout. Il était presque jaloux.

— Êtes-vous nerveuse, Miss Claflin ? Je vous en prie, détendez-vous.

— Pardonnez-moi si je vous semble nerveuse, Mr Dalton. Mais on attend beaucoup de moi, de vous, de cette entrevue. Votre soutien serait décisif pour notre organisation. Des vies dépendent de la générosité de personnes telles que vous, et des efforts de persuasion de personnes telles que moi.

« Détendez-vous. » Quel imbécile il faisait ! Elle avait raison. Des gens comptaient sur elle. Ils comptaient sur lui, ou plutôt sur sa fortune, pour leur survie. Cette jeune femme avait bravé les portes de son palais doré pour lui demander de l'aide. Et il avait tout fait pour lui rendre la tâche difficile.

L'immense demeure, tout au nord. Bien loin des quartiers populaires où il avait grandi. Les murs ornés de dorures et de marbre, le luxe ostentatoire destiné à intimider. L'absence criante de présence féminine et de rires d'enfants, qui auraient adouci l'atmosphère. Mais non : il n'était qu'un célibataire endurci, bourru et solitaire, qui se donnait de grands airs avec son palais froid et isolé, son majordome importé d'Angleterre et son empire du négoce, où il vendait des marchandises raffinées et hors de prix.

Et voilà qu'il allait recommencer.

À l'intimider. À la rendre nerveuse.

— Combien ? demanda-t-il brusquement.

Elle était venue pour cela. Pourtant, sa question sembla la déconcerter.

— Combien vous faut-il ?

— Mille dollars.

— Non, dit-il d'un ton neutre.

Dalton remarqua sur le menton de la jeune femme un infime tremblement, seul signe de l'enjeu crucial que cette entrevue représentait pour elle.

— C'est cruellement insuffisant. Demandez-moi davantage.

Miss Claflin le dévisagea pendant une longue seconde.

— Deux mille dollars.

Il se pencha vers elle.

— Davantage encore, Miss Claflin.

Dalton avait un point de vue bien particulier sur ses affaires : il considérait que son magasin prenait de l'argent aux riches. Et il prenait un plaisir pervers à rendre cet argent à ceux que les nantis persistaient à opprimer. Sans parler, bien sûr, du souvenir de son passé.

Sa visiteuse prononça un chiffre plus élevé encore.

— Voilà qui est mieux.

Tirant un carnet d'une poche de sa veste, il griffonna un chèque. C'était la plus grosse somme qu'elle ait osé demander. Et, pour lui, cela représentait un montant relativement insignifiant.

— Lorsque vous rendrez visite aux Vanderbilt, aux Rockefeller et aux Astor, dites-leur que je vous ai remis cette somme, déclara-t-il en lui tendant le chèque. Ils vous donneront la même.

— Vous en êtes certain ?

— Il n'y a rien de plus prévisible que l'orgueil d'un homme et son besoin effréné d'impressionner.

Enfin, un sourire apparut sur le visage de la jeune femme. Un sourire sincère.

— Sur ce point, vous n'avez pas besoin de me convaincre.

— Y a-t-il autre chose que je puisse faire pour vous ? demanda-t-il comme elle ne se levait pas encore.

— Non, je vous remercie, Mr Dalton. J'espère que vous ne vous sentez pas trop seul, dans cette grande maison.

À son tour, il sourit poliment pour ne pas laisser paraître le tumulte que ces paroles déclenchaient en lui.

Certes, elle s'était probablement sentie intimidée. Et elle avait sans doute compris qu'il était un homme très important. Pourtant, elle pensait qu'il devait se sentir seul. Peut-être même avait-elle pitié de lui. Elle venait d'insinuer qu'au fond il ne possédait pas tout. Ou qu'il ne possédait pas ce dont il avait vraiment besoin. Wes éprouva brusquement un sentiment qu'il n'avait pas connu depuis des années : l'impression d'un manque.

Un manque que ni le Goodwin's ni la vengeance ne pourraient combler.

— Après l'agitation du magasin, la tranquillité de ce quartier est un répit bienvenu.

— Bien sûr. Et, si jamais vous vous sentez seul un jour, sachez que vous serez toujours le bienvenu au refuge d'Orchard Street.

— Merci pour cette aimable invitation.

Elle savait comme lui qu'il ne viendrait probablement jamais. Ce qu'elle ignorait, c'était qu'il était au-dessus de ses forces de retourner à l'endroit qu'il avait passé sa vie à fuir.

8

Résidence des Goodwin
N° 1, 34e Rue, à l'ouest de la Cinquième Avenue
Plus tard ce soir-là

Beatrice regagna la demeure familiale dans un état d'extrême fébrilité qu'elle attribua autant à l'épuisement qu'à l'euphorie. Elle n'avait pas vécu de moments d'une telle intensité depuis une éternité, et la somme d'émotions qui déferlaient en elle menaçait de la submerger. Elle songea à s'allonger un moment, mais elle était incapable de rester immobile.

Cela la changeait de ces ternes et interminables années au château, où elle s'était parfois sincèrement demandé si elle n'allait pas mourir d'ennui.

Quelle journée !

Le Dalton's appartenait donc bel et bien à Wesley Dalton. Son Dalton ! L'homme qu'elle avait tant aimé autrefois. L'homme auquel elle avait renoncé. C'était le cœur empli d'angoisse qu'elle avait accepté la demande en mariage du duc. Beatrice avait dit oui parce que c'était « la plus sage décision », celle que « toute jeune fille raisonnable » aurait prise. Du reste, elle n'avait pas regretté de ne pas s'être enfuie avec Wes, puisqu'il s'était révélé être un coureur de dot. Ce qu'elle déplorait, c'était d'avoir été contrainte à un choix aussi radical. Mais ce n'était rien à côté de la peine qu'elle avait éprouvée aujourd'hui en comprenant que le seul but de Wes, dès le début, avait été de mettre la main sur le Goodwin's.

Sinon, pourquoi serait-il réapparu maintenant, prêt à racheter le magasin ? Il avait lui-même avoué qu'il méditait cette idée depuis des années. C'était tout simplement tragique. Et terriblement fâcheux.

Car à présent il était son rival. Elle avait plongé le regard dans ses yeux, d'un bleu plus orageux que jamais, et elle y avait vu de la colère. Cette colère, ce ressentiment, il les couvait depuis seize ans.

Il voulait son magasin.

Il l'avait toujours voulu.

Il ne s'arrêterait devant rien pour atteindre son but.

Mais le magasin serait à elle, car elle n'avait pas l'intention de se laisser faire.

Beatrice avait rassemblé tout son courage et tout son sang-froid pour faire irruption dans cette réunion et déclarer, en des termes on ne peut plus clairs, qu'elle s'opposait à la vente.

Quel moment grisant !

Et à présent elle devait s'habiller pour descendre dîner.

Arrivée dans la salle à manger, elle eut à peine le temps de boire une gorgée de vin : déjà Edward entrait en titubant et s'affalait sur une chaise. Il s'exhalait de sa personne des vapeurs de whisky : manifestement, il avait déjà bu un ou deux verres. Même assis à la place d'honneur, il n'imposait pas davantage le respect qu'il ne l'avait fait dans la salle du conseil d'administration.

Une domestique s'approcha immédiatement pour déposer devant lui, sans mot dire, un verre d'alcool.

Edward referma la main dessus tout en décochant à Beatrice un regard assassin.

— Je n'ai jamais été aussi humilié de toute ma vie !

— Même le jour de la réception des Osgood, en 1881, où tu étais tellement soûl que tu es tombé de cheval et que tu t'es retrouvé couvert de boue ?

— Beatrice ! s'exclama sa mère.

— Savez-vous ce qu'elle a fait aujourd'hui, Mère ? lança Edward.

— Cette soupe est délicieuse, dit Estella. Goûtez la soupe, tous les deux.

— Elle a interrompu la réunion du conseil d'administration et refusé une offre d'achat très généreuse.

— Beatrice !

— C'était une interruption nécessaire, répondit Beatrice. Saviez-vous, Mère, que le magasin ne pouvait être vendu sans notre accord ? Les membres du conseil semblaient ignorer cette règle. Ou peut-être ne s'embarrassent-ils pas de respecter la loi. Il est heureux que j'aie consulté un avocat à ce sujet.

Personne ne répondit. Un lourd silence s'installa.

— Tu me fais honte, siffla enfin Edward.

— Vous avez raison, Mère, cette soupe est délicieuse, déclara Beatrice sans prêter attention à son frère.

— Je transmettrai nos compliments à la cuisinière.

— Oubliez donc la soupe ! grommela Edward avec impatience. Ma chère sœur, crois-tu réellement que tu vas empêcher la vente ? Et que feras-tu ensuite ? ajouta-t-il avec un sourire railleur avant de vider son verre d'un trait.

Sans détacher son regard furibond de celui de Beatrice,

il attendit qu'une servante vienne lui en servir un autre, ce qui ne tarda pas à arriver.

— Je crois que je devrais prendre la direction du magasin.

À ces mots, Edward recracha la gorgée de whisky qu'il venait de boire.

— Edward ! s'écria Estella.

— Il faudra me passer sur le corps ! aboya-t-il.

— Edward, je t'en prie, pas de mélodrame, répliqua Beatrice.

— Mais, enfin, diriger le magasin compromettrait tes perspectives de mariage ! intervint sa mère.

— Ces perspectives-là ne m'intéressent pas.

— Tu as tort. Il est important que tu fasses un beau mariage, et vite, avant qu'Edward ne perde le magasin...

— Mère ! cria l'intéressé. Je ne vais pas perdre le magasin, je vais le vendre pour investir dans la mine d'argent de Hodsoll ! J'ai déjà reçu une proposition de Dalton lui-même.

À ces mots, Estella manqua s'étrangler. Une vraie lady aurait préféré mourir étouffée plutôt que de commettre un acte aussi indécent que de recracher son vin dans la soupe. À plus forte raison lorsque celle-ci était aussi exquise.

Un nouveau silence s'installa. Un silence finalement interrompu par la voix basse, ferme et glaciale de Mrs Estella Goodwin.

— Tu ne vendras pas le Goodwin's à cet homme.

— Vous n'avez pas votre mot à dire, Mère.

— Je suis ta mère. Bien sûr, que j'ai mon mot à dire.

— Même la loi stipule qu'elle a son mot à dire, fit observer Beatrice.

Comme un certain nombre d'hommes, Edward n'appréciait guère de se voir rappeler qu'il n'était pas au-dessus des lois.

— Quel mal y a-t-il à vendre le magasin à Dalton ? demanda-t-il.

Beatrice et sa mère échangèrent un long regard au-dessus de la table.

La question d'Edward resterait sans réponse. Mère et fille ne savaient que trop pourquoi cette vente était hors de question. Pour Beatrice, les raisons étaient très personnelles. Estella avait ses propres motifs, et rien ne la ferait changer d'avis. Jamais, au grand jamais, elle n'accepterait de vendre le Goodwin's à Wes Dalton.

Il serait imprudent de sous-estimer deux femmes unies dans un même but, surtout lorsqu'il s'agissait de contrecarrer les plans d'un homme.

Pourtant, Edward s'entêta à poursuivre son projet stupide. Beatrice et sa mère n'eurent donc d'autre choix que de le faire conduire dans une maison de repos de Long Island pour qu'il s'y rétablisse. Son penchant pour l'alcool avait, jugèrent-elles, terriblement affecté sa santé.

Et c'est ainsi que Beatrice, la reine des débutantes de 1879 et la scandaleuse duchesse de Montrose fraîchement divorcée, devint la présidente du Goodwin's.

9

Le Goodwin's
Broadway

Beatrice poussa les portes du Goodwin's et pénétra à l'intérieur, terrifiée et déterminée à la fois. C'était aujourd'hui qu'elle prenait ses fonctions de présidente. Elle, une femme divorcée ayant peu d'expérience, sinon aucune. Une femme qui ne devait sa position qu'au népotisme, à l'ambition et à un caractère intraitable. Et puis après ?

Elle redressa les épaules et rassembla son courage. *Je peux le faire.*

En s'avançant dans le magasin, elle constata avec étonnement que personne ne semblait remarquer son arrivée. Lorsqu'elle était duchesse, elle ne pénétrait jamais dans une pièce sans être annoncée.

Malgré son manque d'expérience du commerce, elle était à peu près certaine que quelqu'un aurait dû l'accueillir. Certes, les commis qui s'affairaient au rez-de-chaussée ne savaient peut-être pas qu'elle était la nouvelle présidente (savaient-ils seulement qu'il y avait une nouvelle présidente ?). Mais, dans ce cas, n'auraient-ils pas dû la traiter comme une cliente ?

Il fallait probablement… qu'elle s'annonce ?

Beatrice songea à ce que Dalton eût fait à sa place : il aurait pénétré dans le magasin comme s'il était chez lui, en s'attendant à ce que tout le monde se démène pour satisfaire ses moindres désirs. Mais elle était bel et bien chez elle au Goodwin's, et elle l'avait toujours été. Or elle ne connaissait aucune manière d'y entrer autre que la sienne.

Peut-être un bureau lui donnerait-il l'autorité dont elle avait besoin.

Elle se dirigea donc vers celui qu'avait occupé son père et, supposait-elle, Edward après lui. Après avoir traversé le rez-de-chaussée, avec ses comptoirs chargés de gants, de parapluies et de colifichets, elle dépassa les colonnes de marbre rose qui se dressaient jusqu'au plafond, haut de cinq étages. Puis elle monta l'imposant escalier et parcourut encore plusieurs rayons. Enfin, elle arriva devant la porte sans écriteau qui conduisait vers différents services. C'était là, par exemple, que l'on s'occupait de la comptabilité du magasin et de la vente par correspondance.

Rien n'avait changé.

Les pièces étaient éclairées par de grandes fenêtres, et occupées par un petit nombre de bureaux peuplés d'hommes. Parmi lesquels elle reconnut enfin quelqu'un.

— Ah, Mr Stevens ! s'exclama-t-elle. Quelle joie de voir un visage connu !

— Beatrice ! Mais je suppose que je devrais vous appeler milady, à présent.

Un silence gêné suivit lorsque le vieil homme se rendit compte que ce n'était pas une très bonne idée.

— Dans tous les cas, c'est très gentil à vous de nous rendre visite, reprit-il. Je me souviens quand vous étiez haute comme trois pommes et que vous couriez dans les rayons !

Tout en parlant, il plaça la main à hauteur de sa hanche

pour montrer la taille qu'elle faisait lorsqu'il l'avait connue, et qu'elle faisait peut-être toujours à ses yeux.

— Quel bon vent vous amène ? demanda-t-il.

Beatrice cligna des yeux. Comment, il ne le savait pas ?

— Je suis la présidente, à présent.

Stevens lui adressa un sourire indulgent. Comme un grand-père à qui ses petits-enfants demanderaient encore un bonbon.

— J'ai entendu dire quelque chose de cet ordre, en effet.

Et il s'imaginait qu'elle n'allait pas assumer ses fonctions ?

— Me voici ! Prête à me mettre à l'œuvre ! lança Beatrice avant de réprimer une grimace.

Elle s'était montrée vive et gaie alors qu'elle aurait dû adopter une attitude douce mais ferme. Tout cela à cause de Stevens, qui lui donnait l'impression d'être à nouveau « haute comme trois pommes ». Et voilà qu'elle confirmait les pires soupçons du vieil homme en apparaissant comme l'héritière venue jouer à la marchande. Peut-être n'avait-il pas entièrement tort. Pourtant, au fond d'elle, elle se savait capable de rendre au Goodwin's sa prospérité d'antan.

Elle prit une profonde inspiration. Il fallait qu'elle s'y prenne autrement.

Cette fois, elle allait se livrer à sa meilleure imitation de la duchesse douairière.

— Veuillez informer tout le personnel que j'aimerais tenir une réunion à 10 heures ce matin, déclara-t-elle. J'ai des projets pour le Goodwin's que je souhaite communiquer. Maintenant que je dirige le magasin.

Malgré tous ses efforts, elle entendit sa voix gravir les aigus à la fin de la phrase. Résultat : au lieu d'imposer sa volonté à Stevens, elle semblait lui demander sa permission. Dalton ne s'exprimait certainement jamais ainsi.

— Soit, ma chère, dit-il.

Et, bien qu'il s'abstînt de lui tapoter la tête, ce fut exactement l'effet que sa réponse produisit sur elle.

À 10 heures, quelques employés arrivèrent d'un pas nonchalant. Beatrice fut surprise de les trouver si peu nombreux. Elle avait fait convoquer les commis, les vendeurs, les chefs de rayon, les étalagistes, dont la tâche était d'exposer les produits, et les acheteurs, qui étaient chargés d'acquérir les marchandises vendues par le magasin. Or il n'y avait devant elle qu'une poignée de personnes. Ils devaient tout de même avoir davantage d'employés ? Bien sûr, quelques vendeuses avaient dû rester à leur poste, mais tout de même…

Elle reconnut une jeune femme menue, aux cheveux noirs, qu'elle avait vue un peu plus tôt parcourir les allées avec empressement. C'était la seule personne qui lui accordât toute son attention. Les autres restaient plantés là passivement, visiblement attirés par une curiosité malsaine plutôt que par l'envie de faire la connaissance de leur nouvelle présidente. Ils ne semblaient aucunement s'intéresser à elle, ni à ses projets et à la façon de les mettre en œuvre.

Beatrice sentit ses mains devenir moites.

— Bonjour à toutes et à tous. Je suis Mrs Beatrice Goodwin Archer. Comme vous le savez peut-être, mon frère, Mr Goodwin, a dû quitter momentanément ses fonctions de président pour des raisons… de santé. En son absence, c'est moi qui dirigerai le magasin. Ensemble, nous allons procéder à un certain nombre de changements.

En scrutant l'assistance, elle ne rencontra que des visages las, à l'exception de celui de cette jeune femme au regard vif.

— Le magasin a besoin de faire peau neuve, continua-t-elle, pour séduire une femme nouvelle, moderne.

— Mais ce n'est pas là notre clientèle ! l'interrompit Mr Stevens. La femme qui fait ses achats au Goodwin's est une respectable matrone – une épouse, une mère – qui préfère la tradition aux vogues passagères.

Beatrice se mordit l'intérieur de la joue en s'efforçant de ne pas prendre ces remarques personnellement. Elle qui n'était pas respectable, qui n'était ni une épouse ni une mère, qui avait échoué dans tous ces rôles. Et qui n'avait désormais aucune intention de les endosser.

— Quoi qu'il en soit, poursuivit-elle, je crois que nous devons nous efforcer d'attirer une nouvelle clientèle. De futures épouses et de futures mères, si vous le voulez. Mais pour cela nous devons changer notre offre. Je suggère que nous commencions par baisser considérablement les prix de nos articles pendant une période limitée…

— Mais nous allons perdre de l'argent ! Si nous ne vendons pas au prix fixé, alors…

— Mais ces articles ne rapportent rien, au prix fixé ! répliqua-t-elle d'une voix qui, hélas, perdait à nouveau de sa fermeté. Nous devons renouveler notre marchandise pour séduire une clientèle plus jeune, qui recherche la nouveauté.

Beatrice promena son regard sur tous ces hommes vieillissants dont le visage morne commençait à passer du blanc au rouge. Ils pestaient et grommelaient entre eux, à présent. Parce qu'une scandaleuse divorcée sans autre expérience que celle d'une cliente était en train de leur dire qu'ils faisaient mal leur travail.

Ils se trompaient : Beatrice n'était pas dépourvue d'expérience. Elle avait grandi dans ce magasin. Pendant toute son enfance, elle avait suivi son père d'un rayon à l'autre, ne perdant rien de ses paroles lorsqu'il exposait de nouvelles règles ou expliquait l'un de ses principes directeurs. Non, elle n'était pas complètement novice. Jusqu'à récemment, elle avait également été la cliente idéale : une femme respectable et fortunée qui n'avait rien d'autre à faire de ses journées que de dévaliser les magasins, dépensant l'argent de son époux pour le seul plaisir de le contrarier.

Et, après tout, cela n'avait rien de si compliqué. C'était du commerce, pas de la chirurgie.

Il s'agissait simplement d'attirer la clientèle dans son magasin pour qu'elle y fasse des emplettes.

Une activité légère et frivole à laquelle se livraient les dames, et qui générait de sérieuses et respectables fortunes pour les hommes. Or, étrangement, les femmes continuaient à être considérées comme inaptes à diriger un magasin.

Beatrice sentit qu'elle était en train de perdre l'attention de ses employés. Elle devait se hâter de terminer. À nouveau, elle s'efforça d'imiter au mieux la duchesse douairière. Une personne qui, malgré sa taille minuscule et son grand âge, réussissait à inspirer de la terreur à tous ceux qui croisaient son chemin.

— À compter d'aujourd'hui, je souhaite que toutes les commandes soient soumises à mon approbation, déclara-t-elle.

Les grommellements redoublèrent.

— Que connaissez-vous aux achats ? demanda d'un ton véhément un homme aux cheveux lissés en arrière.

— Je ne vois rien qui me prouve que vous en sachiez davantage que moi, répliqua Beatrice sur le même ton.

Aussitôt, l'homme rougit, humilié. Il se tut. Devant l'éclair qui jaillit de ses yeux, Beatrice sentit une peur diffuse couler dans ses veines. Elle avait parlé sans réfléchir, comme à son habitude. Mais elle devait continuer ; que pouvait-elle faire d'autre, à présent ?

— J'aimerais également voir un rayon de bicyclettes. Pour femmes.

Cette annonce fut accueillie par des rires.

— Mais notre clientèle est âgée !

— Et ce sont en majorité des femmes !

— Frances Willard avait cinquante-trois ans lorsqu'elle a appris à monter à bicyclette, rétorqua Beatrice.

Ils devaient tout de même avoir entendu parler du livre dans lequel la célèbre militante féministe racontait son expérience de l'apprentissage de la bicyclette.

— Le cyclisme fait fureur parmi la jeunesse, poursuivit-elle. Nous pouvons vendre des bicyclettes, des accessoires, un nouveau style de tenues pour hommes et femmes adapté à ce mode de locomotion, et le livre de Mrs Willard. Nous pouvons proposer des leçons au parc…

À nouveau, des rires fusèrent dans la salle. Et des hommes bien intentionnés se mirent à lui expliquer pourquoi tout cela ne marcherait jamais, pourquoi elle se fourvoyait, pourquoi elle ferait mieux de leur laisser la direction de l'entreprise. Il y avait des faits et des chiffres qu'elle ne pouvait réfuter. Ses arguments ne reposaient ni sur des preuves ni sur l'expérience, mais seulement sur le sentiment que d'autres femmes pourraient s'intéresser aux mêmes choses qu'elle. Comme la sensation de liberté que l'on pouvait éprouver sur ces montures d'acier.

Les employés ne l'écoutaient pas.

Peu leur importait que son nom soit inscrit au-dessus de la porte.

Beatrice était presque certaine que ses idées et ses projets étaient judicieux, et qu'elle saurait attirer de nouvelles clientes. Peut-être était-il trop tôt, peut-être aurait-elle dû se préparer davantage. À moins qu'elle n'ait eu tort de s'embarquer dans cette aventure.

Le doute s'insinuait dans son esprit, lui nouant la gorge.

Ces hommes qui s'éloignaient en bougonnant lui rappelaient ce qu'elle avait vécu au château, lorsqu'elle demandait quand son époux serait de retour et s'entendait répondre que cela ne la regardait pas.

La réunion était terminée.

Elle se précipita dans les toilettes pour dames et éclata en sanglots.

10

Le lendemain

Pourtant, Beatrice persévéra.

Elle passa tout son temps au magasin, examinant les livres de comptes et la correspondance, inspectant chaque rayon quotidiennement, intervenant dans les conversations et les décisions. Vaillamment, elle s'efforça de faire son travail. En se heurtant, à chaque instant, à de nouvelles difficultés.

Dieu merci, elle avait Margaret, la jeune femme aux cheveux noirs qu'elle avait remarquée lors de cette malheureuse réunion. Jusqu'à présent, la vendeuse s'était vu confier diverses courses et autres tâches subalternes pour des chefs de rayon. Peu à peu, elle avait tout appris du fonctionnement du magasin, et elle avait des idées pour l'améliorer. Apparemment, Beatrice était la première personne qui était disposée à l'écouter.

Pourtant, les jours passant, celle-ci se mit à douter de plus en plus. Rendre au Goodwin's sa gloire passée lui semblait impossible. Et, en admettant qu'elle y parvienne, elle pressentait que même cela ne suffirait plus.

Il fallait un changement radical, quelque chose de résolument nouveau et moderne, pour sauver le magasin de la faillite et des griffes de Dalton. Mais quoi ?

Beatrice se sentait désemparée. Elle passait ses nuits à se tourner et se retourner dans son lit en cherchant des solutions. Comment rafraîchir l'apparence du Goodwin's, renouveler la marchandise, l'exposer d'une façon plus attrayante ? Comment transmettre ses idées aux employés, qui étaient si attachés à leurs habitudes ? Comment les inciter à procéder aux changements nécessaires alors qu'ils ne l'écoutaient même pas ?

Elle tenait les rênes, certes. Mais elle avait le sentiment de ne pas savoir conduire et d'ignorer où elle devait aller.

Il n'en demeurait pas moins qu'elle tenait les rênes.

Elle avait bien l'intention d'agir, et vite. On n'expédiait pas son propre frère dans une maison de repos pour rien. Surtout quand on avait des obligations à tenir envers un conseil d'administration, des créditeurs, des clients et des centaines d'employés.

La carte des Ladies of Liberty était restée sur sa coiffeuse, à côté d'un miroir et d'une brosse en argent de chez Tiffany et d'un joli pot de la crème Midnight Miracle du Dr Swan. Elle avait acheté cette dernière après avoir vu une réclame dans un journal, en espérant qu'elle atténuerait les légères pattes d'oie qui commençaient à apparaître sous ses yeux.

« Nous recevons le mardi », avait dit la couturière. Celle-là même qui lui avait recommandé de consulter un avocat, entre autres conseils précieux. Miss Adeline Black lui avait également confectionné des robes dans lesquelles elle s'était senti le droit de s'inviter à un conseil d'administration pour y formuler ses exigences.

C'était aujourd'hui mardi.

Beatrice se rendit à l'adresse indiquée sur la carte, dans les quartiers d'affaires du sud de la ville, et se trouva devant une maison de briques toute simple. On la conduisit immédiatement au salon. La pièce était sommairement mais confortablement meublée, avec suffisamment de fauteuils et de canapés pour accueillir la douzaine de femmes de tous les âges, de toutes les tailles et de toutes les origines qui y étaient installées. La partie féminine de l'humanité était représentée là dans sa pleine diversité. Beatrice nota que ces dames qui sirotaient leur thé et mangeaient des sandwichs en conversant semblaient parfaitement à l'aise les unes avec les autres.

— Milady, comme je suis heureuse de vous voir ! s'exclama Miss Black en se levant pour l'accueillir, un sourire chaleureux aux lèvres. Je crois que je parle pour nous toutes en disant que nous vous attendions.

— Dans ce cas, je crains d'être désavantagée, répondit-elle nerveusement. Et, je vous en prie, appelez-moi Beatrice.

Une autre femme se leva et s'avança vers elle en lui tendant la main.

— Je suis Miss Harriet Burnett, et nous sommes les Ladies of Liberty. Il s'agit d'un groupe secret et subversif qui promeut l'avancement professionnel des femmes. Nous attendions votre visite depuis que nous avons appris que vous étiez devenue la présidente du Goodwin's. Ou plutôt nous l'espérions.

— Bonté divine, Harriet, intervint une femme blonde assise près d'elle, laisse-la donc s'asseoir et boire un thé !

— Pardonnez-moi, je vais un peu vite en besogne, reconnut Miss Burnett. Mais, vous savez, votre position offre des possibilités qui...

— Je vous en prie, asseyez-vous, lui dit la femme avec un sourire accueillant. Prenez une tasse de thé. Je suis Miss Ava Lumley.

Elle entreprit ensuite de lui présenter les autres membres des Ladies of Liberty ainsi que leurs activités respectives. Il y avait là des médecins et des infirmières, des militantes buvant le thé avec des architectes, des femmes d'affaires parlant à voix basse avec des épouses de la haute société. Et pas un seul homme.

Beatrice n'avait jamais vu autant de femmes talentueuses et audacieuses réunies dans une même pièce. Ensemble, elles prouvaient de façon simple mais éblouissante qu'une femme pouvait faire autre chose que de minauder au rayon des tissus. Contrairement à ce que les journaux et les livres d'histoire voulaient bien faire croire.

Beatrice en avait déjà vaguement conscience, mais tout cela devenait soudainement bien plus clair.

Harriet, qui ne parvenait guère à dissimuler sa joie, ne tarda pas à reprendre la parole.

— Veuillez accepter nos sincères félicitations pour vos nouvelles fonctions au magasin, Beatrice.

— Merci, répondit-elle en souriant, gênée.

Peut-être occupait-elle en effet un poste très important, mais elle était loin de se sentir à la hauteur de la tâche.

— Je crois parler pour toutes les femmes ici présentes en affirmant que c'est un remarquable accomplissement d'avoir conquis une place aussi éminente. Vous êtes notre porte-flambeau.

Tout en buvant son thé à petites gorgées, Beatrice sentait sur sa poitrine un poids de plus en plus écrasant. Car, Seigneur, elle n'avait pas pensé à cette responsabilité-là, en plus de toutes les autres ! Elle qui ne parvenait pas encore à diriger son personnel devait à présent songer à toutes les femmes qui l'observaient de loin, épinglant leurs espoirs et leurs rêves à sa réussite ! Elle avait l'habitude d'être jugée par la société, et condamnée. Mais c'était là une tout autre forme de pression : si elle échouait, elle anéantirait donc le courage et les espoirs que de nombreuses jeunes filles avaient placés en elle ? Voilà qu'elle avait trouvé une autre raison de ne pas dormir la nuit. Formidable.

— Merci pour vos félicitations. Je suis très heureuse de savoir que d'autres croient en moi. Mais je ne pense pas pouvoir être le porte-flambeau que vous décrivez. Voyez-vous, je me sens un peu dépassée. Comme vous le savez certainement, le Goodwin's n'est plus ce qu'il était. Lui rendre sa gloire passée représente une tâche monumentale.

Elle s'interrompit pour boire une nouvelle gorgée de thé. Comment avait-elle pu se fourrer dans une telle situation ? C'était sa faute, aussi : pourquoi avait-il fallu qu'elle fasse irruption dans cette réunion avec ses beaux discours ? Voilà pourquoi on lui avait toujours dit de rester tranquille et de tenir sa langue : elle ne pouvait pas s'empêcher de s'attirer des ennuis.

— Et je ne parle même pas de la concurrence, ajouta-t-elle.

— Vous voulez dire que vous doutez de vous ? demanda Harriet d'un air incrédule.

— N'est-ce pas le cas de toutes les femmes ?

— Mais vous avez été duchesse. Vous avez eu des châteaux sous vos ordres !

— Et vous avez grandi dans le milieu du négoce. Vous avez cela dans le sang, c'est certain !

— À tout le moins, vous êtes une New Yorkaise, ajouta une autre femme, l'œil pétillant.

— J'ai passé ces seize dernières années dans un vieux château décrépit, à subir les récriminations de mon époux et de la duchesse douairière, répondit-elle. Ils me reprochaient sans cesse de parler trop, de respirer trop fort, de ne pas être assez transparente. Je ne suis plus tout à fait la jeune fille ambitieuse et naïve de dix-huit ans que j'ai été.

Beatrice croyait en elle, mais on avait trop souvent tenté de l'en décourager.

Elle avait follement envie de réussir, mais on lui avait répété qu'elle échouait dans tout ce qu'elle entreprenait.

Bien sûr, qu'elle brûlait d'ambition, et du désir de conquérir le monde.

Mais en même temps elle avait l'impression d'être une usurpatrice.

Et, bien qu'elle ne veuille pas décevoir toutes ces dames, elle se devait de modérer leurs attentes. Surtout si elles souhaitaient l'ériger en exemple, et faire d'elle un modèle pour d'innombrables autres personnes de leur sexe. Les enjeux de sa réussite étaient déjà immenses ; elle n'avait pas besoin de ce poids supplémentaire.

— Si vous vous êtes montrée suffisamment intrépide, astucieuse et inflexible pour obtenir cette place, je crois bien que vous aurez le courage et l'énergie nécessaires pour remettre le magasin sur pied, déclara Harriet. Vous trouverez une solution. Vous apprendrez. Il le faut. Tant de femmes comptent sur vous !

— Mais je ne sais même pas par où commencer ! soupira Beatrice.

— Je crois que la première étape est évidente, affirma Adeline avec une assurance enviable. Vous devez courir les boutiques ! Il vous faut visiter tous les magasins du Ladies' Mile.

— Mais oui ! Vous devez faire votre enquête. Étudier la concurrence. Découvrir les innovations introduites par les autres.

— Et chercher à comprendre ce qu'un grand magasin apporte réellement à ses clientes, ajouta sagement Harriet.

Au fond d'elle, Beatrice savait qu'il ne s'agissait pas seulement de vendre des marchandises, mais elle n'aurait su exprimer exactement quel besoin les commerces tels que le Goodwin's venaient combler.

— Bien entendu, vous devez commencer par le Dalton's, lança une femme aux cheveux roux.

Beatrice esquissa un sourire crispé. Poli. En aucun cas elle ne franchirait les portes du Dalton's.

— Bien sûr, qu'elle doit aller au Dalton's ! renchérit une autre. Le magasin est si connu, sa réussite, tellement assurée, qu'ils n'ont même pas besoin d'inscrire son nom sur la façade !

— Il éclipse complètement les autres. Tout le monde copie ce que fait Dalton. Elle n'a pas besoin de se rendre dans tous les magasins du Ladies' Mile. Celui-là suffit.

— Malheureusement, il est hors de question que l'on me voie y mettre les pieds.

Sur ces mots, Beatrice but une nouvelle gorgée de thé en espérant que ce groupe de femmes si intelligentes aurait une autre idée à lui soumettre.

— Il veut absolument racheter le Goodwin's, expliqua-t-elle. D'ailleurs, il a déjà fait une offre, que j'ai refusée.

— Apparemment, vous avez su persuader le conseil d'administration de la refuser également.

— Voyez-vous, Beatrice, si vous avez déjà gagné cette bataille, vous êtes certainement capable de diriger un grand magasin.

— C'est grâce à Adeline, qui m'a conseillé d'étudier la question sérieusement et de solliciter l'aide d'un avocat. Je lui en suis vivement reconnaissante.

— Nous ferons tout notre possible pour vous aider, lui assura celle-ci.

— Pouvons-nous nous arrêter un instant sur ce qu'elle vient de dire ? lança une voix. Elle a refusé de vendre le magasin à Wes Dalton !

— C'est à peine croyable !

Plusieurs soupirs rêveurs se firent entendre dans l'assistance.

Ces réactions laissèrent Beatrice perplexe. Étaient-elles réunies pour promouvoir la réussite professionnelle des femmes ou pour parler d'hommes ?

— Si vous avez dit non à Wes Dalton, alors vous pouvez tout faire ! s'exclama l'une des dames.

Mais elle ne connaissait pas la moitié de l'histoire. Elle ignorait que Beatrice avait connu Wes bien avant qu'il ne devienne le fameux propriétaire du Dalton's et l'objet de leurs rêveries. Et qu'il n'avait jamais voulu qu'une chose : mettre la main sur son magasin.

— C'est inouï !

— Du jamais-vu.

— Qui est donc ce Wes Dalton, et qu'a-t-il de si exceptionnel ? demanda une femme qui, de toute évidence, n'était arrivée à New York que récemment.

— Wes Dalton est une légende, expliqua Adeline. Dans une ville qui compte quantité de millionnaires, il est l'un des plus riches. Personne ne sait d'où il vient. Du jour au lendemain, ce parfait inconnu est devenu l'un des hommes les plus fortunés de New York.

— Tous les autres magasins de la ville font pâle figure à côté du sien. Du reste, « magasin » est un bien faible mot pour décrire l'espace magique qu'il a créé pour les femmes.

— Vous oubliez le plus important, observa Harriet.

— Non, j'y viens, répliqua Adeline. Il est connu pour sa générosité extraordinaire envers les œuvres de bienfaisance féminines. Il a donné des fonds à Miss Van Allen pour sa nouvelle organisation de protection des oiseaux, la Audubon Society. Et à Miss Claflin pour son refuge. Mais aussi à une demi-douzaine d'autres œuvres en faveur des femmes et des démunis.

Beatrice s'était attendue à les entendre s'extasier sur la beauté de Wes : ses yeux d'un bleu étincelant, sa bouche ferme, les quelques mèches grises qui mettaient en valeur ses cheveux de jais. Mais certainement pas à la description d'une telle noblesse de caractère. À plus forte raison chez un homme assoiffé de vengeance. Elle était étonnée de ce qu'elle apprenait. Pire, intriguée.

— Et, lorsqu'il parle avec une femme, il donne l'impression de l'écouter réellement.

— Exactement : ce n'est pas le genre d'homme à scruter la pièce à la recherche d'une personne plus jolie, plus mince ou plus riche.

Elles étaient intarissables : Dalton était attentif aux autres, il posait des questions et écoutait avec intérêt les réponses, il sentait merveilleusement bon et n'oubliait sans doute jamais un anniversaire. Son magasin était un havre magnifique et lumineux pour les femmes. Beatrice avait bien de la peine à reconnaître dans ce portrait l'homme qui avait tenté de la séduire pour s'emparer de son magasin, avant d'accepter l'argent de ses parents pour disparaître. Celui qui avait tenté de racheter le Goodwin's contre une bouchée de pain dans le seul but de le fermer. Celui qui avait juré de se venger.

Tous ces récits piquaient sa curiosité. C'était très ennuyeux.

— Il est hors de question que l'on me voie entrer au Dalton's, affirma-t-elle à nouveau. Mais je peux certainement visiter tous les autres magasins du Ladies' Mile.

— Non, vous ne pouvez pas faire l'impasse sur le Dalton's. Vous devez connaître votre principal concurrent. Après tout, son magasin est juste en face du vôtre !

Beatrice ne le savait que trop. Le Dalton's était là, la dominant de toute sa hauteur, lorsqu'elle arrivait le matin et partait épuisée le soir. Un bloc de marbre de six étages qui lui rappelait quotidiennement qu'elle ne pouvait pas se permettre d'échouer.

— Vous avez dit que l'on ne devait pas vous voir entrer dans le magasin, dit Harriet avec une lueur de malice dans l'œil. Mais n'y a-t-il pas un moment où il ne s'y trouve pas ?

— Même si c'est le cas, quelqu'un parmi ses employés risque de la remarquer, et il aura forcément vent de sa visite.

— Alors il lui faut un déguisement.

— Un costume de pirate, par exemple ? lança Beatrice d'un ton facétieux.

— Il est vrai que l'île de Manhattan manque cruellement de femmes pirates, affirma Harriet.

— Je crois que nous sommes toutes d'accord sur ce point, renchérit Ava.

— Mais nous avons le pouvoir de remédier à cette situation, lança une femme.

Sa remarque déclencha des sourires de conspiratrices dans toute l'assemblée. Si un jour une flotte de femmes pirates débarquait à Manhattan, sabre au clair, nul doute que les coupables se trouveraient dans cette pièce.

En imaginant la scène, Beatrice éclata de rire.

Les autres femmes se joignirent à elle, leurs voix s'unissant en une explosion d'hilarité.

Alors quelque chose d'étrange se produisit : le poids qui lui oppressait la poitrine se fit subitement plus léger.

Entre les contraintes de la vie de duchesse, le supplice du divorce, l'incertitude de son avenir de scandaleuse divorcée et maintenant toute cette histoire autour d'Edward, de Dalton et du magasin, elle n'avait pas eu un instant pour souffler.

Mais elle venait de découvrir un lieu où elle pouvait se laisser aller, où l'on pouvait parler aussi bien d'ambitions professionnelles que d'hommes, et même de femmes pirates.

Celles qui l'entouraient voulaient la voir réussir. Pour le meilleur ou pour le pire. Elles plaçaient sur ses épaules une immense responsabilité, mais elles allaient l'aider à la porter.

C'était exactement ce qui avait manqué à Beatrice pendant son mariage : des amies, un soutien. Les autres pairesses n'avaient jamais vraiment accepté dans leurs cercles intimes l'Américaine parvenue qu'elle était. Et elle n'avait guère été plus chanceuse pendant ses années de débutante : toutes les autres jeunes femmes la considéraient alors comme une rivale dans leur quête d'un époux.

Lorsque les rires se furent tus, que les tasses de thé furent à nouveau remplies et que Beatrice eut grignoté un autre cookie simplement parce qu'elle en avait envie, Ava se tourna vers elle.

— Donc vous devez aller courir les boutiques. Et ensuite vous saurez quoi faire.

Courir les boutiques.

C'était là le conseil avisé de cette association de femmes audacieuses : courir les boutiques, tout simplement. Certes, ce n'était pas tout à fait le « Achetez-vous donc quelque chose de joli » paternaliste que n'importe quel homme aurait pu lui adresser.

Mais tout de même.

Cette pensée tempéra quelque peu son euphorie. Mais, soucieuse de ne pas se montrer impolie, elle n'en laissa rien paraître. Ce fut sur un ton enjoué qu'elle annonça qu'elle devait partir. Les boutiques du Ladies' Mile ne se visiteraient pas toutes seules. Aussi salua-t-elle ces dames. Et, promettant de revenir, elle alla chercher son chapeau.

Elle s'apprêtait à sortir quand Harriet la rattrapa dans le vestibule.

— Je sais que tout cela peut sembler effrayant, Beatrice, lui dit-elle en serrant sa main dans les siennes. Mais songez à ce que vous pouvez faire pour les femmes, grâce à votre position.

Encore faudrait-il qu'elle parvienne à se faire entendre de ses employés, pour commencer !

— J'y songe, Harriet. C'est ce qui rend l'idée encore plus effrayante.

Affronter le garçon qui lui avait brisé le cœur, le roi du commerce new-yorkais, n'était rien à côté de l'espoir qu'on lui demandait d'incarner. Toutes ces femmes qui avaient les yeux rivés sur elle. Qui comptaient sur elle.

— Beatrice, sachez que nous sommes là pour vous aider. Nous sommes avec vous, pour vous encourager et vous soutenir. Vous n'êtes pas seule contre le reste du monde, même si vous en avez peut-être l'impression.

À ces mots, pendant une brève et lumineuse seconde, Beatrice songea : *Peut-être*. Peut-être pouvait-elle relever ce défi.

Mais quelle écrasante responsabilité !

Or il n'y avait qu'une chose à faire, lorsque les circonstances vous chargeaient d'un fardeau aussi lourd : passer du temps à examiner des paires de chaussures. Se perdre dans la contemplation de différents tissus, en imaginant les robes idéales pour conquérir le monde. Flâner d'un pas tranquille dans un magasin en oubliant tout… sauf le charme d'un adorable chapeau ou du motif d'un service de porcelaine.

En d'autres mots, courir les boutiques.

11

Le Dalton's

« Boutique » était un mot bien pauvre pour décrire le Dalton's, et « magasin » était loin de refléter l'ampleur du spectacle. Adjoindre à ce terme l'adjectif « grand » donnait une indication de ce que l'on pouvait y trouver, mais c'était encore bien insuffisant. Peut-être était-ce pour cette raison que tout le monde le surnommait « le Palais de marbre ». Haut de six étages, ce bâtiment d'un superbe marbre blanc construit selon le style italien occupait tout un îlot de maisons. À l'intérieur, les décors magnifiques et les articles plus exquis les uns que les autres avaient tout pour attiser le désir d'une femme.

Mais surtout il suffisait de dire « le Dalton's » et tout le monde comprenait.

Ce n'était pas le premier commerce de Wes. Il avait commencé par un petit magasin sur Reade Street et, au fil des années, ses établissements étaient devenus de plus en plus grands, à mesure que ses profits augmentaient. Le Palais de marbre était son chef-d'œuvre. Un palais des merveilles, une féerie, une splendeur. Tout ce dont une femme pouvait rêver y était exposé sur des étalages somptueux. Devant tant de beauté, la cliente se mettait à désirer ardemment des articles dont elle ignorait jusqu'alors avoir besoin. Ils lui devenaient soudain d'une nécessité vitale.

C'était lui qui avait bâti ce lieu.

Lui seul.

Et il l'avait fait juste en face du Goodwin's. L'emplacement n'avait rien d'accidentel.

Il s'était donné tout ce mal dans l'espoir qu'un jour Beatrice reviendrait à New York et pénétrerait dans son magasin.

Bien sûr, il savait qu'elle avait épousé un duc et qu'elle vivait dans un immense domaine à l'autre bout du monde. Et que, même si elle était revenue séjourner dans sa ville natale, il était fort improbable qu'elle franchisse le seuil du Dalton's, puisqu'elle possédait son propre grand magasin juste en face du sien.

Pourtant, au fond de lui, il avait toujours espéré que ce moment arriverait un jour. Et que, ce jour-là, elle ne pourrait qu'être impressionnée par sa richesse, son pouvoir et son prestige. Il voulait la voir rongée par le regret, il voulait qu'elle se mette à désirer ardemment l'homme dont elle ignorait jusqu'alors avoir besoin. Qu'il lui devienne soudain d'une nécessité vitale.

Un rêve idiot.

Et pourtant elle était bel et bien là.

Wes, vêtu d'un impeccable costume sombre, se tenait sur la mezzanine lorsqu'elle poussa la porte tambour – la seule et unique de Manhattan, s'il vous plaît – pour entrer dans le magasin. Il avait pour habitude de passer une grande partie de sa journée à ce poste, d'où il pouvait observer les clients et les employés, et la danse complexe qui se jouait entre eux.

Le hasard fit que Beatrice attira son regard.

Sans se hâter, il traversa l'allée centrale pour la rejoindre. Ce fut avec un plaisir certain qu'il la vit caresser, sur un comptoir, le doux cuir des paires de gants de chevreau aux couleurs pastel. Un produit exclusif du magasin, importé d'Europe. Elle s'attarda ensuite sur des diamants exposés sur un lit de velours bleu saphir, enfermés à clé sous une vitrine de verre parfaitement poli.

Comme il était fier d'avoir orchestré ce moment !

— Parmi tous les grands magasins de Manhattan, il a fallu que vous entriez dans le mien, murmura-t-il lorsqu'il fut tout près d'elle.

Comme elle levait les yeux vers lui, il reçut comme un choc l'éclat de son regard bleu.

— Oh ! bonjour, Dalton, dit-elle avec cette manière qu'elle avait de suggérer qu'ils étaient de vieux amis et rien de plus.

Wes, lui, sentait son cœur cogner à grands coups dans sa poitrine. Seize ans. Cela faisait seize ans qu'il attendait cet instant.

Regardez ce que je suis devenu, Beatrice.

Il se tenait au cœur du palais de marbre qu'il avait bâti. À une époque où les riches étaient outrageusement riches, il était à la tête d'une des plus grandes fortunes. Le garçon qu'elle avait abandonné était devenu un homme qui avait tout : l'argent, le pouvoir, le prestige. Un homme avec qui il fallait compter. Il avait joué, et il avait gagné. Enfin... presque.

— Quel bon vent vous amène dans mon magasin ? Ne trouvez-vous pas de quoi vous satisfaire au Goodwin's ?

— Si vous tenez à le savoir, Dalton, je suis ici en tant qu'espionne. Je viens voler les secrets de votre succès.

— La plupart des femmes viennent ici pour chercher du parfum, de la soie ou un colifichet.

— Je ne suis pas la plupart des femmes.

— Je le sais.

Il y avait tout un monde, toute une vie dans ce « Je le sais ». Tous deux eurent l'intelligence de se taire pour ne pas donner trop d'importance à ces paroles. Ils étaient ennemis, à présent, et Dalton avait tout intérêt à s'en souvenir. Même si les sentiments qu'il avait éprouvés seize ans plus tôt étaient en train de le submerger à nouveau. Il lui semblait que les années n'avaient pas passé, que c'était hier qu'elle lui avait brisé le cœur.

— Voulez-vous que je vous fasse visiter ? demanda-t-il.

— Êtes-vous sérieux ? Je suis votre concurrente.

— J'ai entendu des rumeurs à ce sujet.

On lui avait en effet rapporté que le frère de Beatrice avait pris de longues vacances, soi-disant pour guérir son alcoolisme.

— Comment se porte Edward ?

— Il a fait l'excellent choix de privilégier sa santé, répondit-elle d'une voix suave. Ma mère et moi le soutenons dans ses efforts pour se rétablir. Il prendra tout le temps qu'il faudra.

Il semblait curieux que cette décision intervienne précisément après la scène qui avait eu lieu dans la salle du conseil d'administration entre le frère et la sœur. Mais Dalton ne pouvait que se frotter les mains : si le magasin, déjà au bord de la faillite, était livré à lui-même, il serait facile de s'en emparer. Peut-être même trop facile. Pendant une seconde, il éprouva une pointe de déception : il avait soif de vrais défis.

— Dans ce cas, qui est son remplaçant ? demanda-t-il.

Il vit Beatrice arquer un sourcil tandis que sur sa bouche se formait un léger sourire.

— Vous l'avez en face de vous.

Il la regarda, plus belle que jamais dans sa toilette à la dernière mode, en songeant à la pugnacité que cachait cette expression sereine, cette élégante contenance.

— Vous êtes la nouvelle présidente du Goodwin's, dit-il d'un ton neutre.

— Oui. Quelqu'un doit lui rendre sa gloire passée. Pourquoi pas moi ?

— Vous ne plaisantiez donc pas en vous disant ma concurrente.

— Doutiez-vous de moi, Dalton ? demanda-t-elle avec un sourire d'une douceur trompeuse.

Mieux valait éviter de répondre à cette question.

— Je vais vous faire visiter le magasin, dit-il. Je suis sûr que vous trouverez des idées qui valent la peine d'être volées.

Elle pouffa de rire en levant les yeux au ciel. Quel toupet, de la part d'une duchesse divorcée qui avait dépassé les trente ans ! Le traiter ainsi, lui, le prince du négoce de Manhattan et (à ce que l'on disait, du moins) l'un des célibataires les plus en vue de la ville ! Elle levait les yeux au ciel comme une jouvencelle de seize ans.

Soudain lui revinrent des images de la jeune Beatrice. Il revoyait l'époque où il était employé au Goodwin's et où il la trouvait... troublante. Il se souvenait du jour où elle l'avait remarqué à son tour, et de tous leurs moments volés. Ils étaient si jeunes alors, et fous de désir, se poursuivant dans les allées du rez-de-chaussée après la fermeture. Se lançant des œillades au-dessus des rouleaux de soie et de satin, sous les lustres scintillants. Il se souvenait de son rire. De son enthousiasme. De sa façon de dire tout ce qu'elle pensait. De la manière dont elle levait les yeux au ciel quand sa mère lui ordonnait de rire moins fort ou lui reprochait son exubérance, ce qui arrivait souvent.

Mais Dalton ne voulait pas penser à cette autre Beatrice, celle qu'il avait aimée autrefois.

Il préféra se concentrer sur la femme qui se trouvait face à lui. Sa concurrente. Sa rivale. Le dernier obstacle qui le séparait de la douce satisfaction que serait sa revanche. Elle était vive, intelligente, et manifestement impitoyable. Mais il avait des années d'expérience et il était tout aussi déterminé qu'elle. Il n'avait pas peur de lui faire visiter son magasin. Qu'elle lui vole donc ses secrets : il trouverait de meilleures idées encore.

— Commençons par les chapeaux, dit-il.

Ils commencèrent donc par les chapeaux. Wes expliqua qu'il employait ses propres chapeliers. Il lui montra également le modèle sans plumes appelé « Audubonnet », qui était exposé bien en évidence. Miss Van Allen avait obtenu de lui cette faveur, en plus d'un don à sa cause, faute d'avoir réussi à le persuader de renoncer complètement à la vente de chapeaux à plumes.

Pourquoi cesserait-il de vendre des produits qui étaient à la mode ? S'il faisait ce métier, c'était avant tout pour gagner de l'argent.

Mais, alors qu'il livrait ces explications à Beatrice, il se rendit compte pour la première fois qu'il sacrifiait des oiseaux rares et magnifiques pour vendre davantage de produits et générer plus de profits. Tout cela pour impressionner une femme qui l'avait quitté et une société qui n'avait de considération pour lui que depuis qu'il était riche.

Pauvres volatiles !

Il l'entraîna plus loin, se délectant de son soupir ravi devant la mise en scène d'un pique-nique. L'étalagiste, un certain Mark, excellait dans l'art de créer des décors évocateurs et sensuels qui enchantaient les clientes. Il avait assimilé instinctivement l'une des règles d'or de Dalton : « toujours surprendre la clientèle ». Sans lésiner sur les frais, il avait minutieusement recréé une clairière. Rien ne manquait, pas même les arbres et les buissons fleuris, lesquels devaient être arrosés trois fois par jour et remplacés chaque semaine. Sur le sol de mousse verte et douce, une élégante couverture était étendue. Là était disposé un magnifique repas. Un gâteau. Du champagne. Des fruits frais.

Juste à côté, on pouvait acheter tout le nécessaire pour reproduire cette charmante scène : un élégant panier en osier contenant une superbe couverture de lin, quatre assiettes de porcelaine, des couverts plaqués or, des flûtes de cristal. Et, naturellement, du champagne.

Un pique-nique digne d'une duchesse.

— Eh bien, vous ne faites pas les choses à moitié, n'est-ce pas, Dalton ?

— Sacrifier la beauté et le plaisir n'est pas dans mes habitudes, répondit-il en plantant son regard dans le sien. Et les clientes qui viennent au Dalton's n'attendent rien de moins que le meilleur.

— C'est noté, murmura Beatrice.

Les mots « beauté » et « plaisir » restèrent suspendus dans l'atmosphère parfumée de l'établissement.

Mais il devinait que, comme lui, ce n'était pas à un pique-nique qu'elle pensait. Ni aux étalages du magasin.

Près d'eux, une femme était en train d'acheter l'un des paniers. Elle prenait les dispositions nécessaires pour qu'il soit emballé et livré à son domicile dans l'après-midi.

— Je me suis rendu compte que les dames n'aimaient guère être encombrées par leurs achats, reprit Wes. C'est pourquoi nous proposons un service de livraison pour tous nos articles. Nos clientes répugnent à sortir du magasin chargées de paquets, exposant ainsi aux yeux de tous leurs désirs et leurs faiblesses. Elles préfèrent en profiter plus secrètement, dans l'intimité de leur demeure.

Les mots « désirs », « faiblesses » et « secrètement » flottèrent à leur tour dans l'air.

Il se remémora le jour où, après s'être introduit dans la chambre de Beatrice, il s'était caché derrière le rideau pendant que le duc était conduit dans le salon de réception.

Dalton lui fit visiter les autres rayons du magasin, des articles ménagers aux accessoires pour femmes. Partout, c'était une débauche de couleurs, une orgie sensationnelle de textures : le doux murmure du cachemire, le poids d'un verre de cristal taillé, l'éclat d'un miroir en argent poli et de sa brosse assortie, le magnifique déploiement des soies, des satins et des tulles, le lourd parfum des immenses bouquets de fleurs fraîchement coupées disposées çà et là dans tout l'établissement.

Dalton connaissait tout cela par cœur. Mais pour la première fois il avait le plaisir de regarder Beatrice, les yeux écarquillés, en train de se délecter du spectacle. De la voir effleurer du bout des doigts la douceur veloutée des tissus, respirer à pleins poumons lorsqu'ils passaient devant un bouquet de roses et de lis. Elle entrait peu à peu dans une transe d'admiration et de désir, et elle oubliait absolument tout ce qui pouvait exister au-delà des murs de marbre de ce palais.

Une règle d'or : « faire naître le désir ».

Là était le secret de son succès : il ne se contentait pas de vendre des marchandises.

Les besoins de la clientèle étaient limités. Les exploiter ne suffisait pas à bâtir des fortunes et des légendes. Il fallait offrir sans cesse à la femme une image nouvelle, irrésistible, de ce que pourrait être sa vie si seulement elle achetait ce collier, cette robe, ce joli service à thé. C'était à cette condition seulement que l'on pouvait s'enrichir.

Dalton le savait.

En outre, il était lui-même à l'abri de tous ces désirs et ces envies. Du moins le pensait-il.

Ce fut au rayon de l'ameublement que tout s'écroula.

— Qu'est-ce que c'est ? demanda Beatrice, les yeux brillants, en découvrant un spectaculaire assemblage de tentures rouges.

Lorsque son regard pétillait ainsi d'émerveillement et de ravissement, Wes se surprenait à prier Dieu de lui venir en aide.

— Je n'ai jamais rien vu de tel, ajouta-t-elle.

— C'est le salon turc.

— Oh ! bien sûr ! J'ai lu un article dans le journal à ce sujet. Il fait palpiter le cœur de toutes les jeunes filles et provoque les foudres des ligues de vertu. Vous avez créé la dernière mode en matière de décoration intérieure.

— C'est exactement l'effet que je recherchais lorsque l'un de mes acheteurs a décidé de recréer ce salon dans le magasin. Il en avait vu un semblable lors d'un voyage en Turquie.

Wes avait deviné que cela causerait un scandale, et c'était précisément pour cette raison qu'il avait approuvé l'idée. Le salon turc consistait en une sorte de tente. Des tissus souples et doux créaient un cocon intime, à peine éclairé par une lanterne de cuivre ornée d'arabesques. À l'intérieur, le sol était couvert de coussins moelleux. Le confort douillet du lieu, l'éclairage chaleureux, la sensation d'intimité, tout cela contribuait à une atmosphère de séduction.

Mieux valait ne pas s'aventurer plus près de la tente. Même si rien ne les empêchait de pénétrer à l'intérieur pour jouir de la tranquillité, des lumières tamisées, de l'impression d'être coupés du reste du monde. Elle et lui. Seuls ensemble. Une flamme de désir longtemps restée en sommeil, sensation oubliée, l'embrasa soudain. Mais il ne voulait pas éprouver cela. Pas pour elle.

Je m'appelle Wes Dalton. Vous avez volé mon cœur et insulté mon honneur et j'ai juré de me venger.

La vengeance. Oui, cette rage féroce qui gouvernait tous ses actes depuis des années. Une douce, douce vengeance qui serait bientôt sienne.

Il n'oublierait jamais.

Mais Beatrice, mon Dieu, Beatrice semblait avoir oublié totalement son discours rageur et son projet machiavélique de pousser le Goodwin's à la ruine, de le racheter pour une bouchée de pain et de l'anéantir définitivement. Levant les yeux vers lui, elle lui sourit comme si ce qui s'était passé seize ans plus tôt n'avait jamais eu lieu.

— Vous me montrez l'intérieur ? demanda-t-elle.

Dalton se contenta de la regarder fixement.

Non, il ne lui montrerait pas l'intérieur. C'était une très mauvaise idée. Ils étaient ennemis. Rivaux. Il était hors de question de s'enfermer ensemble dans ce petit paradis de volupté.

— Non, répondit-il enfin. Mais entrez sans moi, je vous en prie.

— Dans ce cas, j'y vais.

Et elle entra. Écartant les tentures, elle disparut dans le petit salon. Aussitôt, Dalton eut envie de la suivre comme il aurait cherché de l'air sur un bateau en train de couler. Il avait toujours su qu'elle était impulsive. Franche et directe. Prompte à faire fi des convenances et à céder à la tentation. Mais il pensait qu'après toutes ces années ils auraient réussi à la dompter. Le duc, toute l'aristocratie, sa mère, tous ces gens qui avaient tenté de lui imposer leurs règles. Mais ils ne l'avaient pas encore étouffée. Et s'ils n'avaient pas réussi…

Ce n'était pas lui qui allait essayer.

Soudain, elle passa la tête par l'ouverture.

— Allons, Dalton ! Je ne mords pas ! Moi qui pensais

que vous étiez un charmant voyou, et voilà que vous vous comportez comme tous ces hommes guindés des beaux quartiers ! Qu'est-il arrivé au garçon fougueux que j'ai connu autrefois ?

Vous lui avez brisé le cœur.

Le jeune Dalton avait disparu depuis longtemps. En osant nourrir des espérances trop grandes pour sa condition, le voyou idéaliste et romantique avait reçu une cruelle leçon. Il avait appris que l'argent était plus important que l'amour, que le pouvoir et le prestige comptaient davantage que les baisers. Quand l'occasion d'obtenir toutes ces choses s'était présentée, il l'avait saisie.

Mais soudain il songeait à ce que cela lui avait coûté.

La jeune fille qu'il avait perdue.

L'empire qu'il avait gagné.

Tout cela pour cet instant où elle reviendrait, et où il lui montrerait avec fierté ce qu'elle avait manqué.

Règle d'or : il faut toujours donner aux femmes ce qu'elles veulent.

— Très bien, lâcha-t-il.

Écartant les tentures à son tour, il la rejoignit dans ce décor exotique qui révolutionnait la mode de 1895.

Il savait, d'un point de vue rationnel, la séduction que ce havre douillet pouvait opérer. Mais il ne l'éprouva réellement que lorsqu'il s'y trouva installé auprès de Beatrice. Brusquement, il eut le souffle coupé.

Ils n'avaient pas été aussi proches l'un de l'autre depuis de longues années. Presque à se frôler. Wes eut l'impression d'avoir à nouveau vingt-deux ans. Saisi à la fois d'un désir ardent, passionné, et d'un doute déchirant, il en demeura paralysé.

— C'est exactement comme autrefois, et en même temps complètement différent, dit doucement Beatrice.

— Cela n'a aucun sens, et pourtant je sais exactement ce que vous voulez dire, répondit-il.

Oui, c'était comme autrefois. Elle et lui, et rien d'autre. Le magasin était leur terrain de jeux alors, un monde hors du monde où rien ne comptait tant que de voir la joie éclairer son visage, de provoquer son rire cristallin. Tout lui revenait, à présent : le bonheur grisant du premier amour, les premières flammes brûlantes du désir. L'impression que, soudain, tout devenait possible. Qu'une héritière de la haute société pouvait épouser l'assistant d'un chef de rayon.

Il ne voulait pas de ces souvenirs.

Les souvenirs s'accordaient mal avec la vengeance.

La tension qui les opposait ne devait pas se muer en tension sexuelle.

Il y avait tout cela, dans l'atmosphère de cette petite tente : une rivalité féroce, une souffrance indicible, l'incertitude. Pourtant, malgré toutes les années de douleur et de colère, à cet instant, il ne désirait rien d'autre que l'embrasser.

Il ne voulait pas de ces sentiments.

Les sentiments s'accordaient mal avec la vengeance.

— Je crois que vous en avez assez vu, dit-il brusquement en se levant pour fuir la tente. Au revoir, Beatrice, et bonne chance.

12

Le cercle des Ladies of Liberty
N° 25, à l'ouest de la 10e Rue
Une semaine plus tard

Beatrice se laissa tomber sur un canapé, en proie à un désespoir absolu. Aussitôt, Ava déposa une tasse de thé entre ses mains. La semaine avait été affreusement éprouvante, mais elle ne s'en était pas rendu compte avant d'arriver à la réunion hebdomadaire des Ladies of Liberty. Bien qu'elle ne connaisse la plupart de ces femmes que depuis peu, elle se sentait suffisamment en sécurité parmi elles pour se détendre enfin.

Harriet, qui consacrait tout son temps au cercle et ouvrait sa maison à ses membres, avait créé dans son salon un espace tout simplement magique.

— Comment se passent vos aventures dans le commerce ? demanda-t-elle, espérant visiblement de bonnes nouvelles.

— Mal, je le crains.

Les femmes qui l'entouraient poussèrent de petits soupirs compatissants avant de l'inviter à tout leur raconter, à leur livrer ses préoccupations.

— J'ai réussi à prendre la tête du Goodwin's, commença Beatrice. J'ai effectué des recherches sur les autres grands magasins et sur leurs innovations en matière de tarification, d'exposition des produits et d'offre de services. Je suis allée jusqu'à braver le Dalton's, et rencontrer son propriétaire en personne.

Sur ces mots, elle s'interrompit un instant, encore troublée par cette expérience.

— Je crois maintenant savoir ce qu'il faut faire pour que le Goodwin's puisse se hisser au niveau de ses concurrents. Mais je ne parviens pas à me faire obéir des employés ! Quand je parle, c'est comme s'ils ne m'entendaient pas.

Tout en s'exprimant, elle sentait peu à peu s'alléger le poids qui lui comprimait la poitrine, comme si elle avait desserré son corset à la fin d'une longue journée.

— Mais je suis la présidente ! poursuivit-elle. Est-ce parce que je manque d'expérience qu'ils refusent de m'écouter ? Mais comment une femme peut-elle acquérir une expérience suffisante pour diriger une entreprise si elle est censée se marier et rester à la maison ? Je ne sais tout simplement pas ce que je dois faire.

— C'est parce que vous êtes une femme, affirma Harriet d'un air grave. J'ai remarqué que certains hommes faisaient la sourde oreille lorsqu'une femme prenait la parole.

— À qui le dites-vous !

— Pas aux hommes : ils n'entendraient pas ! déclara Daisy, ce qui les fit éclater de rire toutes en chœur.

— Il faudrait inventer un appareil qui nous donnerait une voix d'homme.

— Parlons-en à Mr Edison ! lança Adeline d'un ton malicieux.

— Mais, si l'idée vient d'une femme, sera-t-il prêt à l'écouter ?

— Peut-être faudrait-il qu'un homme nous suive partout en répétant tout ce que nous disons d'une grosse voix masculine, suggéra Ava. Comme un microphone humain. Peut-être qu'alors les autres hommes nous écouteraient.

— Un traducteur pour hommes, en quelque sorte.

À présent, toutes ces femmes riaient si fort qu'on entendait les tasses de thé et les soucoupes s'entrechoquer. Plusieurs d'entre elles tirèrent un mouchoir de leur poche pour se tamponner les yeux.

Certaines s'arrêtèrent pour réfléchir à la question.

— L'idée est intéressante, dit Harriet. Songez à ce que nous pourrions accomplir si nous avions des hommes pour annoncer nos idées, pour les porter !

— Oui, imaginez que des hommes réclament le droit de vote pour les femmes, ou des salaires égaux aux leurs !

— Oh ! mais un homme demande un tel entretien ! protesta Ava. Il faut le nourrir et lui donner à boire. Et c'est comme un cheval : il faut s'en occuper. Ils sont incapables de se débrouiller seuls !

— Mon mari trouve rarement ses chaussures sans mon aide ou celle de la bonne, renchérit une femme.

— Peut-être devrais-je porter des vêtements d'homme, songea Beatrice tout haut.

Elle se mit à s'imaginer en pantalon. Jouir d'une telle liberté de mouvement devait être fort agréable.

— Je vous le recommande vivement, intervint Eunice.

Elle-même portait fièrement des pantalons. Mais elle travaillait dans le théâtre, un milieu légèrement plus tolérant que le reste de la société.

— Il est certain que ce serait beaucoup plus commode pour monter à bicyclette, reconnut Beatrice.

— C'est une excellente idée si vous voulez que toute la ville parle de vous. Souvenez-vous de ce qui s'est passé lorsque les femmes se sont mises à porter des culottes bouffantes, répliqua Ava d'un air sombre.

Mais sa remarque fit sourire Beatrice.

— Il y a un avantage à être une duchesse divorcée qui affiche ouvertement l'ambition de diriger un grand magasin : je ne peux rien faire de plus scandaleux ! Me vêtir comme un homme et me rendre au travail à bicyclette ne serait rien à côté de ce que l'on me reproche déjà. Aussi, peut-être devrais-je le faire.

— Croyez-moi, il n'y a rien de plus en vogue que de monter à bicyclette. Et cela choque de moins en moins chaque jour !

— Si seulement nous avions des tenues élégantes adaptées à cette pratique…, observa Adeline, la couturière, une lueur dans le regard.

— Savez-vous que j'ai demandé à mes employés de créer un rayon spécialement pour les femmes, où nous vendrions des bicyclettes mais aussi des tenues appropriées ? demanda Beatrice. Ils m'ont d'abord répondu que c'était impossible. Ensuite, ils ont prétendu que nous n'avions pas la place nécessaire. Et, pour finir, ils ne l'ont tout simplement pas fait.

— Comme j'aimerais pouvoir me rendre dans un magasin où je serais bien accueillie, et où l'on m'aiderait à choisir une bicyclette ! Je rêve d'en conduire une, mais m'en procurer un modèle est une tout autre histoire !

— Voyez-vous, je sais quelles améliorations je veux apporter au Goodwin's, reprit Beatrice. Mais comment les mettre en œuvre si les personnes qui travaillent pour moi refusent de m'écouter ?

— Écoutaient-elles votre frère lorsqu'il dirigeait le magasin ?

— C'est difficile à dire. Je crois qu'il ne leur a jamais demandé autre chose que de se présenter le matin et de faire la même chose que la veille. Franchement, j'ai envie de les congédier tous !

C'était une idée téméraire, tyrannique, même, et

particulièrement effarante dans la bouche d'une femme. Autant suggérer de réduire tout le bâtiment en cendres pour repartir de zéro !

C'est alors que Harriet, l'audacieuse Harriet, la surprit.

— Pourquoi ne le faites-vous pas ?

Elle avait pour cela un certain nombre de raisons.

— Je pense aux familles que ces gens doivent faire vivre, répondit-elle. Et à leur fidélité au magasin. Certains y travaillaient déjà lorsque j'étais enfant. Mr Roger Stevens, en particulier. Il est entré au Goodwin's quand j'étais « haute comme trois pommes », comme il aime à me le rappeler.

Harriet balaya ces arguments du revers de la main.

— Je suis prête à parier que leurs épouses travailleraient mieux qu'eux, et qu'elles se montreraient fidèles à la personne qui les engagerait. C'est-à-dire vous.

— Il y a tant de femmes dans cette ville qui excelleraient dans la vente ! ajouta Adeline. Ne méritent-elles pas un travail propre, sûr, honorable et honnêtement payé, comme celui que vous pourriez leur proposer ?

Voilà que cela recommençait. Beatrice devait porter le flambeau de la libération des femmes. Être celle qui les sauverait toutes. Celle qui montrerait la voie, donnerait l'exemple et changerait le monde. Elle était censée faire tout cela alors qu'elle n'était même pas capable de se faire obéir de ses employés !

Épuisée à cette idée, elle soupira et but une gorgée de thé.

— J'aimerais beaucoup, mais...

Elle laissa sa phrase en suspens, préférant laisser les autres expliquer pourquoi c'était impossible. Mais elle songea soudain qu'elle était en train de se comporter comme Mr Stevens, qui rejetait systématiquement les idées des femmes.

Aussi se mit-elle à songer : *Pourquoi pas ?* Et ce « Pourquoi pas ? » se transforma rapidement en « Il le faut ! ».

Elle pouvait engager des femmes, mariées ou non, par dizaines. Les jeunes filles étaient nombreuses à quitter les campagnes et les petites villes pour chercher du travail à New York et, peut-être, y trouver l'indépendance et un véritable amour, plutôt que d'épouser l'homme le plus riche qui voudrait bien d'elles. Et si le Goodwin's leur donnait la chance à laquelle elle-même n'avait pas eu droit ?

Elle pourrait engager des personnes qui partageaient ses idées et voulaient travailler avec elle au lieu de s'opposer à tout ce qu'elle proposait. Des personnes qui avaient, elles aussi, une famille à nourrir et une vie à vivre.

Non, Beatrice n'avait aucune raison valable de ne pas le faire.

— J'aimerais beaucoup, déclara-t-elle. Point.

Harriet lui adressa un sourire rayonnant.

— Un magasin tenu par les femmes, pour les femmes. Imaginez donc !

— Il y aurait des commodités dignes de ce nom, si vous voyez ce que je veux dire, décréta Daisy. Et je ne parle pas seulement d'une pièce privée où l'on pourrait retoucher son maquillage.

— C'était la première chose sur ma liste ! s'exclama Beatrice.

Cette idée lui était venue lorsqu'elle avait constaté que le Dalton's était le seul établissement à offrir aux femmes une pièce propre et assez spacieuse. Cette découverte lui avait, bien malgré elle, inspiré le respect pour son concurrent. Si elle eût été une cliente comme les autres, elle aurait valu à Dalton sa dévotion éternelle.

— Mais, poursuivit-elle, Mr Stevens m'a rétorqué que les femmes ne devraient pas rester hors de chez elles suffisamment longtemps pour en avoir besoin, et même qu'elles feraient mieux de rester à la maison.

— C'est révoltant !

— Vous devez vraiment le renvoyer, Beatrice.

— Notez que, sans le vouloir, il a émis une remarque intéressante, intervint alors Ava. Si vous mettez des cabinets d'aisances à la disposition de vos clientes, elles pourront rester plus longtemps dans le magasin. Et auront par conséquent davantage de temps pour faire des achats.

— Vous pourriez ouvrir un restaurant ou un salon de thé à l'intérieur de l'établissement ! suggéra un autre membre du cercle. Un lieu où les femmes pourraient être servies par quelqu'un d'autre, pour une fois.

— Et proposer un service de livraison, pour qu'elles achètent davantage d'articles qu'elles n'en peuvent porter ! lança une autre.

— Un endroit où l'on garderait les enfants, pour que leurs mères puissent enfin faire leurs emplettes en paix !

— Et peut-être simplement un endroit où elles pourraient passer un moment. Sans rien faire.

Les idées fusaient de toutes parts. Ces femmes à qui l'on n'avait jamais demandé ce qu'elles voulaient avaient tant à dire ! Au fond, appartenir à leur sexe signifiait qu'elles devaient sans cesse s'adapter à un monde pensé pour les hommes, aussi inconfortable que cela puisse être. Mais si enfin les femmes disposaient d'un lieu conçu pour elles ? Un refuge où elles seraient en sécurité, un endroit propre, élégant, où elles pourraient s'attarder à loisir, enfin à l'aise ! Aucune de ces suggestions n'était extraordinairement originale, ni particulièrement irréalisable. Mais, en les rassemblant toutes, et en proposant les bons produits, Beatrice pourrait créer quelque chose de totalement nouveau et de merveilleux. Plus qu'un magasin : une destination.

À moins qu'elle ne coure à un échec spectaculaire devant

tout New York, et surtout devant toutes les jeunes filles qui observaient son ascension en retenant leur souffle.

Était-elle seulement prête à faire ce qui, elle le savait, devait être fait ?

13

Le Goodwin's
Quelques jours plus tard

Oui, Beatrice savait ce qu'elle avait à faire. Mais cette perspective était loin de l'enchanter. Elle s'accrocha à la certitude que des horizons plus cléments s'offriraient à elle lorsqu'elle aurait traversé cette nouvelle épreuve. Comme elle l'avait fait lorsqu'elle avait décidé de divorcer de son époux.

La situation était donc devenue à ce point catastrophique : elle préférait traverser les flammes de l'enfer avec le mince espoir de survivre plutôt que de s'exposer à la mort certaine de son âme.

Aussi avait-elle rassemblé tout le courage qui lui restait.

Elle n'en était pas à sa première bataille.

Pourquoi ne pourrait-elle pas remporter celle-là aussi ?

C'est dans cet esprit qu'elle s'approcha de Mr Roger Stevens. L'homme qui avait aidé son père à diriger le magasin, qui la connaissait depuis l'époque où elle était « haute comme trois pommes », qui avait assisté à son mariage et avait fidèlement servi son frère. L'homme qui, tout simplement, avait toujours été là.

— Mr Stevens, j'aimerais vous dire un mot.

— Je suis occupé pour le moment, ma petite.

« Ma petite. » Voilà qu'il s'adressait à elle comme si elle était une serveuse ou une secrétaire, et non la présidente de l'établissement qui l'employait !

Beatrice sentit son assurance vaciller. Légèrement.

Mais, aussitôt après, elle se rappela qu'elle avait traversé des épreuves autrement plus redoutables, et qu'elle avait survécu. Une femme qui avait triomphé d'un duc n'avait rien à craindre d'un tel homme.

— Tout de suite, dit-elle d'une voix ferme. Je vous prie.

Elle regretta aussitôt cette formule de politesse. D'autant plus qu'elle avait prononcé ces mots d'une voix douce alors qu'elle aurait dû se montrer implacable. Pourquoi n'avait-elle pas parlé à la manière de son dragon de belle-mère ? Quand la vieille femme disait : « Je vous prie », tout le monde savait que cela signifiait : « Si vous tenez à rester en vie. »

Beatrice prit une profonde inspiration et s'efforça de convoquer la douairière qui était en elle. Autrement dit, la femme qui était trop âgée et trop riche pour se soucier de ce que les hommes pensaient d'elle.

— Mr Stevens !

Enfin, il leva les yeux. Tournant les talons, elle se dirigea vers son bureau et attendit devant la porte ouverte qu'il la rejoigne. Ce qu'il fit sans tarder.

Beatrice referma la porte derrière lui.

Ils étaient seuls, à présent. Et elle avait les nerfs à vif.

Ils prirent place face à face, de chaque côté du bureau.

— Mr Stevens, je vous ai donné des consignes qui n'ont pas été appliquées. Pourquoi ?

Le vieil homme lui sourit. Avec indulgence. Comme si

elle était une idiote à qui il fallait expliquer les rudiments du métier.

— Elles n'ont pas été appliquées parce que je n'ai pas ordonné qu'elles le soient. Parce que ce n'est pas la façon dont nous travaillons ici. Je ne m'attends pas à ce que vous le compreniez puisque vous êtes… nouvelle.

« Nouvelle ». C'était donc le mot qu'il avait choisi.

— Si je comprends bien, vous avez délibérément omis de transmettre mes ordres, reprit Beatrice en hochant la tête.

— Dans votre intérêt. Et celui du Goodwin's. Je ne voulais pas que vous vous rendiez compte trop tard de votre erreur, et que vous ayez des regrets.

S'il n'exigea pas de remerciements, l'expression de son visage et le ton de sa voix indiquaient clairement ce qu'il pensait : elle était une femme, donc un être frivole et inconséquent qu'il convenait de protéger de lui-même.

— Vous pensez que je ne sais pas ce que je veux, dit Beatrice en ravalant sa colère.

— C'est-à-dire que vous êtes très… nouvelle.

Comme candidate au mariage, elle était trop vieille. Mais, pour ce poste, elle était trop jeune. Quoi qu'elle veuille faire, elle n'aurait donc jamais l'âge qui convenait. Que de pièges le monde tendait aux femmes ! Elle laissa échapper un rire offusqué qui parut décontenancer son interlocuteur.

Bien sûr, il s'attendait à ce qu'elle flanche comme une fleur délicate par un jour de chaleur.

— Vous semblez avoir des opinions bien arrêtées, lança-t-elle, de plus en plus irritée.

— Oui, répliqua-t-il avec fierté, manifestement convaincu que c'était là une qualité chez un homme.

— Et vous êtes très attaché à la routine.

— Oui, répéta-t-il, d'une voix moins ferme, cette fois,

comprenant qu'elle suggérait par là qu'il était vieux et inflexible.

Et ne dit-on pas que ce qui ne ploie pas se brise facilement ?

Beatrice convoqua à nouveau le souvenir de la duchesse douairière, en particulier sa façon de se tenir, le dos raide, les épaules rejetées en arrière. Elle leva haut la tête, comme si elle portait l'intégralité des œuvres de Shakespeare au sommet de son crâne sans que cela gêne en rien ses mouvements.

— Voyez-vous, Mr Stevens, nous devons changer notre façon de faire.

Assise parfaitement droit dans son fauteuil, elle gardait très élégamment les mains croisées sur son bureau. Tandis que son cœur lui martelait les côtes comme les sabots d'un cheval aux courses d'Ascot.

— Puisque, comme vous le reconnaissez vous-même, vous êtes très attaché à la routine et n'êtes pas disposé à changer, je crois qu'il vaudrait mieux que vous cherchiez un emploi dans un autre établissement.

Il pourrait trouver une place dans un autre grand magasin. Ou, peut-être, prendre sa retraite.

— Je me trouve très bien au Goodwin's.

— Ce n'était pas une suggestion, Mr Stevens.

Cette fois, il l'avait entendue. Beatrice vit ses joues rougir d'indignation et ses yeux s'enflammer de colère. C'était le visage d'un homme qui ne supportait pas d'être défié par une femme. Une expression qu'elle connaissait bien. Les battements de son cœur s'accélérèrent encore, et elle se retint à grand-peine de triturer nerveusement ses jupes. Sans des années d'entraînement, jamais elle ne serait parvenue à garder les mains croisées sur son bureau.

— Êtes-vous en train de me dire ce que je crois ? répliqua-t-il vertement.

— Oui. Je vous remercie pour vos années de service au Goodwin's, mais…

À présent, Beatrice sentait son cœur battre à la vitesse d'un cheval à Ascot pendant la dernière ligne droite, un jour de tremblement de terre. Ce qui était tout naturel lorsqu'on se trouvait seule avec un homme en colère. Et il était très en colère. Son visage était écarlate et ses narines frémissaient de rage.

— Vous ne pouvez pas me renvoyer, dit-il d'une voix glaciale. J'ai travaillé pour votre père. Pour votre frère. Ils comptaient sur moi pour exécuter leurs ordres.

— C'est exact. Mais, contrairement à eux, je ne peux pas compter sur vous pour exécuter mes ordres. Et je peux vous renvoyer.

Beatrice fut tentée de quitter brusquement la pièce, d'effectuer une sortie spectaculaire. Mais elle se rappela soudain que ce bureau était le sien et qu'elle avait demandé, ou plutôt ordonné, à Mr Stevens de partir. Son corps tout entier était démangé par l'envie de fuir, mais elle refusait de lui donner cette satisfaction. Il lui faudrait recourir à une autre tactique.

Elle se contenta de se lever : une démonstration simple mais implacable de son pouvoir. C'était écrit dans tous les manuels de bonnes manières : lorsqu'une lady quittait son siège, l'homme se devait d'en faire autant. Et Mr Stevens, par habitude, ne dérogea pas à la règle. Ha ! elle avait presque réussi à le pousser élégamment hors de son bureau.

Beatrice demeura debout en faisant appel à toutes ses forces pour afficher une assurance inébranlable. Elle savait qu'elle avait raison, mais elle était à la fois terrifiée et grisée.

Mr Stevens ne bougeait pas d'un pouce.

Elle non plus.

Mais il ignorait qu'à ce jeu elle avait l'avantage : les

femmes savaient mieux que personne rester immobiles et silencieuses au milieu de la tempête, supportant sans ciller toutes les souffrances et les épreuves. Elles étaient rompues à cet exercice.

Beatrice avait vécu dans l'inconfort pendant des années ; elle pouvait attendre quelques minutes de plus.

Enfin, Mr Stevens comprit qu'elle était déterminée. Qu'il ne la ferait pas plier.

Il lui jeta un regard cinglant. Un regard à faire tomber les épines des roses.

— Je n'oublierai pas cet affront, ma petite. Et croyez bien que je vous le ferai regretter !

D'un pas furieux, il se dirigea vers la porte.

— Catin ! grommela-t-il en la claquant violemment derrière lui.

Le choc fit trembler le chambranle, les jambes de Beatrice et l'assurance qu'elle s'était soigneusement forgée.

Elle s'assit sur son fauteuil et pleura.

Ce n'étaient pas des larmes de tristesse ni de peur, mais de soulagement. Elle était partie au combat, et elle avait remporté la victoire. Après avoir lutté vaillamment, elle avait le droit de se laisser aller pendant un petit moment.

Elle était seule.

Après avoir, une nouvelle fois, traversé les flammes de l'enfer.

Un nouvel horizon s'ouvrait à elle, à présent.

Alors elle s'autorisa à pleurer encore.

Beatrice n'avait pas sangloté de la sorte depuis le jour où elle s'était enfuie du château pour consulter des avocats. Où ils lui avaient dit ce qu'elle voulait désespérément entendre : elle avait une minuscule chance d'obtenir le divorce. La liberté. Un avenir.

C'était tout ce qu'elle demandait : une minuscule chance. Un infime espoir.

La victoire était dans ces sanglots, ces larmes qui inondaient ses joues. Lorsqu'elle eut cessé de pleurer, elle se sentit plus légère, et capable de déplacer des montagnes.

14

Une salle de bal des beaux quartiers
Le soir suivant

Wes Dalton avait attendu toute sa vie ce moment. Le moment où, debout dans une salle de bal, il verrait Beatrice en franchir les portes. Bien sûr, il était toujours considéré comme un parvenu dans cette ville. Mais au moins il était à l'intérieur de cette satanée pièce.

Et quelle pièce impressionnante c'était, avec ses tableaux de maître, ses portraits de membres de la haute société et ses lustres de cristal suspendus au plafond ! La salle de bal était bondée de femmes couvertes de diamants et de perles. Tout en échangeant des potins, ces dames manœuvraient pour servir leurs ambitions mondaines. Plus austères en habit de soirée noir et chemise blanche, les hommes sortaient sur la terrasse pour se glisser des informations sur le marché boursier. Certains allumaient des cigares d'importation en enflammant des billets de cent dollars.

Des gens mouraient de faim dans la rue.

Dalton avait été parmi eux autrefois.

Jamais il ne se serait trouvé dans cette pièce si une certaine somme d'argent ne lui était tombée du ciel, autrefois. Ni sans la peine qu'il s'était donnée, les risques qu'il avait pris et une volonté farouche de réussite. Grâce à tout cela, il était là. Ce qui signifiait qu'il était, enfin, digne d'elle.

Digne de Beatrice.

Ils ne tardèrent pas à se trouver face à face, près des fenêtres qui menaient à la terrasse.

Le moment tant attendu était enfin arrivé.

— Bonsoir, Beatrice.

— Oh ! bonsoir, Dalton !

Seigneur, cette façon qu'elle avait de le saluer ! C'était comme si elle niait tout ce qu'il y avait eu entre eux. S'ils étaient concurrents aujourd'hui, ne s'étaient-ils pas aimés autrefois, et ne partageaient-ils pas encore le secret de leur histoire ?

— J'ai entendu des rumeurs à votre sujet, dit-il. On raconte que vous avez congédié tout votre personnel. C'est très surprenant. Il aurait semblé plus judicieux de garder les employés les plus expérimentés, et pourtant je ne doute pas de votre intelligence.

— Je n'ai pas congédié tout le personnel. Certaines femmes ont obtenu une promotion.

— C'est donc vrai, pour l'essentiel, commenta-t-il. Êtes-vous imprudente ou impitoyable ?

— Je joue pour gagner, voilà tout. Je vous laisse méditer ces paroles.

Après avoir bu une gorgée de champagne, elle fixa sur lui un regard de défi. Sa détermination était évidente. Et, malgré lui, Wes était intrigué.

— Je m'attendais à vous voir vous réjouir de ce que tout le monde qualifie de folie, ajouta-t-elle. Mais peut-être pensez-vous que c'est une manœuvre habile de ma part ?

— Peut-être est-ce judicieux, en effet, répondit-il. Les femmes sont souvent plus dures à la tâche que les hommes, et coûtent deux fois moins cher.

— Vous voulez dire que les femmes que vous employez sont moins bien payées que leurs collègues masculins ?

— Comment croyez-vous que je suis devenu l'un des hommes les plus riches de Manhattan ?

Sa remarque n'amusa pas Beatrice. Un homme, lui, aurait ri.

— Et vous êtes fier d'avoir bâti votre fortune sur le dos d'employées travailleuses et sous-payées ? Je m'attendais à mieux de votre part.

Dalton sentit la fièvre lui monter au front suite à cette allusion. Il avait pris soin de cacher ses origines modestes à la plupart des gens qui se trouvaient dans la pièce. Des gens qui les observaient d'ailleurs avec curiosité. Les pages mondaines des journaux s'étaient délectées du récit de leur rivalité.

— Je suis simplement fier d'avoir appris les règles du jeu, tenté ma chance et gagné la partie, répondit-il.

Même s'il lui restait une dernière manche à remporter.

Cela ne sembla pas impressionner Beatrice.

À nouveau, il songea à ces oiseaux rares et magnifiques que l'on massacrait pour qu'il puisse vendre des chapeaux à plumes. *Il faut toujours donner aux femmes ce qu'elles veulent.* Il songea aux vendeuses condamnées à un bas salaire au nom de la loi du marché. *Donner aux femmes ce qu'elles veulent, vraiment ?* Des oiseaux et des femmes, sacrifiés pour qu'il puisse siroter du champagne dans cette salle de bal en se sentant important.

Cet éclair de lucidité était aussi contrariant qu'inconfortable, aussi se hâta-t-il de changer de sujet.

— Si vous n'avez plus de personnel, vous allez être contrainte de fermer le magasin, observa-t-il. Pendant des jours, des semaines, peut-être. Il vous faudra du temps pour pourvoir tous les postes, et former les nouveaux employés.

Et pendant ce temps vous perdrez de l'argent tandis que j'en gagnerai davantage. Vous n'aurez plus la moindre chance de remettre le Goodwin's sur pied.

Il ne lui resterait plus qu'à le racheter pour une somme dérisoire. Et à le détruire.

C'était ce qu'il voulait.

Je m'appelle Wes Dalton. Vous avez volé mon cœur et insulté mon honneur et j'ai juré de me venger.

Mais Beatrice lui souriait d'un air satisfait.

— Ce devrait être une bonne nouvelle pour vous, répondit-elle. Alors dites-moi, Dalton, pourquoi ai-je l'impression que vous tentez de me faire changer d'avis ?

— Je n'essaie pas de vous faire changer d'avis. Cela fait seize ans que j'attends de voir Edward et Beatrice Goodwin provoquer la ruine de leur magasin. Mais il ne serait pas loyal de ma part de vous laisser commettre des erreurs grossières et désastreuses dans le seul but de remporter la bataille.

— Quelle piètre victoire ce serait ! lança-t-elle.

— Exactement.

— Cela enlèverait un peu de saveur à votre vengeance, ajouta-t-elle d'un ton taquin.

— En effet.

— À moins que vous ne vouliez retarder l'issue de notre affrontement parce que vous n'avez toujours aucun projet pour la suite ?

Encore ce petit sourire. Comme si elle cherchait à le provoquer. Un autre que lui aurait pris la mouche. Mais Dalton aimait le frisson que lui procurait chaque nouveau défi.

— À la vérité, ce sont vos projets qui m'intéressent. Êtes-vous certaine de savoir ce que vous faites ? Êtes-vous sûre que vous ne voulez pas vendre ? Je suis prêt à conclure un marché avec vous ici même. Sur-le-champ.

— Dalton, ce n'est pas un sujet de conversation pour une salle de bal, répliqua-t-elle sur un ton de réprimande. Si vous tenez à me faire une offre, prenez rendez-vous et je vous recevrai dans mon bureau. En privé.

Une image de Beatrice dans son bureau lui vint à l'esprit. Debout contre un mur. La tête inclinée en arrière, la bouche offerte. Un rire charmant aux lèvres, dépourvu de toute moquerie.

Non, il ne prendrait pas de rendez-vous pour qu'elle le reçoive en privé dans son bureau.

— Mais, tout de même, songez au chemin que chacun de nous a parcouru pour arriver ici, dit-elle, songeuse. Pour avoir cette conversation saugrenue dans une salle de bal.

Soudainement, la discussion prenait un tour très personnel.

— Pour ma part, je n'ai eu qu'à bâtir une fortune à partir de rien.

— Pas à partir de rien, Dalton, dit-elle d'un ton sans équivoque. N'oubliez pas les trois mille dollars que mes parents vous ont donnés pour que vous ne m'épousiez pas. Ce n'est pas une somme négligeable.

— Cette vieille histoire ? Vous aviez déjà accepté la demande du duc et vous vouliez que je reste à New York pour assister au déroulement des événements ?

— Ma mère craignait tant la tentation que vous représentiez pour moi qu'elle vous a payé pour quitter la ville. Cela ne signifie-t-il donc rien pour vous ?

— Maintenant, si. Mais il est bien trop tard.

— Bien trop tard, en effet. Vous m'avez déjà révélé que, tout ce que vous vouliez depuis le début, c'était le Goodwin's. Votre obstination à vouloir l'acheter ne fait que le confirmer. C'était le magasin qui vous intéressait, pas moi.

— Et le duc, n'est-ce pas pour votre fortune qu'il vous a épousée ?

— Lui n'a jamais prétendu m'aimer.

Dalton reçut ces paroles comme une gifle.

— Est-ce vraiment ce que vous pensez ? Que j'ai menti sur mes sentiments ? Que j'ai mis mon corps et mon âme à nu devant vous en vous cachant mes véritables intentions ? Je n'ai jamais fait semblant, Beatrice.

— Alors pourquoi avez-vous pris l'argent ?

— Pourquoi avez-vous accepté d'épouser le duc ?

— Je n'avais pas le droit de refuser la demande en mariage d'un duc. Dites-moi, Dalton, comment une jeune fille peut-elle refuser ce pour quoi elle a été conçue et élevée alors qu'elle n'a pas le choix ?

— Dites-moi, Beatrice, comment un jeune homme sans grandes perspectives d'avenir peut-il refuser une somme d'argent susceptible de changer sa vie ?

— Vous ne l'avez pas gaspillée, c'est certain. Au moins, on ne peut pas vous reprocher cela. Ce n'est peut-être pas vous qui avez été le plus lésé dans cette affaire, finalement.

Non, il n'avait pas gaspillé cet argent. Mais que voulait-elle dire par « le plus lésé » ?

Pour la première fois depuis son retour à New York, Dalton se demanda ce qu'elle avait enduré pour se trouver dans cette salle de bal ce soir. Le divorce n'était pas nouveau, mais il était encore rare, surtout dans le milieu des personnes qui se trouvaient dans cette pièce. Et qu'une femme divorce d'un duc était presque impensable. Quelle vie avait-elle vécue en Angleterre pour être désespérée au point de risquer un tel scandale ?

En songeant aux épreuves que la jeune fille qu'il avait aimée autrefois avait dû traverser, il sentit son cœur se serrer.

Si seulement elle l'avait choisi !

Mais il était trop tard pour de telles pensées.

— Je sais que tout le monde pense que mon divorce est

un échec honteux, un scandale, dit Beatrice en haussant les épaules. Mais, curieusement, il a produit sur moi un effet libérateur. J'ai passé trop de temps à faire ce que l'on attendait de moi, à m'efforcer de plaire aux autres. À présent, je ne veux penser qu'à mon propre plaisir.

— Je vous ai sous-estimée, n'est-ce pas ? demanda Dalton.

— Comme tout le monde.

— Je dois reconnaître que je suis curieux de voir ce que vous allez faire maintenant.

Elle lui adressa un sourire malicieux, et ce sourire fut comme une flèche qui lui transperça le cœur. Tout en parlant, pressés par la foule, ils avaient été attirés l'un vers l'autre. Ils étaient maintenant si proches que Wes sentait la chaleur qui émanait de son corps, et pouvait humer son parfum léger.

— Êtes-vous en train de me dire que vous allez garder un œil sur moi, Dalton ?

— C'est exactement ce que je suis en train de vous dire, murmura-t-il.

Leurs regards se rencontrèrent et, pendant une seconde, il eut le sentiment qu'ils étaient à nouveau les jeunes gens d'autrefois. Il fut submergé par une émotion si intense que le monde aurait pu s'écrouler autour d'eux sans qu'il s'en aperçoive. C'était comme si le temps s'était arrêté seize ans plus tôt. Wes aurait pu, peut-être, tendre la main pour ramener une mèche rebelle derrière l'oreille de Beatrice, lui dire un secret tout bas, poser ses lèvres sur les siennes, rire avec elle à une plaisanterie qu'ils étaient les seuls à trouver amusante. Comment avait-elle pu douter de ses sentiments ?

— Mais vous ne renoncerez pas à vos projets de vengeance, n'est-ce pas ? demanda-t-elle alors.

— Non. Je suis trop près du but.

15

Résidence des Goodwin
°1, 34e Rue, à l'ouest de la Cinquième Avenue
Le lendemain

Recevoir des visites au petit déjeuner n'était pas chose commune, surtout pour une personne aussi matinale que Beatrice. À l'époque où elle était duchesse, elle avait coutume de se prélasser au lit en lisant les journaux. À présent qu'elle était la présidente d'un grand magasin en difficulté, elle se contentait d'en survoler les pages entre son thé et ses toasts, à une heure que sa mère qualifiait d'indécente.

Pourtant, elle avait un visiteur au petit déjeuner.

Wes Dalton lui-même.

Ils avaient passé bien des heures ensemble durant leur jeunesse, mais jamais dans le salon de la demeure familiale. Ils n'avaient droit qu'à des instants volés dans des arrière-salles et des placards à balais, des réserves et des escaliers dérobés. Puis, lorsque leur amour s'était épanoui et que le désir était devenu trop impérieux, il s'introduisait subrepticement dans sa chambre, à la nuit tombée.

Mais aujourd'hui il avait sonné à la porte, et Beatrice s'apprêtait à le recevoir au salon. Sans chaperon. Et personne n'y trouverait rien à redire.

Être divorcée avait ses avantages.

Néanmoins, cette visite était surprenante. Toute affaire d'ordre professionnel pouvait être traitée dans l'un de leurs bureaux respectifs. Et ils n'avaient, à sa connaissance, aucune question d'ordre personnel susceptible d'être abordée à son domicile. Aucun d'eux n'avait cédé de terrain à l'autre lors du bal où ils s'étaient vus la veille, c'était certain. Même si elle avait senti, peut-être, la tentation l'effleurer. Être si proche de lui avait ravivé des souvenirs, et ces derniers n'étaient pas déplaisants. Bien au contraire.

En outre, Dalton avait fière allure dans son habit de soirée, et il ne l'avait pas quittée des yeux. Beatrice avait eu l'impression d'être la seule femme au monde, ce qui n'était pas rien. Lorsqu'elle l'avait taquiné, et même provoqué, il ne s'était pas fâché, n'était pas parti en claquant la porte. Auprès de lui, elle était elle-même, pour le meilleur ou pour le pire, et il ne l'en respectait pas moins.

Mais elle ne devait pas s'abandonner à de telles pensées. Tomber amoureuse était hors de question.

Cela pourrait la mettre en danger. Pire encore, la distraire.

Elle ne pouvait pas se permettre de se laisser distraire.

Depuis qu'elle s'était débarrassée de Mr Stevens, elle avait commencé à mettre en œuvre ses projets d'amélioration pour le magasin. Cela allait bien plus vite sans le vieil homme et sa suite d'employés récalcitrants. Certains avaient déjà été remplacés par des hommes et des femmes pleins d'allant. Ceux-là ne connaissaient même pas « la façon dont on avait toujours procédé » et accueillaient les idées nouvelles avec enthousiasme. Il y avait des rénovations à entreprendre, de nouvelles marchandises à sélectionner et à entreposer, des étalages éblouissants à imaginer et à réaliser.

En d'autres mots, Beatrice avait hâte de se mettre au travail.

Mais, tout d'abord, Dalton.

— Bonjour, Dalton. C'est la deuxième fois que nous nous voyons en une semaine. Vous voulez rattraper le temps perdu, je suppose.

— Bonjour, Beatrice.

Elle était assise au bout de la table, et il prit place à sa droite. L'espace d'une seconde, une impression étrange la frappa : ils ressemblaient à deux époux. Un homme et sa femme prenant leur petit déjeuner ensemble. La scène était si intime.

Beatrice lui proposa une tasse de thé, qu'il accepta.

C'était une relation d'affaires, et elle ne devait pas l'oublier.

— Êtes-vous ici pour vous venger ? Dois-je cacher les couteaux ? demanda-t-elle à voix basse en montrant d'un geste un couteau à beurre posé entre eux sur la table.

— Vous êtes sévère, mais je le mérite, reconnut-il avec un sourire en coin.

— En effet. Mais vous n'avez pas répondu à ma question. Pourquoi cette visite ? Peut-être êtes-vous venu avouer vos plans machiavéliques avant de rendre l'âme, comme le font les méchants dans les livres.

— Je suis jeune, en bonne santé, et je n'aspire pas à devenir un méchant.

— J'aurais pu verser du poison dans le thé, poursuivit-elle. Je ne dis pas que je l'ai fait. Seulement que j'aurais pu.

— Tout bien réfléchi, peut-être serait-il plus prudent de faire venir un chaperon. Pour ma protection.

— Vous êtes en sécurité. Être divorcée, passe encore, mais devenir une meurtrière serait aller un peu trop loin, vous ne croyez pas ?

— Je l'espère. Il se trouve que je suis ici pour affaires.

— Ah, vraiment ? Si vous êtes venu me dissuader de reprendre le magasin ou me faire une offre pour le racheter, vous pouvez garder vos discours et repartir d'où vous êtes venu.

— Et manquer le spectacle ? La fille prodigue rentre à la maison, se débarrasse de son ivrogne de frère et tente de ramener à la vie un magasin moribond. Je tiens à voir cela ! Non, je suis ici parce que je veux que nous luttions à armes égales.

Beatrice le considéra avec méfiance.

Il semblait sincère. Cela lui allait bien. Maudit homme !

— Je suis venu vous remettre ceci, dit-il en plongeant la main dans la poche de sa veste pour lui tendre un morceau de papier.

Elle le prit, le regarda. Et sentit la colère l'envahir. Instantanément.

— C'est un chèque de trois mille dollars.

— Oui.

— Si vous pensez pouvoir m'acheter..., commença-t-elle d'une voix furibonde.

Il avait donc décidé de l'insulter avec une nouvelle offre. Mais au moins aurait-il dû lui proposer une somme décente, digne d'elle. Trois mille dollars ! De la part de l'homme qui détenait la troisième fortune de New York ! Elle aurait dû empoisonner le thé ou recourir à la violence pour...

— C'est la somme que vos parents m'ont donnée pour que je disparaisse. La somme avec laquelle j'ai ouvert mon premier commerce de toiles et de dentelles irlandaises. C'est grâce à ces trois mille dollars, ainsi qu'à un travail acharné et une part de chance, que j'ai bâti ma fortune. Il m'a semblé juste que vous disposiez du même montant.

— Oh ! souffla Beatrice, sentant sa fureur s'évanouir.

Elle prit un moment pour méditer ces paroles. Son rival lui rendait visite par souci d'équité ?

— Mais je vous rends aussi cet argent parce que je n'ai

pas disparu, ajouta-t-il, et que je n'ai aucune intention de le faire.

— Ah, je vois. Vous vous affranchissez des conditions initialement fixées. Nous allons nous battre, mais à la loyale. En faisant du passé table rase.

— Exactement. Faites ce que vous voudrez de cet argent. Mais ne croyez pas que je suis en train de vous faire la cour.

— Bien.

— C'est mon sens de l'honneur qui me guide. Je veux jouer franc jeu.

— Quelle noblesse d'âme !

— Je ne cherche aucunement à renouer avec l'intimité ni avec les sentiments qu'il a pu y avoir entre nous autrefois, poursuivit-il.

Une remarque qui contraria légèrement la vanité de Beatrice.

— Moi non plus.

— Alors, je vous en prie, n'en faites pas une affaire sentimentale. Ma vengeance est inéluctable, et elle ne sera que plus douce si je sais que notre combat a été loyal.

Leurs regards se rencontrèrent. Ses yeux d'un bleu intense se plantèrent dans les siens. Elle comprit. Il aimait se battre. Il aimait les défis. C'était le feu de la rage qui l'empêchait de dormir la nuit et l'éperonnait du matin au soir. Peut-être était-ce le désir de vengeance qui l'animait, ou seulement la volonté d'être le meilleur. Non, Dalton n'essayait pas de la courtiser. Du reste, elle refusait d'être courtisée. Il ne cherchait pas non plus à l'insulter : il faisait monter les enchères.

Très bien. S'il voulait jouer à ce jeu, il aurait une adversaire à sa mesure.

Beatrice lui tendit son chèque.

— Mes parents vous ont donné trois mille dollars il y a

seize ans. Si l'on tient compte de la montée des prix, vous me devez davantage.

Un éclair passa dans ses yeux.

Elle ne tenta pas de réprimer son sourire.

— Vous voyez, je ne suis pas qu'une jolie fille. Mais continuez à le penser. Cela me facilitera considérablement la tâche.

En voyant Dalton se lever, elle tourna la tête et découvrit que sa mère venait de pénétrer silencieusement dans la pièce. Celle-ci avait les lèvres serrées, et dans les yeux une question agacée : pourquoi ce gredin était-il en train de boire le thé dans son salon à cette heure matinale ?

— Il est ici pour affaires, Mère. Il est venu nous rembourser. Je crois savoir que père et toi lui avez remis trois mille dollars pour qu'il disparaisse. Comme vous le voyez, il ne l'a pas fait. Il a donc souhaité nous restituer cette somme.

Une tension palpable régnait dans la pièce. Car, si Manhattan ignorait tout du passé de Dalton, ou s'en moquait, la mère de Beatrice, elle, savait. Elle n'avait rien oublié.

— Je lui ai proposé cette somme dérisoire pour prouver qu'il n'était qu'un coureur de dot, répliqua-t-elle. Et, par conséquent, qu'il était indigne de toi. J'ai déboursé davantage pour des fourchettes lors de certaines réceptions. En acceptant cet argent, il a prouvé qu'il n'était pas un parti acceptable.

La flamme qui jaillit dans les yeux de Dalton n'échappa pas à Beatrice.

— D'aucuns pourraient répondre que cette somme a fait de moi un parti plus qu'acceptable, dit-il. Aujourd'hui, je suis riche, j'ai une splendide demeure, une carrière solide et lucrative, du prestige. Était-ce seulement ma pauvreté qui vous chagrinait, Mrs Goodwin, ou y avait-il autre chose ?

Au lieu de répondre, elle tourna les talons et quitta la

pièce. Sans doute ne pouvait-elle supporter une scène aussi pénible de bon matin. Manifestement, son antipathie pour Dalton était restée intacte, et c'était fort bien ainsi. Beatrice n'entendait pas entretenir avec lui davantage que des relations d'affaires.

Même si la façon dont il la regardait la faisait penser à tout autre chose.

Le boudoir

Dès que la porte se fut refermée sur son visiteur, Beatrice se précipita dans le boudoir, où elle trouva sa mère, une tasse de thé à la main, en train de trier une pile de lettres et d'invitations.

— Pourriez-vous m'expliquer ce qui vient de se passer ?

— Je pourrais te poser la même question, Beatrice.

— C'était une visite d'affaires. Même si elle a pris un tour plus personnel. À vrai dire, je ne sais pas très bien quoi en penser, répondit-elle en jetant un œil par la fenêtre. Il est parti, maintenant, et il a emporté son chèque.

— Edward était aveuglé par l'alcool, mais pas moi. Ton père était trop distrait par son travail pour voir la vérité, mais pas moi. Et toi… Tu avais des étoiles dans les yeux, et tu n'étais pas plus lucide que les autres. Dalton n'a jamais voulu qu'une chose : notre magasin. La façon dont il s'est servi de toi me fait horreur.

— Il n'aura jamais le magasin. J'y veillerai.

— Mais tu ne pourras faire que cela : lui résister, le combattre sans cesse. Cela te prendra tout ton temps et toute ton attention, jusqu'au retour d'Edward.

— Comment se porte mon cher frère ? Avez-vous des nouvelles de lui ?

— Curieusement, il ne semble guère enclin à nous écrire de longues lettres pour nous décrire ses journées par le menu, répondit sèchement sa mère.

— Il n'a pourtant rien d'autre à faire, répondit Beatrice.

Voilà qu'à trente-six ans elle parlait comme une jeune fille insolente.

— Il doit prendre soin de lui-même, répondit Estella d'une voix plus douce, emprunte de sollicitude maternelle.

— Je lui souhaite de se rétablir, vous le savez.

Edward ne s'était pas rendu avec joie à la maison de repos du Dr Barnacle. Et, à vrai dire, il ne s'y était pas tout à fait rendu de son plein gré. Mais, miné par l'alcool, il n'avait opposé qu'une faible résistance. Pour Beatrice, cela signifiait qu'il avait tout intérêt à prolonger son séjour pour bénéficier aussi longtemps que possible des conseils et des soins du médecin.

Elle ne souhaitait pas le voir malade, elle n'était pas un monstre. Mais plus elle se plongeait dans les affaires du magasin, plus elle examinait les livres de comptes et découvrait les motifs des décisions insensées qui avaient été prises, plus elle se rendait compte que son frère était un idiot. Leur père avait consacré sa vie au Goodwin's, et Edward avait tout gâché à cause d'une série de mauvais choix et d'occasions manquées, mais aussi de son refus obstiné du changement. Sa paresse et son arrogance avaient précipité sa chute. Et celle du magasin.

Et, si Beatrice n'était arrivée à temps, il aurait vendu ce qui avait été un empire pour une bouchée de pain. Du reste, le magasin n'aurait guère valu davantage. Trois générations de travail et d'amour parties en fumée...

Si elle n'avait rassemblé son courage pour demander le divorce...

Si elle n'avait trouvé en elle le cran de reprendre le contrôle...

— Beatrice, je ne t'ai pas aidée à faire interner ton frère pour que tu puisses jouer à la marchande et te chamailler avec Dalton. Je l'ai fait parce qu'il avait besoin d'être soigné.

— Que se passera-t-il à son retour, Mère ?

— Nous verrons.

« Nous verrons. » Pour Estella, c'était une façon de dire : « Tu ne vas pas aimer ce que je vais te dire. »

Pour Beatrice, cela signifiait que sa mère allait choisir son camp, et que ce ne serait pas forcément le sien.

— Tu n'as tout de même pas l'intention de lui rendre le magasin ?

— Hum, se contenta-t-elle de répondre.

Ce qui voulait dire : « Je t'en prie, ne me force pas à le dire. »

— Mais il s'empressera de le vendre à Dalton ! Edward ne s'intéresse qu'à l'argent !

— Il ne pourra pas le vendre à Dalton si celui-ci n'a pas les moyens de l'acheter. De plus, tu seras là pour prêter main-forte à ton frère...

— Vous allez me laisser remettre le Goodwin's sur pied pour permettre ensuite à Edward de provoquer à nouveau sa ruine ? s'écria Beatrice, incapable de cacher son indignation.

— Je ne sais pas, Beatrice ! répondit sa mère en jetant sur la table les lettres qu'elle tenait à la main. Je ne sais pas ce que je dois faire. Cette situation est totalement inconvenante et saugrenue. Une femme à la tête d'un grand magasin ! ajouta-t-elle avec un rire amer. On dit que le monde n'est pas prêt pour cela.

Non ! Cette idée était insupportable. Beatrice ne se laisserait pas faire. Il était hors de question qu'elle rende sa place à un sot qui ne ferait que détruire son travail. Elle refusait de retourner dans l'ombre, pour ne dépendre que du bon vouloir d'un homme qui ne la méritait pas.

Elle refusait de tout perdre au moment où ses efforts

commençaient à porter leurs fruits. Elle savait enfin ce qu'elle devait faire, et elle avait à ses côtés des personnes prêtes à l'aider.

Mais les doutes de sa mère n'étaient qu'une raison de plus pour qu'elle conforte sa place dans l'entreprise. Il fallait que dans tout Manhattan le nom du Goodwin's soit indissociable du sien : Beatrice. Elle devait devenir le visage de l'établissement, son emblème.

Son porte-flambeau.

Sous sa direction, le magasin devrait remporter un succès retentissant. Il devrait avoir un esprit résolument féminin, et porter sa griffe de façon incontestable. Ainsi, jamais Edward ne pourrait, ni ne voudrait, se le réapproprier.

— En outre, Beatrice, tu seras peut-être mariée lorsqu'il reviendra, reprit sa mère. Tu souhaiteras alors le voir reprendre ses fonctions afin de te consacrer à ton ménage. Tu es encore assez jeune. Mr Wallace n'est plus en deuil, et Mr Fisk ne s'est pas encore établi.

— N'y comptez pas, Mère. C'est hors de question.

— La visite de Dalton était donc uniquement... professionnelle. Et rien d'autre ?

Ces paroles laissèrent Beatrice songeuse. Elle observa sa mère avec attention. Estella n'avait jamais aimé Dalton, même lorsqu'il n'était qu'un employé que son père avait remarqué et formé personnellement. Celui-ci disait souvent avec un rire jovial : « Il me fait penser à moi lorsque j'avais son âge ! » Et, étrangement, cela n'avait jamais apaisé la méfiance d'Estella à son égard.

— Pourquoi vous déplaît-il tant ?

— Je ne le connais pas suffisamment pour former une opinion sur lui.

Ce qui, dans le langage d'une femme du monde, signifiait : « Il n'est pas digne que je m'intéresse à lui. »

— Permettez-moi de formuler ma question autrement. Pourquoi vous déplaît-il de me voir avec lui ?

— C'était un coureur de dot.

— Certes. Mais le duc aussi.

— Et il n'en a jamais fait mystère. Dalton, lui, a profité de ta jeunesse et de ta naïveté pour te séduire. Sans mon intervention, cette histoire t'aurait fatalement laissé le cœur brisé, réduite à la misère.

— Pourtant, il semble avoir bien réussi. Mieux que le duc.

Montrose avait dilapidé sa dot. Lorsqu'il avait compris qu'il ne pouvait plus compter sur la générosité de la famille Goodwin, et comme Beatrice ne lui avait toujours pas donné d'héritier, il était soudain devenu plus disposé à lui accorder le divorce. Cela lui permettrait de contracter un nouveau mariage avec une femme plus jeune et plus riche.

— Ce n'est donc que pour mon bonheur que vous avez agi de la sorte.

— Beatrice, montre-toi raisonnable. Dalton n'était qu'un immigrant irlandais sans le sou, employé au magasin pour ranger des articles sur les rayons. Il avait de plus hautes ambitions et était prêt à se servir de toi pour les satisfaire. Si tu t'étais enfuie avec lui, tu aurais été coupée de ton milieu et, aujourd'hui, tu vivrais dans la pauvreté, exclue de la société. Tu ne serais rien.

— J'aurais été aimée.

Sa mère pinça les lèvres.

— Et, si l'argent est si important à vos yeux, ajouta Beatrice, n'oubliez pas qu'il est aujourd'hui à la tête de la troisième fortune de New York.

— Oui, grâce à la somme qu'il a acceptée pour renoncer à t'épouser. Est-ce de l'amour, Beatrice ? Est-ce plus fort que ce que j'éprouve pour Edward et toi ? Tout ce que je souhaite, c'est voir mes enfants réussir. Trouver la sécurité. Avoir un avenir assuré.

— Si vous voulez me voir réussir, vous devez m'apporter votre soutien. Je veux rendre au magasin sa prospérité. Nous savons toutes les deux qu'Edward n'en a ni l'envie ni les capacités. Mais j'ai besoin de vous pour y parvenir, Mère !

— Beatrice...

— Mère, j'aimerais que vous m'aidiez à organiser une réception.

Estella arqua un sourcil, ce qui, dans son langage, signifiait : « Je suis intriguée malgré moi. »

— Une entrée dans le monde est un événement important, et pour le célébrer...

— Une entrée dans le monde, à ton âge ? Il est un peu tard, Beatrice !

— Je ne parle pas de moi mais du magasin. La réouverture est pour bientôt, et je veux que le monde entier le sache. Je veux une inauguration en grande pompe qui fera sensation, qui laissera une impression inoubliable. Je veux que tout le monde en parle. C'est pourquoi il nous faut une réception. Une liste d'invités, des fleurs, du champagne, de la musique, un spectacle...

— Je sais ce qu'il faut pour organiser une réception, murmura Estella.

Le cœur de Beatrice se mit à palpiter d'espoir. Si sa mère pouvait se ranger à ses côtés et travailler avec elle, et non contre elle... Si elle pouvait comprendre qu'elle était faite pour diriger le magasin...

16

Le Dalton's
Quelques jours plus tard

C'était une journée maussade, qui laissait présager un orage. Debout devant la fenêtre de son bureau, Dalton observait le spectacle qui se déroulait de l'autre côté de la rue. Les vitrines du Goodwin's avaient été obturées par des planches, sur lesquelles on avait placardé des annonces de places à pourvoir.

Sur un fond rose pâle étaient inscrits en lettres d'un rouge flamboyant les mots :

AVIS AUX FEMMES QUI EN VEULENT DAVANTAGE

Et en dessous, en plus petits caractères :

LE GOODWIN'S ENGAGE DES VENDEUSES. SALAIRE ÉQUITABLE. POSSIBILITÉS D'AVANCEMENT. GARDE D'ENFANTS PROPOSÉE. SE RENSEIGNER À L'INTÉRIEUR.

C'était le quatrième jour de suite qu'une longue file de femmes se formait dès l'angle de la rue pour se renseigner à l'intérieur. Les journaux voyaient là l'arrêt de mort du grand magasin le plus prestigieux de Manhattan : le sien. Dalton ne l'aurait jamais admis, mais il commençait à éprouver une certaine appréhension.

Un coup frappé à la porte détourna son attention. Il se retourna.

— Puis-je vous parler un instant, Mr Dalton ?

— Bonjour, Miss Baldwin. Entrez, je vous prie.

Il avait toujours du temps pour Clara Baldwin, qui comptait parmi ses meilleurs chefs de rayon et excellait à former les nouveaux employés. Du reste, elle le dérangeait rarement : elle remplissait son rôle de façon experte et efficace tandis qu'il amassait les dollars.

Aujourd'hui, debout devant son bureau, elle semblait nerveuse.

— En quoi puis-je vous être utile, Miss Baldwin ?

— Je suis vraiment navrée, Mr Dalton, mais je viens vous remettre ma démission.

— Pourriez-vous répéter, Miss Baldwin ? J'ai cru vous entendre dire que vous me donniez votre démission.

— C'est bien cela.

— C'est pour le moins une surprise. Puis-je vous demander pour quel motif ? Une bonne nouvelle, j'espère.

En règle générale, les employées quittaient le magasin lorsqu'elles se mariaient ou attendaient un enfant. Dalton réfléchit à ce qu'il savait de Clara. Avait-elle un amoureux qui l'aurait demandée en mariage ? Ou était-elle déjà mariée en secret, et enceinte ? Peut-être avait-elle décidé de rentrer chez elle, quoiqu'il ignorât d'où elle venait.

— Oh ! je ne suis pas malheureuse ici, Mr Dalton. Mais j'ai eu vent d'une possibilité d'avancement…

Il refusa de se retourner pour voir ces mots, cette affiche, ce maudit magasin.

AVIS AUX FEMMES QUI EN VEULENT DAVANTAGE

— Le Goodwin's ? demanda-t-il.

— Oui, répondit-elle avec un air de soulagement.

— Combien ?

— Dix dollars la semaine.

Il émit un sifflement grave.

— Exactement. Et je vais avoir un titre prestigieux : « vice-présidente des apprentissages ». Je vais former tous les nouveaux employés. J'ai du pain sur la planche ! ajouta-t-elle avec un rire nerveux.

— J'ignorais que vous n'étiez pas satisfaite de votre place ici.

— Je ne le savais pas moi-même. Mais j'ai vu les affiches, et je me suis renseignée. Je voulais savoir ce que je valais, Mr Dalton. Et elle m'a fait une offre que je ne pouvais pas refuser.

— Je comprends, répondit-il.

Oui, il comprenait. Au fond, Miss Baldwin était comme lui : elle ne se contentait pas d'une bonne situation. Elle avait soif de réussite, et elle était prête à saisir toutes les chances d'obtenir un meilleur salaire ou de l'avancement. À sa place, il en aurait fait autant.

Son erreur avait été de penser que les femmes n'étaient pas animées par la même ambition que les hommes. Qu'elles se satisfaisaient de cinq dollars la semaine, en travaillant seize heures par jour, avec le titre de vendeuse.

L'après-midi venu, cette erreur se révéla coûteuse. Miss Baldwin n'était pas la seule employée à quitter son magasin pour celui d'en face. Pas moins de sept autres vendeuses donnèrent à leur tour leur démission.

— Encore quelques-unes et ce sera un véritable exode, lâcha sombrement Connor, qui était monté à son bureau pour lui annoncer la triste nouvelle. Et que vont dire les gens ?

Ce serait une fort mauvaise publicité, Dalton le savait. Il y aurait des commérages déplaisants. Si cet exode se poursuivait, la qualité du service s'en ressentirait et les clientes fuiraient le magasin. Au Dalton's, on se targuait de satisfaire tous les besoins d'une femme, jusqu'au commis qui la suivait dans tout l'établissement en portant ses achats. Sans ces attentions, elles iraient ailleurs. En face, par exemple. Et il lui serait impossible de mettre ses projets de vengeance à exécution.

Il n'avait pas fait tout ce chemin pour s'arrêter si près du but.

Cela n'allait pas se passer ainsi.

Il allait parler à Beatrice.

— Les gens ne diront rien car ils ne le sauront pas, répondit-il à Connor. Cela va s'arrêter. Immédiatement.

— Bonjour, Mr Dalton !

Les vendeuses lui lancèrent gaiement leur salut habituel tandis qu'il marchait d'un pas déterminé vers la porte tambour. Mais cette fois il n'eut pas un clin d'œil pour elles. La colère accaparait toute son attention.

Après avoir poussé la lourde porte de verre, il sortit sur le trottoir et traversa la rue. Il pénétra en trombe dans le Goodwin's, à la suite d'un groupe de manœuvres chargés de planches, d'outils et d'objets qu'il ne reconnut pas.

Dalton ne se rendit pas tout de suite compte du désordre. Mais, en s'arrêtant soudain, il remarqua que le Goodwin's qu'il avait connu autrefois n'était plus. Le magasin était plongé dans la poussière de profondes rénovations. Le peu qu'il en restait suffit pourtant à raviver sa mémoire.

Les souvenirs ont cette façon cruelle de venir tourmenter votre cœur et chuchoter à votre oreille quand vous ne demandez qu'à oublier.

Wes revit le simple livreur qui ne demandait qu'une chose : appartenir à ce magasin.

Puis le jeune amoureux qui voulait plus que tout au monde être auprès de Beatrice.

Il revit le jour où il avait été chassé du paradis.

Soudain, il fut saisi de la même envie qui l'avait pris, ce 1er juin 1879, de mettre le feu au Goodwin's.

C'est à ce moment que Beatrice, l'apercevant, se dirigea vers lui.

— Oh ! bonjour, Dalton ! lança-t-elle d'une voix enjouée, comme si elle savait parfaitement pourquoi il se trouvait là.

Il eut bien de la peine à conserver son calme.

— Vous me volez mes vendeuses et vous m'accueillez avec le sourire ? Cela ne se passera pas ainsi.

— Ces vendeuses sont des êtres humains libres de leurs décisions, Dalton. Je ne vous les ai pas volées. J'ai simplement affiché des annonces indiquant que j'embauchais. Ne les avez-vous pas vues ?

— J'ai vu vos annonces, répondit-il sèchement. Il est difficile de ne pas les remarquer : elles sont placardées sur toutes vos vitrines.

— Vous saviez que j'avais renvoyé la majeure partie du personnel, expliqua-t-elle avec un calme qui ne fit qu'accroître son exaspération. Vous ne pensiez tout de même pas que j'allais diriger un magasin de cette taille sans vendeuses ?

— Bien sûr que non. Mais je ne me doutais pas que vous engageriez les miennes ! Il y a suffisamment de personnes qui cherchent du travail à New York. Je pensais que vous engageriez, et que vous formeriez, vos propres employés. N'avez-vous donc aucune notion de loyauté ?

Visiblement, non.

Le combat avait commencé, et tous les coups étaient permis. Très bien. Dalton était trop proche du but pour commencer à perdre du terrain maintenant. Même si cela avait déjà commencé. Sept vendeuses étaient parties, et d'autres suivraient inévitablement. Bien entendu, il pouvait les remplacer, et il ne manquerait pas de le faire. Mais, tandis qu'il sacrifierait le temps nécessaire pour les former, le service irréprochable qui avait fait la renommée du Dalton's se dégraderait lentement.

« Une femme satisfaite vous est acquise. Mais, si vous la faites attendre, elle ne reviendra jamais. » Une autre de ses règles d'or.

Il ne s'agissait pas seulement de sept vendeuses.

Bouillonnant de colère, Dalton s'approcha de Beatrice, la dominant de toute sa hauteur. C'était une manœuvre destinée à l'intimider. Il y avait parfois recours dans ses échanges avec certains hommes d'affaires. Mais cette fois, oh, c'était bien différent. Son cœur cognait fort contre ses côtes et il sentait sa poitrine se soulever à chaque souffle. S'il n'avait été dans une telle colère, il aurait pris cette sensation pour du désir.

Mais c'était de la fureur, certainement.

De la fureur noire et pure, dépourvue de tout autre sentiment.

Pourtant, Beatrice leva le menton d'un air buté, refusant de reculer. Elle tenait bon. Elle osa même s'approcher encore.

— Des candidates très qualifiées se sont présentées, dit-elle. Je les ai engagées.

— Je sais que ce sont des candidates très qualifiées, Beatrice. Je le sais parce que c'est moi qui les ai formées.

— Mais c'est moi qui leur propose le meilleur salaire.

Ils étaient proches, maintenant. Enflammés par la même colère. Dalton avait l'impression de sentir la chaleur qui émanait de son corps, l'attirant à elle. Mais il ne pouvait pas se permettre de penser à son corps en un tel moment.

— Vous me les avez volées. Vous pourriez au moins me présenter des excuses.

— Ce sont mes employées, à présent. Et il est inutile de nous chamailler à leur sujet. Elles sont parfaitement libres de leurs choix. Libres de décider de travailler pour une femme qui comprend leur situation et leur propose un meilleur salaire. Et qui leur accorde une pause pendant leur longue journée de travail.

— Combien les payez-vous ?

Il y eut un silence.

— Ce qu'elles méritent, répondit-elle.

Dalton éclata d'un rire sarcastique.

— Vous n'empocherez jamais de bénéfices en procédant ainsi !

Beatrice ne semblait aucunement effarouchée.

— Je vous déconseille de tenir de tels propos devant Josephine Shaw Lowell. Elle est en train de dresser une liste des commerces qui traitent décemment leur personnel féminin. Ainsi, les femmes de Manhattan pourront choisir où faire leurs achats en toute connaissance de cause. Je sais que le Goodwin's sera sur sa liste blanche. Mais en ira-t-il de même pour le Dalton's ? demanda-t-elle en haussant un sourcil.

Dalton sentit sa fureur redoubler.

C'était la première fois qu'il entendait parler de Josephine Shaw Lowell et de sa liste blanche. Qui donc était-elle, et avait-il vraiment des raisons de s'inquiéter ?

Beatrice organisait sa riposte. Contester ses arguments serait une perte de temps. Il allait découvrir combien elle payait ses vendeuses et accorder le même salaire aux siennes. Cela diminuerait ses bénéfices, mais ceux-ci étaient énormes. À moins qu'il ne décide de patienter. D'attendre que le Goodwin's fasse faillite, pour reprendre toutes ses employées sans avoir à leur accorder la moindre augmentation. Car, il n'en doutait pas, la grande expérience de Beatrice ferait long feu.

Par ailleurs, il devait absolument charger quelqu'un d'enquêter sur cette Josephine Shaw Lowell et sa liste blanche.

Dalton contemplait le saccage du magasin et de ses souvenirs. Comment Beatrice pouvait-elle espérer tirer le moindre succès d'un tel désordre ? Il y avait là des planches, des vitres, des miroirs. Des sièges d'aisances. Et… le fauteuil le plus étrange qu'il eût jamais vu. L'engin s'inclinait et était surmonté d'une partie plus étroite, sans doute pour y appuyer la nuque. Il était transporté par deux hommes robustes, qui passèrent devant lui. Arrivés devant un ascenseur nouvellement installé, ils se tournèrent vers Beatrice.

— Où faut-il le porter, Mrs Archer ?

— Quel est cet engin ? demanda Dalton.

Personne ne lui répondit.

— En haut, s'il vous plaît. Dans le salon de Martha.

— Qui est Martha ? Et à quoi sert ce siège ?

— Je ne peux pas vous le dire, Dalton. Nous sommes concurrents, vous vous souvenez ?

— Oh ! je me souviens. Et je vois que les coups bas font partie du jeu.

— Si c'est ainsi que vous voulez voir les choses, Dalton, répondit-elle.

En d'autres circonstances, il aurait juré qu'elle flirtait avec lui. Mais l'heure n'était pas au flirt. À nouveau, elle lui décocha ce sourire, un sourire qui le chavira. C'était comme s'il tombait du haut du New York World Building. Dans son vertige, il eut soudain besoin de se raccrocher à quelque chose, et, instinctivement, il tendit le bras vers elle.

Il était en colère. Terriblement en colère. C'était la rage

qui faisait battre son cœur si fort. C'était la poussière qui lui oppressait la poitrine et lui coupait le souffle.

Ce n'était certainement pas du désir.

Non, c'était impossible.

Il n'avait pas besoin d'une telle complication, il n'en voulait pas.

— Vous êtes contrarié, dit Beatrice d'une voix calme qui ne l'apaisa aucunement. Vous êtes contrarié parce que je refuse de vous vendre le magasin. Vous êtes contrarié de voir que je ne vais pas me contenter d'ajouter des compositions florales en espérant que tout ira pour le mieux. Vous êtes contrarié que je ne vous laisse pas obtenir votre revanche si facilement. Vous êtes contrarié parce que vous n'avez rien d'autre pour vous occuper l'esprit que vos affaires et vos stupides idées de vengeance.

Chacun de ces mots le toucha en plein cœur.

— Contrarié ? Un homme n'est jamais contrarié. Je suis fou de rage.

— Peut-être avez-vous besoin de prendre un peu l'air. Faites donc le tour du quartier en essayant de respirer profondément. Comptez à rebours en partant de mille.

— Vous ne savez pas de quoi j'ai besoin.

À ces mots, elle se tourna brusquement vers lui et faillit se heurter contre son torse. Appuyant les mains contre son manteau de laine, elle le repoussa.

— Je ne le sais pas, et je m'en moque ! s'exclama-t-elle. Peut-être ne l'avez-vous pas remarqué, mais j'essaye de construire quelque chose ici, et cela ne vous concerne en rien. Vous aurez beau venir taper du pied, vous ne serez pas le centre de l'attention. Regardez-moi, Dalton. Je ne suis pas la jeune fille qui vous a brisé le cœur. Je suis une femme qui se bat pour sauver son magasin.

Très bien. Il la regarda, avec toute son attention.

Ses cheveux ramenés sur la nuque, saupoudrés de poussière. Ses yeux d'un bleu profond, vifs et ardents. Les fines rides qui les soulignaient ne la rendaient pas moins belle. Elles suggéraient qu'elle avait vu bien des choses, et qu'elle pourrait le voir tel qu'il était vraiment s'il la laissait faire.

Dalton laissa son regard descendre jusqu'à sa bouche charnue, ferme et sensuelle. Il voyait ces lèvres qui lui donnaient des ordres, et tant pis si ce n'étaient pas ceux qu'il aurait aimé entendre dans ses rêveries.

Beatrice portait une jupe, une chemise et une veste élégantes, mais qui la laissaient libre de ses mouvements. Du reste, l'assurance avec laquelle elle évoluait dans les décombres du magasin ne lui avait pas échappé. Ni l'aplomb avec lequel elle se tenait devant lui, avec son air de défi.

Il ne voyait pas la jeune fille qui lui avait brisé le cœur. Il voyait une femme qui se battait pour sauver son magasin.

Et elle était superbe.

— Pourquoi me regardez-vous ainsi ? Méfiez-vous, je pourrais croire que vous avez envie de m'embrasser !

— Ne me tentez pas, répliqua-t-il.

— Sinon ? lança Beatrice d'un ton provocant.

— Je pourrais bien le faire.

— Oh ! souffla-t-elle. Oh ! je suis vraiment…

— Vraiment quoi, Beatrice ?

Dalton s'approcha d'un pas. C'était bien imprudent de sa part. Seuls quelques centimètres séparaient son cœur battant du sien. Il ne savait s'il voulait l'embrasser ou l'étrangler, et il lui fallut tout son sang-froid pour se retenir de la toucher.

Ce n'était pas de cette façon qu'il avait l'habitude de traiter ses affaires.

Si Beatrice avait été une concurrente comme les autres, jamais il ne se serait tenu si près.

Jamais il n'aurait été aussi troublé.

Jamais il n'aurait songé à l'embrasser.

Car cela ne ressemblait à rien d'autre. Le prélude à un baiser. Un baiser déchirant, à couper le souffle, à faire éclater le cœur. Un baiser longtemps attendu.

Beatrice avait la poitrine haletante et le bleu de ses yeux s'était assombri. Elle refusait de reculer, de lui céder le moindre pouce de terrain.

Dalton comprit alors que cet affrontement ne se résumait pas à son désir de vengeance, ni aux vendeuses qu'ils se disputaient. C'était un compte plus personnel qu'ils avaient à régler.

Le Dalton's
Un peu plus tard

Dalton pénétra dans son bureau et claqua la porte derrière lui. Peu après, Connor apparut.

— Laisse-moi deviner, dit-il. Elle a compliqué les choses.

Il n'y avait pas le moindre étonnement dans sa voix, mais une lueur dans l'œil trahissait son amusement.

Dalton, lui, n'avait aucune envie de rire.

La situation n'avait rien d'amusant. L'œuvre à laquelle il avait consacré sa vie était menacée, et il ne pensait qu'à une chose : son envie d'embrasser Beatrice.

— J'ai failli l'embrasser, dit-il tout haut, comme pour se convaincre que ce qu'il éprouvait était bien réel.

Mais il sentait son corps vibrer d'un désir insatisfait, et son cœur battait encore la chamade. Tout incroyable que ce fût, ce devait être vrai.

— Dans quelles circonstances ?

— Au milieu d'une dispute, alors que je lui reprochais d'avoir volé nos employées.

— Tu as failli l'embrasser dans le feu d'une dispute. Intéressante stratégie, commenta Connor avec un hochement de tête. Cela arrive, tu sais. Surtout quand on parle affaires. Pense à toutes les fois où tu as failli embrasser Macy, Fields, Wanamaker…

Ce n'était pas une stratégie.

— C'est elle, aussi, avoua Dalton en se servant un verre de whisky. Et ce n'était pas seulement une discussion d'affaires.

Son problème avec Beatrice n'avait rien à voir avec les affaires, à son grand désarroi. C'était un problème personnel, ce qui était bien plus grave. L'échec cuisant d'un amour de jeunesse, une blessure d'amour jamais guérie. Un rêve idiot qui s'était heurté de plein fouet à la réalité. Des sentiments embrouillés, des désirs complexes. Un choix nécessaire entre ce qu'il voulait aujourd'hui et ce qu'il avait juré de faire autrefois.

Oui, Beatrice était un problème. Il entendait sa voix, imaginait ses questions provocantes : « Oh ! bonjour, Dalton. Mais que voulez-vous vraiment ? »

Il voulait le pouvoir, le prestige, la fortune.

« Pourquoi voulez-vous toutes ces choses ? »

Pour qu'elle le choisisse. Il ne voulait plus jamais être chassé du paradis.

« Mais êtes-vous prêt à l'admettre ? »

Non.

Dalton avala une gorgée de whisky.

— Je t'avais dit qu'elle compliquerait les choses, lança Connor.

— Puisque tu es devin, peut-être pourras-tu me dire ce que je dois faire ?

— Tu devrais sans doute commencer par lui présenter des excuses.

— Avec des fleurs ?

Son ami se frotta les yeux, l'air las. Prenant la bouteille de whisky, il s'en servit un doigt à son tour.

— Quel est ton but ? La séduire ou détruire ce à quoi elle tient le plus au monde, sa plus grande source de joie ? Je ne suis pas sûr de comprendre.

— Dans ce cas, nous sommes deux.

— Je crois qu'il faut que tu te décides. Est-ce elle que tu veux ou son magasin ?

— Je suis curieux de voir ce qu'elle va faire. Mais je ne peux pas non plus la laisser détruire l'œuvre de ma vie.

— L'œuvre de ta vie ? Est-ce de vengeance que tu parles, ou de la fortune que tu as amassée pour te sentir digne d'elle ?

Ils se connaissaient depuis bien longtemps, Connor et lui. Ils avaient grandi ensemble dans les bas quartiers de la ville, saisissant toutes les occasions qui pouvaient se présenter. L'empire que Dalton avait bâti n'appartenait qu'à lui-même : c'était lui qui avait pris les risques, qui lui avait insufflé sa vision. Mais il n'aurait jamais réussi sans Connor à ses côtés.

Pourtant, parfois, les meilleurs amis pouvaient se révéler terriblement agaçants. Notamment lorsqu'ils résumaient une vie en une habile question.

Était-ce vraiment le magasin qu'il convoitait ? Ou était-ce Beatrice qu'il voulait depuis toujours ?

En voulant se hisser à sa hauteur, il était devenu son adversaire. Il avait rendu toute relation entre eux impossible.

Non : c'était elle qui était impossible.

Depuis quand les duchesses divorçaient-elles ? Depuis quand revenaient-elles sans prévenir dans la vie de leur premier amour pour lui disputer sa place dans le monde ?

— Je ne sais pas, répondit-il à Connor.

Un tel aveu était rare dans sa bouche.

— Quoi qu'il en soit, tu ne peux pas te mettre à embrasser

tes concurrents de la sorte. En continuant ainsi, tu cours au désastre. Tu devrais lui présenter des excuses. Mais sans lui offrir de fleurs. Et ensuite il faudra que tu choisisses entre renoncer à tout pour cette femme et tout mettre en œuvre pour remporter la victoire. À ses dépens.

17

Le Goodwin's
Le lendemain

Debout au milieu des ruines de ce qui avait été l'un des plus prestigieux grands magasins de New York, Beatrice inspectait les travaux. Margaret et elle étaient penchées sur les plans architecturaux et les listes manuscrites des nombreuses tâches à mener à bien. Grâce à son divorce, à l'argent de sa famille et à une participation des Ladies of Liberty, Beatrice disposait du capital nécessaire pour apporter des améliorations cruciales à l'établissement.

Il y avait des pages et des pages de listes, la plupart dressées de sa main. C'était un exercice qui l'apaisait plus que toute autre chose, et, après sa « rencontre » de la veille avec Dalton, elle avait grand besoin d'apaisement. Elle était aussi résolue à se battre pour son magasin, même si cela signifiait qu'elle devait se battre contre lui.

— Ma mère menace d'envoyer les invitations dès jeudi, dit-elle. Elle veut absolument que la soirée d'inauguration ait lieu dans trois semaines.

— Nous ne sommes pas prêtes ! répondit Margaret en ouvrant des yeux horrifiés.

Avec le remaniement opéré par Beatrice, la jeune femme

était passée du statut de vendeuse sous-estimée au rang de bras droit. Elle avait un don pour les chiffres qui faisait merveille en comptabilité, une patience à toute épreuve pour diriger les vendeuses et un talent d'organisatrice qu'elle appliquait à toute personne et à toute chose.

— Nous ne serons pas prêtes, répéta-t-elle. À moins de vouloir vendre de la poussière et des rêves en construction.

— Il faut que nous soyons prêtes ! Elle a déjà commandé un nombre ridicule de fleurs. Je n'ai jamais vu une telle ardeur au travail. À part celle que nous mettons à la rénovation du Goodwin's.

Demander de l'aide à sa mère s'était révélé un coup de génie. Estella était désormais trop occupée par sa mission pour s'intéresser aux perspectives de mariage de Beatrice, ou plutôt à leur absence. Et elle parlait moins du rôle que jouerait Edward à son retour. Avec un peu de chance, elle comprendrait que sa fille était bien plus apte que son fils à diriger le magasin.

— Pourriez-vous au moins la persuader de nous donner une semaine de plus ? demanda Margaret.

— Connaissez-vous ma mère ?

— Si elle est conforme à l'idée que je me fais des femmes de la haute société et des matriarches en général, je préfère ne pas la connaître.

— Vous avez peur ?

— Je suis terrifiée.

— Nous pouvons y arriver. Je suis certaine que la situation n'est pas aussi terrible qu'il y paraît.

— C'est possible. À condition que nous évitions de manger et de dormir pendant les trois semaines à venir.

Sur ces mots, les deux dirigeantes retournèrent à leur inspection, leurs listes, leurs plans et leurs prévisions. Comme souvent depuis quelque temps, Beatrice remercia silencieusement le ciel de lui avoir donné Margaret. La jeune femme connaissait tout sur le fonctionnement du magasin et débordait d'idées pour l'améliorer.

Beatrice avait de l'intuition, de nobles idéaux, et suffisamment d'audace pour poursuivre ses grandes ambitions. Margaret, elle, avait le génie de transformer ses projets en réalité.

— Comment se passent l'embauche et l'apprentissage ? demanda Beatrice.

C'était un domaine dont Margaret avait tenu à se charger.

— À mon grand soulagement, tout se passe bien, grâce à Clara. Nous avons bien fait de la persuader de quitter « le magasin d'en face ».

Par un accord mutuel tacite, elles ne prononçaient jamais, même à voix basse, le nom de l'établissement de leur principal concurrent.

— Elle dirige les opérations et semble tout maîtriser parfaitement.

Beatrice s'apprêtait à se réjouir à voix haute de leur chance. Tant de femmes talentueuses avaient accepté de travailler au Goodwin's sur la simple promesse d'un bon salaire, d'une plus grande autonomie et de nouvelles responsabilités ! Mais Margaret et elle furent interrompues par l'arrivée d'un homme massif, le dos chargé d'une pile de caisses et de cartons.

— J'ai une livraison pour John Washington, annonça-t-il.

— Qui est…, commença Beatrice.

Mais, d'un regard complice, Margaret la fit taire.

— Oui, merci, dit-elle en se tournant vers le livreur. Je vais me charger de sa réception. John Washington est notre vice-président du service d'exploitation stratégique. Il est occupé par une réunion très importante et ne peut sous aucun prétexte être dérangé.

— Qui êtes-vous ? demanda l'homme. Êtes-vous sûre que je peux vous laisser ces colis ?

— Je suis sa secrétaire, répondit Margaret avec le plus grand naturel. J'accepte les livraisons, je sers le café et je lui rappelle l'anniversaire de son épouse.

— Si vous le dites, lady, répondit-il d'un air indifférent, pressé de poursuivre sa tournée.

Intriguée, Beatrice se tourna vers Margaret.

— Qui est John Washington ? demanda-t-elle en la considérant avec curiosité. Et depuis quand avons-nous un vice-président du service d'exploitation stratégique ? Je ne vois même pas en quoi consisterait son travail. Et pourquoi ne sommes-nous pas invitées à cette réunion si importante ?

Margaret lui sourit de toutes ses dents.

— John Washington est une formidable création de mon imagination. Je ne sais pas ce que nous ferions sans lui. Lorsque j'ai commencé à passer des commandes pour le magasin, quelque chose dans ma voix rendait les gens circonspects : ils doutaient que je dispose de l'autorité nécessaire pour effectuer tel achat ou organiser telle livraison. Mais depuis que je travaille pour John Washington, vice-président du service d'exploitation stratégique, je n'ai plus le moindre problème !

Devant ces explications, l'étonnement de Beatrice céda rapidement la place à une admiration amusée.

— Nous devrions lui commander des cartes de visite, dit-elle sur un ton espiègle.

— Et vous devriez l'inviter à la réception.

— Je vais prévenir ma mère. Je lui ai promis de lui donner une liste de noms.

Soudain, Margaret esquissa un signe de tête en regardant derrière Beatrice.

— Homme en colère à 2 heures. Il se dirige vers vous.

— Lequel ? demanda Beatrice d'une voix qui lui sembla admirablement neutre.

Margaret lui répondit d'un regard éloquent.

— Celui que vous savez.

— Encore ?

Elle prit une profonde inspiration, accrocha un sourire sur son visage et pivota sur elle-même pour voir le seul homme en colère dont il pouvait s'agir.

— Oh ! bonjour, Dalton !

— Bonjour, Beatrice.

Suivit un silence, durant lequel elle eut la nette impression que son cœur s'était arrêté.

Pourvu qu'il ne soit pas venu pour lui reprocher à nouveau ses méthodes d'embauche ! Ni pour exiger des excuses. Elle n'avait aucune intention de modifier les conditions qu'elle avait offertes à ses employées. S'il n'était pas de taille à lutter, qu'il aille donc se plaindre auprès de John Washington ! Mais Dalton prononça une phrase qu'elle n'aurait jamais cru entendre de sa bouche.

— Je viens vous présenter des excuses.

Margaret marmonna qu'elle devait les laisser, étant appelée par une affaire urgente d'une importance absolument vitale.

— Je suis très occupée, dit Beatrice, mais cela mérite peut-être quelques minutes de mon temps.

— Je suis navré de m'être emporté hier, reprit-il.

— Merci pour vos excuses. Dalton, ce sont les affaires. Tout cela n'a rien de personnel.

— Vraiment ?

En voyant son regard descendre jusqu'à ses lèvres, elle devina ses pensées. Ce n'était pas pour leur dispute au sujet de ses employées qu'il lui demandait pardon, mais pour ce baiser chargé de fureur qu'il avait failli lui donner. La veille, elle en avait conçu un vif sentiment d'indignation. Mais aussi de regret. Et ce n'était pas tout. Imaginer Dalton en train de l'embrasser avait fait naître en elle d'autres idées qu'elle préférait ne pas nommer, et qui allaient plus loin qu'un simple baiser.

Mais elle était sa concurrente ; elle ne pouvait pas s'autoriser de telles pensées. Désormais, elle avait pleinement conscience d'être un exemple pour toutes les femmes qui l'admiraient, qu'elle le veuille ou non. Beatrice le porte-flambeau ne pouvait pas se permettre de se laisser troubler par un homme en colère. Elle ne résoudrait pas ses problèmes avec des baisers, bien au contraire. Ce n'était pas le moment de perdre la tête.

Même si une part d'elle, cette part qui avait bien failli être étouffée à jamais par des années de mariage sans amour, aimait les étincelles. Était attirée par le feu.

Elle répondit comme tout être humain doté d'un minimum d'élégance l'aurait fait.

— Vos excuses sont acceptées.

— J'ai songé à vous apporter des fleurs, répondit Dalton avec un sourire, mais cela n'aurait pas été convenable : je ne l'aurais jamais fait si vous étiez un homme.

— Vous voulez dire que vous n'offrez pas de bouquets ni de chocolats à Mr Fields ni à Mr Wanamaker ?

— Ce n'est pas dans mes habitudes, non.

En levant les yeux, Beatrice trouva les siens posés sur elle. Ces yeux bleus dans lesquels elle avait vu autrefois tant d'amour et de fièvre. À présent, elle osait croire qu'ils brillaient encore un peu pour elle.

Comme cela serait fâcheux.

Et quelle source de distraction ! Elle ne pouvait pas se permettre de se laisser distraire.

En outre, comment être sûre qu'il ne tentait pas de la séduire pour arriver à ses fins ? La mort du Goodwin's. La vengeance. La trahison ultime.

Elle n'avait pas de temps pour tout cela. Sa mère s'apprêtait à envoyer des invitations dans tout New York pour célébrer l'inauguration d'un magasin qui n'était à ce jour qu'un amas de poussière, de débris et d'espoirs.

— Je crois qu'il n'existe pas de règles de bienséance établies pour la situation dans laquelle nous nous trouvons, dit-il.

— Si vous parlez du fait de travailler avec des femmes…

— Je parle du fait de travailler avec vous. Étant donné ce que nous avons été l'un pour l'autre.

— C'est-à-dire ?

Beatrice voulait savoir ce qu'il pensait. D'eux. De leur passé. De ce sentiment entre eux qui, d'une certaine façon, n'avait pas totalement disparu.

— Un immense amour, un immense regret. L'un des deux, répondit-il en haussant les épaules.

— Oui, je suppose, répondit-elle d'une voix douce. Que vous arrive-t-il, Dalton ? Je ne vous savais pas aussi méditatif, ni aussi courtois.

— Nul besoin de miracle ni d'événement extraordinaire pour que la colère d'un homme s'apaise et qu'il se rende compte que des excuses sont de rigueur. Cela ne fait pas vraiment partie des grands mystères de l'univers. En outre, pour être franc, mon ami Connor m'a indiqué en des termes on ne peut plus clairs que des excuses étaient de rigueur.

Beatrice s'apprêtait à le féliciter malicieusement sur le choix de ses amis lorsque Margaret l'appela.

— Beatrice ? Je crois que vous devriez venir voir.

— Quoi donc ?

— Probablement rien, mais… il est possible qu'il

s'agisse d'un événement dangereux, menaçant et tout à fait abominable.

— Voilà qui est intrigant ! répondit Beatrice.

Mais son pouls s'était accéléré, et ce n'était pas à cause de la présence de Dalton. Margaret n'était pas femme à exagérer. Si elle disait qu'un événement pouvait être dangereux, menaçant et tout à fait abominable, il y avait de fortes chances pour qu'il le soit.

Elle suivit donc Margaret, et Dalton leur emboîta le pas. Un instant plus tard, tous trois se trouvaient dans la luxueuse pièce nouvellement aménagée qui serait réservée à l'usage des clientes. Celles-ci pourraient y faire un brin de toilette, ou pleurer tout leur soûl pour ensuite se ressaisir et se remettre hardiment du rouge à lèvres en se regardant dans l'un des miroirs.

Des miroirs qui avaient été installés la veille. Et qui étaient désormais en miettes.

— J'aimerais penser qu'il s'agit d'un accident, mais je ne suis pas suffisamment charitable pour cela, déclara Margaret.

Beatrice lui donna raison.

— Vous ne vous trompez pas, déclara Dalton. On dirait que quelqu'un a donné un coup de marteau au centre de chaque miroir. C'est un acte délibéré, de toute évidence.

Beatrice contempla les dégâts et, au-delà, son reflet divisé en une douzaine de petits fragments au lieu de montrer une femme entière.

Dalton jura entre ses dents.

— Je n'aurais pas dit mieux, lança-t-elle.

— Ce n'est pas un accident, répéta Margaret.

Beatrice et elle échangèrent un long regard, que Dalton ne vit pas parce qu'il s'était avancé pour observer les dommages de plus près. Et c'était mieux ainsi. Car ce regard disait : « Qui veut empêcher notre succès ? »

À quoi un autre regard répondit : « L'homme qui se tient à côté de vous. »

Et un autre regard d'ajouter : « Nous ne tolérerons pas de tels actes. »

— Je vais appeler la police, annonça Beatrice. Rien ne doit venir troubler la réception de ma mère. Aussi effrayant que cela puisse paraître, rien ne m'inspire autant de crainte que la perspective de voir ses ambitions contrariées. Rien !

18

La soirée d'inauguration du Goodwin's
Trois semaines plus tard

Dalton avait pris le parti d'éviter Beatrice aussi longtemps qu'il le pourrait. Puis l'invitation était arrivée, et il lui fut impossible de l'éviter davantage.

On donnait un bal au Goodwin's pour célébrer sa réouverture. Mais le terme « réouverture » aurait donné l'impression qu'il s'agissait d'un vieux magasin acculé au désespoir. Aussi l'invitation mentionnait-elle une « soirée d'inauguration », expression qui donnait à penser qu'un lieu nouveau et pimpant allait être dévoilé au monde. Malin. Toute la haute société de New York allait s'y bousculer.

Lui-même était tenu d'assister à l'événement, pour des raisons professionnelles.

Mais il ne serait qu'un invité de plus dans la foule.

Lorsqu'il traversa la rue, le soir du bal, des hordes de curieux se pressaient sur le trottoir pour admirer l'édifice enfin dévoilé, et bien sûr le défilé des invités dans leurs beaux atours. Mais même les célébrités de Broadway et les femmes de l'élite new-yorkaise, avec leurs toilettes à la dernière mode et leurs parures de bijoux, ne pouvaient rivaliser avec le spectacle que donnaient à voir les vitrines illuminées.

Dalton n'avait aucune envie de se joindre à la cohue comme un anonyme venant de débarquer en ville. Mais, en tant que concurrent du Goodwin's, il avait tout intérêt à aller voir de plus près. Et ce qu'il découvrit lui noua le ventre : Beatrice avait fait du bon travail. Peut-être même de l'excellent travail.

Les vitrines avaient été élargies, les avancées de la technologie permettant désormais de fabriquer d'immenses plaques de verre. L'intérieur était éclairé par des lampes électriques qui resteraient sans doute allumées toute la nuit, comme un phare dans l'obscurité.

La scène exposée était elle-même à couper le souffle.

Un groupe de femmes et d'hommes chevauchaient des bicyclettes qui, on ne savait comment, demeuraient immobiles. Derrière eux, grâce à un dispositif mécanique, défilait un paysage minutieusement peint. Le spectateur avait ainsi l'impression de voir les cyclistes traverser une forêt, une plage, ou la ville. Tout en pédalant, ces modèles vivants riaient et conversaient, donnant l'impression de vivre une vie merveilleuse.

Ils étaient vêtus de tenues d'une modernité et d'une audace inouïes.

Dalton vit des chevilles.

Il vit des bouches peintes en rouge.

Il vit des femmes qui prenaient du bon temps.

Et, bon sang, il éprouva une furieuse envie de les rejoindre. Il était prêt à acheter une bicyclette sur-le-champ !

S'éloignant de cette attraction, il se fraya un chemin jusqu'à l'entrée. À l'intérieur, un serveur lui tendit une flûte de champagne. Après en avoir bu une gorgée, il se laissa porter dans les allées du magasin, où la foule accueillait avec ravissement la naissance d'une nouvelle légende de Manhattan. Les invités poussaient des « oh ! » et des « ah ! » devant les éclairages, les rayons clairs et spacieux, les étalages magnifiques d'écharpes, de gants, de parfums et de mille autres articles aux couleurs éclatantes.

Dalton n'eut qu'une pensée : *Morbleu !*

Beatrice avait parfaitement assimilé une autre de ses règles d'or : « surprendre et charmer la clientèle ».

Lui qui avait inventé les règles, qui avait créé le commerce de détail tel qu'il existait actuellement, se surprit à tout observer avec intérêt. Il s'étonna devant les comptoirs de cosmétiques laissés à la disposition des clientes. Celles-ci pouvaient les essayer sous la surveillance de conseillères spécialement formées dont la blouse blanche conférait un air de respectabilité à ces produits encore teintés de scandale. Il voyait de la couleur partout, du mur tapissé de parapluies tournant sur eux-mêmes aux étalages de gants et aux cascades de soies et de tulles. Le lieu qu'elle avait imaginé était à la fois parfaitement conforme à ses attentes et totalement nouveau.

Peu à peu, il fut attiré vers le cœur du magasin.

Les piliers de marbre rose, emblématiques du Goodwin's, avaient été conservés. Mais, soigneusement polis, ils étincelaient, laissant enfin éclater toute leur beauté. Les lourds panneaux de bois avaient laissé place à des surfaces de verre et des miroirs délicats qui reflétaient la lueur chaleureuse d'immenses lustres de cristal fonctionnant à l'électricité. De gigantesques bouquets de fleurs ornaient les allées et parfumaient l'air.

Au centre de ce spectacle grandiose, debout en haut du majestueux escalier, Beatrice trônait comme une reine.

Elle était vêtue de rouge.

La robe flamboyante qu'elle portait disait simplement

« regardez-moi ». Ses lèvres étaient peintes. Dalton se demanda quel effet cela ferait d'embrasser cette superbe bouche rouge. Il l'avait su, autrefois.

Derrière elle, sur la mezzanine, un autre spectacle frappait l'œil. Une rangée de bicyclettes en acier d'un noir luisant, suspendues au plafond, semblaient voler. À côté, des mannequins étaient vêtus de tenues d'un style nouveau, adapté à cette pratique. Sur un comptoir était savamment disposée une pile d'exemplaires du livre de la célèbre Frances Willard, *How I Learned to Ride the Bicycle*[1]. Une élégante petite pancarte annonçait que toute acquéreuse d'une bicyclette se verrait offrir des leçons gratuites dans le parc.

Quelque part, un orchestre jouait.

Partout, les invités allaient et venaient, buvant du champagne, s'extasiant devant chaque nouveauté.

Dalton n'avait qu'une chose à faire : prendre un deuxième verre de champagne puis explorer le magasin, espionner soigneusement la concurrence avant de ficher le camp pour commencer à fomenter sa riposte.

Car ce qu'il voyait avait allumé un feu en lui. C'était un défi. Une bravade.

Beatrice tentait de lui prendre sa couronne, et il allait devoir se battre pour la conserver.

Connor le rejoignit au milieu de sa visite du deuxième étage.

— Te voilà ! Je savais que je te trouverais ici.

— Je suis venu à titre strictement professionnel.

— Pour étudier le marché, analyser la concurrence. Bien sûr, répondit son bras droit en hochant la tête d'un air sérieux.

1. En français « Comment j'ai appris à monter à bicyclette », ouvrage paru en 1895 aux États-Unis. (NdT)

Seule une lueur dans son regard suggérait qu'il n'était pas dupe.

— Je crois que nous pouvons en conclure qu'elle va te donner du fil à retordre, ajouta-t-il.

Dalton ne pouvait lui donner raison à voix haute, mais il ne protesta pas non plus. Car à chaque pas il voyait un étalage qui accrochait son regard ou une innovation éblouissante qui le faisait jurer discrètement entre ses dents.

Connor et lui s'arrêtèrent devant une vaste pièce désignée par une enseigne comme le « salon de coiffure de Martha Matilda Harper ».

— Savais-tu seulement que de tels endroits existaient ? demanda Dalton.

Apparemment, on y coiffait les clientes selon la « méthode Harper » après leur avoir lavé et coupé les cheveux. Pour cela, elles s'installaient sur un de ces curieux sièges qu'il avait vus le jour où il était venu reprocher à Beatrice de lui avoir volé ses vendeuses.

Dalton n'était pas sans savoir que la coiffure faisait partie de la vie d'une femme, mais il n'avait jamais songé aux aspects pratiques de la chose. Ce n'était tout simplement pas de sa compétence. Peut-être était-ce un tort. S'il avait eu une épouse ou des filles, peut-être aurait-il été moins ignorant sur le sujet.

Brusquement, il fut envahi d'un étrange sentiment de solitude.

— Si vous avez des questions, gentlemen, je serai ravie de vous aider.

Dalton se tourna au son de cette voix familière. C'était Clara, une de ses meilleures vendeuses, passée à l'ennemi.

— Clara Baldwin.

— Bonjour, Mr Dalton. Je ne sais si votre présence ici me surprend ou m'attriste.

— Nous ne voulions pas manquer cette occasion d'espionner la concurrence, répondit Connor. Pouvez-vous me dire, Miss Baldwin, ce que le Goodwin's a de plus que le Dalton's ? Mr Dalton est trop fier pour vous le demander, mais il meurt d'envie de connaître la réponse.

— Si vous tenez à le savoir...

Avec un sourire de conspiratrice, elle se pencha vers eux.

— La garde d'enfants.

— Cela s'achète ?

— C'est un service que nous offrons à nos clientes comme à nos employées.

En bon célibataire endurci, Dalton n'avait jamais pensé une seule seconde à la garde d'enfants. Il y avait des nurses, des gouvernantes et des pensions pour cela. Et celles qui n'avaient pas les moyens de s'offrir leurs services n'avaient pas non plus les moyens de faire des achats dans son magasin. Du moins était-ce ce qu'il avait toujours supposé. Mais Beatrice semblait mieux renseignée que lui.

— Expliquez-nous donc ce que c'est que ce fauteuil, poursuivit Connor. Cela ressemble à un instrument de torture.

— C'est un siège qui s'incline. Martha Matilda Harper l'a conçu elle-même ; il permet de laver les cheveux de la cliente commodément, sans mouiller ses vêtements. Voulez-vous l'essayer ?

— Une autre fois, peut-être.

Dalton poursuivit sa visite en compagnie de Connor. Bientôt, ils arrivèrent devant une porte à double battant gardée par deux femmes en uniforme. Des invitées entraient et sortaient, mais la porte resta résolument fermée à leur approche.

— Je suis navrée, gentlemen, mais cette pièce est réservée aux dames.

— Cela m'intrigue, répondit Dalton d'une voix traînante. Qu'y a-t-il donc à l'intérieur ?

— Un salon de lecture. Exclusivement réservé aux dames.

L'employée lui sourit. C'était le sourire d'une femme qui ne regrettait absolument pas d'annoncer à des hommes que la pièce leur était interdite. Le sourire d'une personne qui éprouvait pour la première fois la sensation grisante du pouvoir.

Dalton assistait à l'apparition d'une nouvelle femme. Les étalages de robes, les services proposés, le refuge qui était offert aux visiteuses... Même les invitées de cette soirée d'inauguration n'étaient pas tout à fait celles que l'on avait l'habitude de voir en de telles occasions. Aux épouses de la haute société s'ajoutaient des femmes aux airs d'intellectuelles et des jeunes filles qui semblaient avoir le cœur empli de rêves.

Tout autour de lui, il voyait ses projets de vengeance s'évanouir. Un but devenu soudainement et définitivement inaccessible.

Racheter un établissement démodé pour une bouchée de pain et le réduire en miettes pour sa satisfaction personnelle était chose facile. Mais débourser une fortune pour s'offrir ce joyau étincelant aux seules fins de le détruire était bien différent. Certes, Dalton pouvait encore le faire, s'il le voulait. Cela lui coûterait cher, mais n'était-il pas le prince du commerce, un millionnaire sans pitié à la tête de la troisième fortune de Manhattan ? Ce n'était pas impossible.

Si c'était vraiment ce qu'il voulait.

Je m'appelle Wes Dalton...

Il ne parvenait plus à entonner le refrain familier. Le ridicule le guettait. Gaspiller tant d'argent pour un motif aussi mesquin que la vengeance ! Anéantir un magasin comme le Goodwin's, avec tout ce qu'il représentait ! Il n'était pas cet homme-là.

Voilà comment, au beau milieu du rayon d'accessoires pour dames, Dalton songea qu'il était temps de décider quel genre d'homme il voulait être. Allait-il tout faire pour étancher sa soif de revanche en ruminant son chagrin d'amour ? Ou saurait-il relever le défi que lui lançait Beatrice ? Lui qui croyait avoir presque conquis Manhattan commençait à penser que le combat ne faisait que commencer.

C'est alors qu'une voix se fit entendre.

La voix joviale d'un homme ivre qui s'élevait au-dessus du brouhaha des conversations.

— Tout cela n'est que du vent, pas vrai ? braillait-il. Ce n'est qu'un magasin ! On entre, on choisit un foulard, on l'achète et on repart. Toutes ces fariboles ne font que ralentir les choses !

Dalton ne fut pas la seule personne à entendre le vieil homme et à s'offusquer de la sottise de son opinion. Beatrice se tenait non loin de lui. Il vit ses yeux s'écarquiller juste avant de rencontrer les siens.

Peut-être étaient-ils des ennemis jurés et des concurrents acharnés. Mais, sur ce sujet, ils étaient du même avis. Une telle offense ne resterait pas impunie.

D'un même mouvement, ils se tournèrent vers le plastronneur aviné. Dalton le reconnut : c'était un homme du nom de McConnell. Son épouse avait coutume de passer des heures dans son magasin, sans pour autant y dépenser des fortunes. Sans doute le Dalton's lui permettait-il d'échapper aux devoirs de son foyer et à un mari aussi assommant qu'autoritaire.

— Que du vent ? s'enquit Beatrice du ton poliment glacial d'une femme prête à tuer.

— Mon cher monsieur, ce n'est pas que du vent, ajouta

Dalton en songeant qu'un tel personnage serait plus prompt à écouter une voix masculine.

— Bah, ce ne sont que des bricoles à vendre, pas vrai ? répliqua McConnell.

Le visage rougeaud, il semblait tenir debout à grand-peine.

— Flâner dans un magasin, surtout s'il s'agit d'un établissement comme le Dalton's ou le mien, permet de méditer sur la personne que nous sommes et celle que nous souhaitons devenir, expliqua Beatrice. C'est un moment agréable et sensuel qui porte à songer à la fois au présent et à l'avenir. Un client qui fait ses achats réfléchit à des sujets aussi nobles que ses propres aspirations, et aussi pragmatiques que les mathématiques. Tout en exerçant ses sens. Existe-t-il un autre endroit où vous pouvez toucher une étoffe aussi douce que le cachemire, respirer le parfum enivrant des fleurs, imaginer la personne que vous voudriez être et acheter les articles qui vous permettront de réaliser ce rêve ?

— Certains hommes ne sont pas prêts à vivre une telle immersion dans un monde de beauté et de sensualité, dit Dalton à Beatrice, suggérant par là que ce n'était pas son cas.

Un éclair jaillit dans son regard. Elle avait compris.

— N'oublions pas que les gens sont terrifiés à l'idée que des femmes puissent prendre du bon temps, renchérit-elle.

— Pourtant, nous ne devrions pas avoir peur des désirs des femmes, ni de leur plaisir, répondit Dalton. Car ce sont eux qui font marcher le monde. Notre travail, ajouta-t-il en hochant la tête en direction de Beatrice, consiste à attiser le désir des femmes puis à le satisfaire pour le transformer en richesse et en pouvoir.

Elle planta son regard dans le sien, et subitement il se sentit plus grand. D'un signe de tête, elle l'invita à continuer.

— Nous faisons naître l'envie chez la femme, que ce soit l'envie d'une robe, d'une paire de gants ou d'un réticule.

Elle achète le produit convoité, ce qui donne du travail aux ouvrières des filatures et des fabriques, ainsi qu'aux vendeuses.

— Mais aussi aux couturières et aux petites mains, ajouta Beatrice. Aux modistes, aux teinturières.

— Aux livreurs, aux garçons des services de courrier et de comptabilité, poursuivit Dalton. Toutes ces personnes doivent leur gagne-pain aux désirs des femmes. À leur volonté de rêver et de faire de leurs rêves une réalité. Qu'il s'agisse d'une robe, d'un service de table ou d'une vie entière.

Le visage de l'homme était cramoisi, à présent. Car ils avaient un public. Dalton pensait tout ce qu'il disait. Ce qu'ils faisaient, Beatrice et lui, relevait de la magie. Et il n'avait pas l'intention de jeter l'éponge.

— En outre, le Goodwin's n'est pas « qu'un magasin », continua-t-elle. On n'y viendra pas seulement faire ses achats. C'est un lieu où les femmes auront la liberté d'exister et de s'épanouir en dehors de leur foyer. Connaissez-vous un seul autre endroit hors de la maison où nous pouvons en toute sécurité nous réunir, converser, vivre, rêver, construire ?

Soudain, Dalton comprit. Le salon de lecture.

La garde d'enfants.

Le salon de coiffure.

Ce qu'elle avait créé n'était pas seulement un grand magasin. C'était une destination. Peut-être même une révolution.

— Aussi, vous le voyez, tout cela n'est pas « que du vent ». Mais peut-être comprenez-vous instinctivement que ce que nous faisons ici est précisément ce qui dérange beaucoup de monde : nous utilisons les désirs et le plaisir des femmes pour les aider à prendre leur destin en main.

— Je ne saurais mieux dire, déclara Dalton.

Vexé, l'homme s'éloigna sans même essayer d'avoir le

dernier mot. La foule se dispersa rapidement. Le spectacle terminé, Dalton et Beatrice se tournèrent l'un vers l'autre.

— Je croyais que nous étions rivaux, dit-elle en haussant un sourcil. Mais je n'en suis plus très sûre, à présent.

19

Beatrice se tourna vers Dalton. Elle avait le cœur battant, comme toujours lorsqu'elle se rendait compte qu'elle avait parlé sans réfléchir. À présent, il était tout près d'elle, ce qui ne faisait qu'augmenter sa nervosité.

— Félicitations, dit-il en la regardant droit dans les yeux. Je dois avouer que je suis impressionné.

— Si vous êtes impressionné, alors je dois vraiment avoir fait quelque chose de spectaculaire ! répliqua-t-elle sur un ton ironique.

Mais en réalité ce compliment la touchait plus qu'aucun autre ne l'aurait fait. Parce qu'il venait de lui. Et Dalton le comprit. Il le vit.

— Merci, ajouta-t-elle.

— Je sais ce qu'il faut de travail pour qu'une idée prenne corps. Sans parler de l'énergie nécessaire pour embaucher et former le personnel, entreposer les marchandises, concevoir des étalages et diriger une armée de vendeuses, de garçons de courses et autres employés ! Ouvrir un grand magasin relève de l'exploit. Mais vous avez fait davantage encore.

— Merci, Dalton, répéta-t-elle.

Elle avait l'impression qu'il la voyait réellement, telle qu'elle était. Personne d'autre ne l'avait jamais regardée ainsi.

Il esquissa un sourire désabusé.

— En bâtissant cette œuvre remarquable, vous avez également anéanti mes projets de vengeance. Du moins, c'est probable.

— Vous n'en êtes donc pas certain ? demanda-t-elle, taquine. Peut-être allez-vous simplement devoir redoubler vos efforts ?

C'était plus fort qu'elle : il fallait qu'elle le défie de provoquer sa ruine. Soudain, elle eut la sensation que le champagne lui montait à la tête. Ou peut-être était-ce seulement la façon dont Dalton la contemplait. Ses yeux si bleus restaient fixés sur elle, comme s'il était indifférent au spectacle merveilleux qui l'entourait.

— Ne vous y trompez pas : nous sommes toujours rivaux, murmura-t-il. Mais vous m'inspirez.

— Si vous continuez à me parler ainsi, je vais défaillir !

Elle avait parlé sur le ton de la plaisanterie, mais son cœur battait la chamade et il était urgent qu'elle se ressaisisse. La confrontation avec l'invité pris de boisson, et maintenant la présence de Dalton si près d'elle… C'était plus d'émotion qu'elle n'en pouvait supporter.

Car, en parlant, ils s'étaient, sans qu'elle s'en rende compte, éloignés de la foule et de la clarté des lustres. Les conversations des invités n'étaient plus qu'un murmure, et la musique de l'orchestre leur parvenait à peine.

— C'est un terrain dangereux, dit-elle. Vous et moi. Seuls. Surtout si vous n'êtes plus résolu à me détruire à tout prix.

— Je n'ai pas dit cela, rétorqua-t-il. Mon magasin ferme à 20 heures. Il faut bien que je trouve un passe-temps pour occuper mes soirées.

— On peut dire que vous savez parler aux femmes.

Le hasard avait guidé leurs pas vers le rayon de l'ameublement. Ce n'était pas la partie la plus fréquentée du magasin les jours ordinaires et, ce soir, les invités y étaient rares.

À cet étage, Miss Lumley et Margaret avaient conçu ensemble de petites pièces : un boudoir ici, une table chargée de services raffinés d'argenterie et de porcelaine là, une chambre à coucher plus loin. Miss Lumley avait un talent pour la décoration intérieure et elle avait agencé avec goût des meubles d'un nouveau style, plus léger et original que celui des lourdes armoires et commodes victoriennes.

Dalton se dirigea de ce côté, et Beatrice le suivit.

— Vous avez donc pris parti pour les lits jumeaux, observa-t-il.

Bien sûr, il faisait allusion au débat qui faisait rage entre les médecins, les théologiens et les décorateurs d'intérieur pour savoir si un couple marié devait, oui ou non, dormir dans le même lit.

Debout côte à côte, ils regardaient les lits en question, recouverts d'épaisses couvertures et de draps soyeux d'un blanc immaculé.

— Absolument. C'est plus hygiénique, entre autres raisons.

À cet instant, elle ne voulait pas penser à ces autres raisons, parmi lesquelles elle rangeait les époux cruels et le devoir conjugal. Dieu merci, elle avait disposé de ses propres appartements au château. Mais, pour celles qui n'avaient pas cette chance, avoir son propre lit était tout de même mieux que rien.

Même si, pour sa part, elle aurait préféré ne pas être mariée à un homme cruel qu'elle n'aimait pas.

Mais Beatrice ne voulait pas penser à tout cela maintenant.

Parce que son amour de jeunesse la regardait comme s'il s'apprêtait à l'embrasser. Et qu'elle avait envie qu'il l'embrasse. Certes, elle était censée être vieille et endurcie. Et on lui avait suffisamment répété qu'elle était une femme froide et insensible. Pourtant, son sentiment était tout autre. Elle avait l'impression d'avoir à nouveau dix-huit ans, le cœur palpitant à la pensée qu'elle allait, peut-être, embrasser Wes Dalton.

— Mais pensez aux froides nuits d'hiver, Beatrice, dit-il en baissant la voix. Et aux jeunes mariés éperdument amoureux. Et à une nuit comme celle-ci, où deux adultes consentants se trouvent seuls après avoir bu du champagne. Et se regardent comme vous me regardez maintenant.

— Comment, Dalton ?

— Comme si vous ne m'aviez pas vu depuis longtemps.

— Cela fait longtemps, en effet, dit-elle d'une voix plus rauque qu'elle ne l'aurait voulu.

Soudain, elle se rendit compte qu'il y avait des années qu'elle n'avait reçu un vrai baiser. De longues années.

— Et comme si vous aviez envie de m'embrasser, ajouta-t-il dans un murmure.

Dalton se tenait suffisamment près pour prendre ses lèvres. Quelle était cette tension électrique qui régnait dans l'air ? Beatrice aurait juré qu'elle provenait des étincelles produites par la proximité de leurs deux corps et non des lustres qui émettaient une lumière tamisée.

— Peut-être bien.

Il s'approcha encore. Beatrice s'appuya contre une lourde commode de bois, qui lui offrit un soutien providentiel. Elle sentait ses genoux chanceler. Seigneur, que lui arrivait-il ? Elle était une divorcée de trente-six ans, et non une romantique jeune fille en fleur !

— Mais un baiser compliquerait les choses, glissa-t-il dans le creux de son oreille.

— Les meilleurs baisers compliquent toujours les choses, murmura-t-elle.

Soudain, elle se moquait bien des complications.

Dalton était tenté, elle le devinait. Il se tenait penché près d'elle. Hésitant. Malgré tous ses serments de vengeance et ses menaces de la pousser à la ruine, ses lèvres étaient à un souffle des siennes. Mais il savait comme elle qu'un baiser, en effet, rendraient les choses difficiles. Elle ne le croyait pas entièrement lorsqu'il prétendait avoir abandonné ses projets de revanche. On ne renonçait pas si vite au but d'une vie.

Surtout lorsque l'on avait, comme eux, enduré des années de souffrance.

À moins qu'un baiser, et ce qui le suivrait peut-être, soit un autre moyen d'arriver à ses fins ? Il était sans doute capable d'un tel plan : faire naître son désir puis la demander en mariage. Alors tout ce qu'elle possédait lui appartiendrait.

C'était parfaitement possible.

Après tout, cet homme avait conquis son cœur avant d'accepter de l'argent pour disparaître de sa vie. Et il ne lui avait pas caché son intention de s'emparer du magasin.

Elle regarda sa bouche, où se dessinait l'esquisse d'un sourire, le sourire d'un millionnaire décidé à la séduire, et qui avait l'habitude d'obtenir tout ce qu'il désirait.

Alors une flamme s'embrasa au fond d'elle, gagnant peu à peu tout son corps comme un feu de forêt. Il y avait si longtemps qu'elle n'avait reçu un vrai, un fougueux baiser ! Des années. Une éternité.

Elle n'avait pas oublié à quel point c'était bon.

Elle en avait assez d'être raisonnable.

Beatrice n'était plus la débutante habillée de blanc qui cherchait à plaire et faisait ce que l'on attendait d'elle. Ce soir, elle était vêtue de rouge. Elle disait ce qu'elle pensait au lieu de tenir sa langue. Et, décida-t-elle tout à coup, rien ne l'empêcherait d'embrasser un homme si elle en avait envie. Même si c'était une très mauvaise idée.

C'était en partie ce qui le rendait si excitant.

— Qu'est-ce qui vous retient, Dalton ?

— À part la foule d'invités qui est en bas ? Le bal qui bat son plein ?

— C'est comme autrefois. Mon bal de débutante. Vous vous souvenez ?

— Je n'étais pas invité, cette fois-là.

— Mais vous vous êtes glissé dans ma chambre ensuite. Et regardez-nous, aujourd'hui. Deux concurrents dans une position compromettante.

Il était si proche qu'elle sentait son corps contre le sien, et sa poitrine qui se soulevait au rythme lent et régulier de son souffle. Elle respira son odeur. Posa une main sur son torse pour ne pas perdre l'équilibre. Et sentit alors sous ses doigts les battements effrénés de son cœur.

Lui non plus ne pouvait cacher son émoi. L'évidence du désir qu'il éprouvait pour elle ne fit que redoubler le sien.

Sans plus hésiter, elle saisit un pan de son habit de satin noir et l'embrassa. Était-ce Dalton qui réclamait sa bouche ou l'inverse ? Il y avait dans ce baiser seize ans de chagrin, de regret, de colère et de désir. Pendant exactement une seconde, leurs gestes furent lents et hésitants.

La rencontre de deux forces qui déposent les armes dès le premier choc.

C'était à la fois comme avant et mieux encore que dans son souvenir et dans ses rêves.

Les lignes fermes de son torse, chaud contre ses mains, son cœur battant sous les vêtements. Elle avait eu si froid pendant toutes ces années qu'elle n'hésita pas à se brûler au contact de son corps.

C'était pour cela. Oui, c'était pour cela qu'elle avait survécu, qu'elle avait traversé les flammes de l'enfer. Et cela en valait la peine. Dalton plongea les doigts dans sa chevelure et, tout en la tenant enlacée, contempla son visage. Il la regardait comme s'il l'avait désirée à en mourir pendant toutes ces années où ils avaient été séparés.

En lui rendant son baiser, elle songea qu'elle éprouvait le même sentiment.

Quel gâchis ! Toutes ces années de tristesse et de solitude, alors qu'ils auraient pu avoir ceci. Mais tous ses regrets, toutes ses folles suppositions disparurent aussi vite que des articles vendus en solde. À peine évoqués, aussi vite oubliés.

Dalton fit glisser ses mains sur ses épaules en une lente caresse de ses paumes nues contre sa peau nue avant de remonter jusqu'à ses seins. Beatrice aurait voulu que ce moment dure toujours. Puis il enlaça sa taille pour la serrer contre lui. Elle sentit son excitation. C'était comme une promesse. Ou une mise en garde.

Il n'était pas là pour jouer.

Elle non plus.

Elle enroula les bras autour de son cou et rejeta la tête en arrière tandis qu'ils s'embrassaient encore et encore. Il n'y avait plus rien au monde que lui et ce baiser tant attendu qui avait le goût du désir et des regrets, et dont elle savait déjà qu'il ne lui suffirait pas.

— Je croyais me souvenir, dit-elle, haletante.

Il fallait qu'elle respire. Mais comment faisait-on ?

— C'est mieux encore, répondit-il.

— Vous vous souvenez.

— Un homme peut oublier beaucoup de choses, Beatrice. Mais pas vos baisers.

— Arrêtez. Vous allez me faire défaillir.

Dalton déposa un baiser dans le creux de son cou tout en faisant glisser la bretelle de sa robe sur son épaule.

— Je parle sérieusement. Je crains de m'évanouir.

— Non, vous ne vous évanouirez pas. Parce que vous ne voulez rien manquer. Et que je ne fais que commencer.

Mon Dieu, c'était certain : cela allait tout compliquer.

20

Le Dalton's
Le lendemain

— Crois-tu qu'il est possible d'installer une automobile ici ? demanda Dalton.

Sa dernière idée extravagante ne déclencha pas une réaction enthousiaste chez Connor. « Ici » désignait le toit de son établissement.

Il offrait une vue plongeante sur la file qui faisait le tour du pâté de maisons. Et allait jusqu'à l'entrée du Goodwin's.

Dalton n'était pas surpris par le succès manifeste de sa concurrente. Il avait vu le magasin de Beatrice, il avait compris ce qu'elle cherchait à faire, et il connaissait les femmes. Il savait qu'elles allaient venir en nombre faire leurs achats chez elle. Parce qu'elle ne se contentait pas de vendre des gants.

Quel dommage qu'il n'ait pas vu venir le changement, qu'il n'ait pas été le premier ! Il avait été trop occupé par ses idées de vengeance et sa volonté de voir l'agonie du Goodwin's pour se soucier d'améliorer encore le Dalton's. Mais à présent il n'allait pas rester sans rien faire tandis qu'elle transformait le vieil établissement en un magasin plus grand, plus beau et plus prospère. Il allait se battre.

La pugnacité qui avait fait de lui un millionnaire n'allait pas le quitter à cause d'une manœuvre brillante de son adversaire.

Même si elle l'avait embrassé comme s'il était le seul homme au monde qui comptait pour elle.

— Pourquoi veux-tu mettre une automobile sur le toit ? demanda Connor. Ces engins de mort ne sont bons qu'à faire du bruit et de la fumée !

— Le bruit et la fumée de l'avenir ! corrigea Dalton.

S'écartant du rebord, il se mit à aller et venir d'un bout à l'autre du toit.

Certes, l'automobile ne représentait pour le moment qu'une curiosité peu fiable que seuls les plus riches pouvaient envisager de s'offrir, et qu'ils considéraient comme un jouet.

— Nous l'exposerons. Nous laisserons les gens s'en approcher. La toucher. S'installer à l'intérieur. Tout le monde parlera du véhicule de demain et du Dalton's !

— Mais pourquoi sur le toit ?

— On donne bien des pièces de théâtre sur le toit du Casino ! Pourquoi ne pourrais-je pas mettre une automobile sur celui de mon magasin ?

Dalton commençait à s'échauffer.

— Imagine un peu, Connor ! L'un de ces rutilants véhicules noirs garé ici ! Tout le monde pourra se figurer cette nouvelle et dangereuse créature lâchée dans la nature ! Ils sentiront le vent dans leurs cheveux, le soleil sur leur visage ! Ce sera parfait : les clients devront traverser tout le magasin pour venir la voir. Et je parie qu'ils achèteront quelque chose en passant. Et en repartant.

Il sourit, imaginant le spectacle. On prévoirait un étalage de souvenirs, des articles soigneusement choisis, exposés de manière à frapper le regard. Il imaginait les ventes, les profits, le magasin bondé grâce à son idée. Il imaginait

Beatrice en train de regarder par la fenêtre de son bureau la file d'attente qui se formerait tout autour du Dalton's.

Connor cessa de contempler la ville pour se tourner vers lui.

— Je ne t'ai pas vu aussi exalté depuis que tu as ouvert ce magasin. J'en conclus que c'est à cause d'elle.

— Ce n'est pas à cause d'elle. Et en même temps c'est à cause d'elle. Complètement. Mais seulement dans une certaine mesure.

— Il faut que nous buvions un verre, marmonna Connor en ébouriffant ses cheveux.

— Peut-être devrions-nous servir des rafraîchissements ici..., songea Dalton.

Les possibilités étaient sans fin. Il était riche et n'avait pas peur du risque. Alors pourquoi pas ?

Connor se prit le visage à deux mains.

— C'est une concurrente, Connor ! Une concurrente sérieuse. Nous devons la battre ! Elle a des bicyclettes ? Nous aurons une automobile. C'est plus grand, plus robuste, plus rapide !

— Serais-tu encore soûl après la soirée d'hier ? Elle n'a pas seulement des bicyclettes : elle a ce qu'elles représentent. Elle a ce salon de lecture.

— C'est une façon habile de faire passer un message, je te l'accorde. Mais au fond ce n'est qu'une pièce avec des sièges et des livres. Et elle ne les vend même pas ! Nous pourrions très bien en faire autant, en instaurant un système d'abonnement ou d'adhésion. Les clientes devront payer pour respirer l'air du Dalton's et s'asseoir sur nos fauteuils. Brillant !

Il était lancé ; les idées se bousculaient dans sa tête. Bon sang, il n'avait pas éprouvé un tel enthousiasme pour son magasin depuis des lustres ! Il aurait embrassé Beatrice tant il lui savait gré de lui avoir redonné l'inspiration. Ou de lui avoir livré une concurrence aussi féroce. Ce qui, après tout, revenait au même.

— Je sais ! s'exclama-t-il. Nous allons proposer aux clientes de devenir des membres privilégiés du Dalton's : elles bénéficieront ainsi d'un accès et d'avantages exclusifs. Toutes celles qui auront leur carte iront en priorité chez nous.

— Voilà une idée qui peut être intéressante, répondit Connor. Pour l'automobile, je suis moins convaincu. Les clients vont croire que tu vas prendre des commandes et filer à l'usine les faire exécuter.

— Pourquoi pas ?

— Le Dalton's est un commerce de détail ! Tu vends des articles qu'une cliente peut choisir le matin, se faire livrer l'après-midi et porter le soir. Puis tu envoies la facture à leur père ou à leur mari et, lentement mais sûrement, tu remplis tes coffres en vidant les leurs.

— Je ne vends pas seulement des articles, répliqua Dalton, que le sujet animait de plus en plus. Je vends du spectacle. Du rêve. De l'exclusivité. L'avenir ! Quoi de mieux qu'une automobile ? Une promesse de liberté, de découverte, d'aventure ! Et, en effet, un engin qui est peut-être, et même certainement, mortel. Ruineux. Dangereux. Mais n'est-ce pas ce qui le rend si fascinant ?

Comme Beatrice. Cette femme était un spectacle et un rêve. Une promesse d'aventure et un danger. Elle allait peut-être causer sa perte et la mort de ses ambitions, mais… comme il avait aimé l'embrasser la veille ! Après des années de passion, de frustration et de désir contenu, le moment était enfin arrivé.

Un moment auquel il ne cessait de penser. Un moment qu'il brûlait de revivre, encore et encore. Pour cette raison même, il avait résolu de l'éviter. Car comment pourrait-il se concentrer s'il la revoyait ? Et, s'il ne pouvait se concentrer, comment pourrait-il rivaliser avec elle ?

— Tu n'as pas renoncé à tes projets de vengeance, n'est-ce pas ? demanda Connor.

Dalton lui fit signe de le rejoindre au bord du toit.

— Regarde, lui dit-il en tendant le doigt vers la rue.

Longuement, ils contemplèrent le spectacle. C'était l'endroit idéal pour voir sans être vu. En bas, devant la devanture refaite à neuf qui étincelait au soleil, une file d'attente constituée en majeure partie de femmes s'étirait autour de l'îlot de bâtiments. Des agents de police étaient arrivés à cheval pour contenir l'énergie de la foule.

En même temps, un flux ininterrompu de clients sortait du magasin avec, au bras, un sac portant la griffe du Goodwin's. Dans un monde où les achats étaient presque toujours livrés dans la plus grande discrétion.

« Nos clientes répugnent à exposer aux yeux de tous leurs désirs et leurs faiblesses. »

Se serait-il trompé ? Refuseraient-elles d'éprouver la moindre honte ? En un instant, Dalton se rendit compte de l'exploit que Beatrice avait accompli : tous ces sacs affichant le nom du Goodwin's étaient autant de sujets de conversation, d'occasions pour une cliente de recommander le magasin à une amie. Toutes ces femmes brandissaient fièrement leurs achats.

Une automobile exposée sur le toit ne suffirait pas. Il allait falloir faire davantage.

— Je vois, dit Connor en hochant la tête. Assouvir ta vengeance serait agréable, mais survivre serait mieux encore. Tu t'apprêtes à affronter une femme, Dalton. Tu as intérêt à gagner : sinon, que diront les gens ?

— Là, tu vois bien que j'ai besoin de cette automobile !

Ces nouveaux véhicules représentent le danger, la puissance, l'aventure. Ils représentent l'avenir !

Ce que Wes Dalton voulait, il finissait toujours par l'obtenir.

N° 25, à l'ouest de la 10e Rue
Une semaine plus tard

Dans un salon situé à quelques pas des plus prestigieux grands magasins de New York, le Dalton's et le Goodwin's, un groupe de ladies distinguées étaient en train de se moquer de Wes Dalton. Le prince du négoce de Manhattan, le célibataire en vue convoité par bien des femmes, avait commis une grave erreur. Sa dernière trouvaille faisait sensation. Et, en même temps, c'était un faux pas qui lui serait peut-être fatal.

— Une automobile !

Les Ladies of Liberty riaient à gorge déployée. Elles avaient lu les annonces dans les journaux, et quelques-unes d'entre elles avaient bravé la foule de spectateurs masculins pour aller voir cette attraction de leurs yeux. Elles avaient également entendu les commentaires passionnés et interminables des hommes de leur entourage à ce sujet.

— Chut ! Nous sommes censées être impressionnées par son énorme et puissante… machine, affirma Ava avec un sérieux affecté qu'elle ne put contenir longtemps.

Rougissante, elle se joignit à l'hilarité générale.

Parlaient-elles toujours de l'automobile, ou avaient-elles changé de sujet ?

— Ce véhicule exposé sur le toit montre qu'il n'a pas compris ce que nous sommes en train de créer, déclara Beatrice. Et donc qu'il ne connaît pas son adversaire.

Le spectacle de cette automobile attirait des foules

immenses. Elle voyait les files d'attente qui s'étendaient depuis l'angle de son magasin, où elle avait son bureau. Au début, cette affluence l'avait affolée. Mais, en y regardant de plus près, elle avait remarqué que la plupart des personnes qui se trouvaient dans la queue étaient des hommes, parfois accompagnés d'une femme. Et, en arpentant les allées du Goodwin's, elle avait entendu les clientes se réjouir de la tranquillité que leur offrait son magasin, loin de tous ces hommes qui ne parlaient que de chevaux-vapeur, de moteurs vrombissants ou de combustion.

Aux portes du Goodwin's, il n'y avait pas d'écriteau indiquant que l'établissement était réservé à la gent féminine, mais le lieu semblait naturellement attirer les femmes et éloigner les hommes.

Pour ces raisons, Beatrice ne se sentait pas menacée par la puissance de l'automobile de Dalton, les poussées de son moteur ni les longues files d'hommes qui se pressaient devant son magasin.

— Cette concurrence ne vous cause donc pas d'inquiétude, Beatrice ?

— Entre des poudriers et des automobiles, je crois que le choix de notre clientèle est vite fait, répondit-elle avec un sourire.

— Les poudriers, et je m'en réjouis ! répondit Daisy.

Ses crèmes de nuit et ses rouges à lèvres se vendaient comme des petits pains. Le grand magasin s'était révélé le lieu idéal pour vendre ces produits à l'image si scandaleuse. Les clientes pouvaient se rendre au Goodwin's pour acheter tout autre chose et essayer par hasard les produits du Dr Swan, avec l'aide de vendeuses spécialement formées. Elles les emportaient ensuite dans leur sac Goodwin's sans que personne n'en sache rien.

— Absolument, lança fièrement Beatrice. Nos rayons

sont tout simplement dévalisés ! Depuis sa réouverture, le magasin connaît un succès retentissant. Margaret et moi sommes épuisées, et je n'ai pas eu un moment pour aller voir cette automobile. Mais j'ai entendu plus d'une fois nos clientes se réjouir de trouver un répit dans notre salon de lecture réservé aux femmes, loin de cette foule d'hommes.

— J'adore le salon de lecture ! soupira une des membres du cercle. C'est le seul endroit où je peux m'asseoir un moment sans qu'un enfant grimpe sur mes genoux pour me demander quelque chose !

— Pour ma part, je m'intéresserais volontiers à ces engins s'ils autorisaient les femmes à les conduire, déclara Harriet. Ce doit être agréable d'avoir une telle puissance entre les mains. Je ne crois pas une seconde que nous en soyons incapables !

— C'est ce qu'ils disent maintenant, répondit Adeline. Soyons patientes. Dans quelque temps, toutes les femmes du monde conduiront.

Beatrice sirotait son thé en écoutant ses amies parler de puissance, de liberté et de vent dans les cheveux. C'était ce qu'elle éprouvait lorsqu'elle chevauchait sa bicyclette pour se rendre au travail le matin et rentrer à la maison le soir. Elle avait alors l'impression qu'elle pouvait aller partout où elle voulait.

Quelle délicieuse sensation !

Et si elle pouvait vraiment aller partout où elle voulait ?

Elle viendrait dans ce salon, pour retrouver ces femmes auprès desquelles elle se sentait à la fois en sécurité et plus audacieuse que jamais.

Mais elle rêvait aussi de s'aventurer dans la direction de Broadway.

Dans la direction du Dalton's.

Parce qu'il y avait eu ce baiser. Un baiser ardent et sans merci.

Un baiser qui, pour la première fois depuis seize ans, lui donnait envie de faire fi de toute prudence et de s'adonner à toutes sortes de plaisirs défendus. Qui avait réveillé ses sens, restés en sommeil pendant une éternité.

Elle avait senti renaître en elle un désir violent, exigeant.

Et c'était le moment que Dalton avait choisi pour se mettre à l'ignorer.

Aucun message de lui, aucune visite, pas même un salut dans la rue.

Ce qui était d'autant plus enrageant qu'ils se trouvaient dans la même rue, face à face, lui dans son palais de marbre, et elle dans son propre empire du commerce. Leurs chemins auraient aisément pu se croiser. Il eût suffi d'un minimum de bonne volonté.

Elle en concluait donc qu'il l'évitait. Ou qu'il était un authentique goujat.

Ce qui était très fâcheux étant donné qu'elle avait envie de l'embrasser à nouveau. Du reste, rien ne l'empêchait de le faire, si elle en avait envie. Et, bien sûr, si Dalton était dans de bonnes dispositions à son égard. Ce soir-là, il lui avait semblé… très bien disposé.

C'était indéniable.

Dieu merci, elle avait suffisamment de soucis pour qu'il n'occupe pas toutes ses pensées du matin au soir. Des préoccupations importantes, comme l'attente d'une livraison de châles de cachemire, des conflits entre les vendeuses de différents rayons ou la recherche d'une nouvelle attraction qui rivaliserait avec cette automobile et placerait à nouveau le Goodwin's au centre des conversations.

Mais ce baiser… Il avait réveillé le dragon qui dormait en elle. Et à présent ce dragon était affamé.

Puis Dalton avait disparu, ce qui lui donnait à penser qu'il n'avait pas tenté de la séduire pour la détruire. Elle ne l'en désirait que plus.

Mais il était trop occupé avec son automobile. Elle était pourtant prête à parier que la puissance de son énorme machine n'était rien à côté de l'intensité du désir qui la tourmentait constamment. Toute sa jeunesse durant, Beatrice s'était efforcée de contrôler les élans de son cœur. Et elle avait presque toujours réussi. Elle avait aussi survécu à son mariage. Mais aujourd'hui rien ne la forcerait à étouffer ses sentiments, pas même la peur de la honte ou du scandale.

Elle voulait cet homme qu'elle avait aimé autrefois et qui savait embraser ses sens.

— Beatrice ?

Elle cligna des yeux en entendant son prénom.

Ses compagnes avaient déjà changé de sujet. Elles parlaient à présent de la série de cours que Harriet organisait pour les clientes du magasin, et qui rencontrait un succès phénoménal. Des sujets tels que l'hygiène domestique, la littérature, les sciences appliquées à la cuisine et l'art oratoire y étaient abordés. Mais Beatrice avait perdu le fil de la conversation.

— Pardonnez-moi. Je suis distraite.

— Est-ce à cause de l'automobile ? demanda Harriet d'un air narquois.

Elle savait parfaitement que ce n'était pas à cause de l'automobile.

— Oui, c'est cela, prétendit Beatrice. Je crois que je devrais aller la voir. Pour des raisons professionnelles.

Ses amies eurent la gentillesse de faire semblant de la croire. Toutes savaient que Dalton était bien plus attirant que n'importe quelle carcasse de métal.

— Si vous partez tout de suite, vous aurez le temps

d'apercevoir le véhicule avant l'heure de fermeture, dit Ava avec ce sourire qu'elle esquissait chaque fois qu'elle flairait une occasion de jouer les marieuses.

Beatrice décida d'y aller. Oui, elle allait jouer avec le danger, risquer un petit scandale, chercher sa part de plaisir. Tout simplement parce que personne ne pouvait l'en empêcher.

21

Le Dalton's

Dalton observa non sans satisfaction que la file d'attente s'enroulait une fois de plus autour de son magasin, et non du Goodwin's. Et c'était grâce à l'automobile exposée sur le toit et aux nombreuses publicités qu'il avait diffusées dans les journaux.

Les gens se pressaient aux portes du Dalton's. Malheureusement, ceux qui étaient prêts à supporter une longue attente pour voir le véhicule de près étaient essentiellement des hommes. Bien sûr, ils emmenaient toute leur famille. Mais c'étaient eux qui s'attardaient, bavardaient abondamment et restaient dans la file. Pendant ce temps, leurs épouses couraient après les enfants, les empêchant de toucher aux étalages et plus généralement de tout dévaster sur leur passage.

Personne n'achetait rien.

Tout le monde était bien trop absorbé : les uns contemplaient le véhicule avec envie tandis que les autres tentaient de maîtriser leur progéniture ou restaient auprès de leur mari.

Malgré tout, l'opération donnait l'apparence d'une réussite.

Des foules de visiteurs attendaient avec impatience leur

tour de découvrir l'automobile, et la presse était dithyrambique. Enfin, Dalton ne pouvait se rendre à son club, à une réception ou à Central Park sans entendre parler de cette attraction.

Une seule personne n'était pas venue la voir.

Et, à cause de cette seule personne, tout cela lui semblait vain. Il aurait beau imaginer les spectacles les plus grandioses, faire rêver des milliers de gens, réaliser des ventes colossales, tout cela n'aurait aucune importance si Beatrice n'était pas là pour le voir.

Pourquoi son absence le préoccupait-elle tant ? Il avait passé plus de dix ans à s'efforcer de ne pas la remarquer. Mais voilà, il avait embrassé Beatrice une semaine plus tôt, et ce souvenir était tenace ; il en sentait encore le goût. Il refusait de lui céder, mais n'était pas certain d'être capable de lui résister. C'est pourquoi il avait préféré ne pas l'approcher.

En outre, il était occupé.

Diriger le plus important grand magasin de Manhattan et faire en sorte qu'il le reste n'était pas une tâche à laquelle on ne se consacrait qu'à moitié.

Il en était là de ses réflexions lorsqu'il vit Beatrice pousser la porte tambour, trois minutes avant l'heure de la fermeture.

— Je suis venue voir l'automobile, dit-elle en guise de salut lorsqu'elle l'aperçut. Cette merveille dont tout le monde parle.

— Nous allons bientôt fermer…, commença Dalton en regardant ostensiblement sa montre de gousset. Dans trois minutes.

— Je sais, répondit-elle en lui décochant un sourire.

Puis elle passa devant lui comme si le magasin lui appartenait et que son règlement ne s'appliquait pas à elle. Pouvait-il faire autrement que de la suivre ? Il ne pouvait tout de même pas laisser sa concurrente se promener seule dans son établissement alors que l'on s'apprêtait à en fermer les portes. Plusieurs commis, pressés de terminer leur journée, jetèrent un coup d'œil vers elle avant de tourner vers lui un regard circonspect.

Dalton la suivit.

Il la suivit en admirant malgré lui le balancement de ses hanches serrées dans son élégante robe et les boucles qui s'échappaient de sa coiffure, suggérant qu'elle avait passé la journée à s'affairer, à s'acquitter de tâches importantes.

Que préparait-elle ? Quelle serait sa nouvelle idée ?

S'il était son amant et non son rival, peut-être le lui dirait-elle.

Elle fendit la foule qui se dirigeait vers la sortie et gagna l'escalier, qu'elle grimpa sans s'arrêter. Enfin, elle arriva sur le toit, devant la machine. Une automobile décapotable d'un noir étincelant juchée sur un piédestal. Tendue autour du véhicule, une corde de velours empêchait les visiteurs de s'en approcher.

Dalton s'arrêta à côté d'elle.

— Elle est de toute beauté, n'est-ce pas ?

— Est-ce de moi que vous parlez ou de l'automobile, Dalton ?

Nulle autre que Beatrice, l'impétueuse et dangereuse Beatrice, n'était capable de flirter avec lui en d'aussi périlleuses circonstances.

À nouveau, elle lui sourit.

— Oui, répondit-il seulement.

Elle se mit à tourner lentement autour du véhicule, l'examinant sous tous les angles. Mais son regard ne cessait de s'aventurer vers Dalton. Impossible de nier l'effet que cela produisait sur lui. Visiblement, être un redoutable et richissime homme d'affaires ne protégeait pas des œillades séductrices.

— Que faites-vous ici, Beatrice ? Pourquoi ai-je le sentiment que vous n'êtes pas venue pour admirer une voiture sans chevaux ?

— Nous nous sommes embrassés, dit-elle d'un ton détaché.

— En effet.

— Excellent. Je voulais simplement vérifier que ce baiser n'était pas le fruit de mon imagination. Étant donné que je n'ai eu aucune nouvelle de vous depuis.

Le regard enflammé qu'elle lui lança lui fit comprendre qu'il s'était comporté comme un mufle, mais qu'elle était prête à le pardonner. Subitement, un étrange sentiment l'envahit : il avait honte de son attitude, mais aussi des raisons de son silence. Il avait consacré tout son temps, toute son énergie à cette automobile, dans sa volonté de montrer à tout le monde qu'il était toujours le prince du commerce. Comme si l'opinion que Manhattan se faisait de lui importait plus que celle de Beatrice…

Était-ce le cas, vraiment ?

— Vous comprenez donc ma crainte d'avoir tout imaginé, poursuivit-elle.

— Vous ne l'avez pas imaginé.

— Bien.

Elle avait décrit un cercle complet autour de l'automobile et se tenait à présent devant lui.

— Parce que j'aimerais que cela se reproduise.

Dalton crut bien que son cœur allait s'arrêter. Il lui fallait à tout prix garder ses distances.

— Nous sommes rivaux, vous ne l'avez pas oublié ? dit-il. Je suis très occupé à comploter ma vengeance.

— Et à forger des plans pour la suite. Trouvez-vous au moins un passe-temps, Dalton ! Soyez raisonnable !

— Chaque chose en son temps, répondit-il.

Mais, tandis qu'il parlait, elle avait enjambé la corde de velours qui protégeait le véhicule et s'apprêtait à monter à l'intérieur.

— Que faites-vous ? demanda-t-il.

— J'imagine que certaines personnes peuvent se contenter de regarder. Pas moi, dit-elle en plantant son regard dans le sien.

Une décharge électrique ne l'aurait pas secoué davantage.

— Je veux savoir quelles sensations on éprouve, Dalton, lorsqu'on est à l'intérieur.

— Vous n'avez pas le droit de faire cela, Beatrice. Ce n'est pas juste.

Sa voix était rauque. Mon Dieu, comme elle le troublait ! Avec ses mèches rebelles, ses hanches qui se balançaient et ses regards de braise !

Pris entre cette femme, l'automobile et le ciel étoilé de New York, il courait à sa perte.

— Je ne suis pas en train de jouer, Dalton.

— Dans ce cas, que faites-vous ?

— Montez. Je vais vous le dire.

Dalton hésita. C'était un de ces moments où tout pouvait basculer. Il essaya de toutes ses forces de penser à elle comme à une concurrente. Comme au seul et unique obstacle entre lui et le succès, la vengeance et une sorte de bonheur. Mais elle était là, avec ses jupes et ses beaux cheveux, installée à la nuit tombante sur le siège avant d'une voiture décapotable, et elle l'invitait à la rejoindre. Honnêtement, quel homme aurait été capable de refuser ?

Dalton monta à ses côtés. Il voulait garder ses distances, mais c'était impossible dans un véhicule de cette taille. Un véhicule posé sur un toit. Au beau milieu de Manhattan.

— C'est ridicule, dit-il. Nous ne pouvons aller nulle part.

— Parlez-vous littéralement ou est-ce une métaphore ?

— Oui, dit-il juste avant de commettre l'erreur de respirer son parfum. Oui.

Alors le reste du monde s'évanouit. Tout lui semblait si lointain, et elle était si proche. Il n'y avait qu'eux, dans cette automobile juchée sur le toit. Le soleil déclinait rapidement, laissant place à la nuit. Les lumières de la ville s'allumaient peu à peu. C'était une vue encore nouvelle et saisissante que celle de ce New York électrifié qui jaillissait de terre. Pourtant, à côté de Beatrice, ce spectacle faisait pâle figure.

Le magasin était fermé. Ils avaient toute la nuit.

Soudain, elle prit la parole.

— Ma nuit de noces s'est bien passée, je suppose, raconta-t-elle tout à trac.

Dalton sentit brusquement l'air lui manquer. Ils allaient parler, et il était piégé dans ce véhicule. En outre, ils allaient parler comme s'ils étaient… amis, et non rivaux. Ou plutôt elle allait parler et il allait l'écouter sans rien dire, en essayant de ne pas oublier ses projets de vengeance, sa volonté de domination. Il allait se répéter que rien d'autre ne comptait à ses yeux que son magasin, et certainement pas elle.

Je m'appelle Wes Dalton. Vous avez volé mon…

Mais son refrain habituel ne pouvait rien contre ce qu'elle dit ensuite.

— Je savais ce que j'étais censée faire, c'est-à-dire que je savais que je devais faire tout ce que le duc me demandait. Lui autoriser toutes les libertés. Cette sorte de choses.

Elle s'exprimait d'une voix parfaitement neutre.

Dalton sentit son cœur se serrer.

— Je n'ai pas particulièrement apprécié cette expérience, et j'ai fait en sorte que cela ne m'atteigne pas trop. Du moins, j'ai essayé. Il n'était pas vous, Dalton. Il n'avait pas votre délicatesse.

Parfaitement immobile et silencieux, Dalton se forçait

à inspirer et à expirer. Accablé par le sentiment de son impuissance et de sa lâcheté, c'était tout ce dont il était capable. Pourtant, ce qu'elle disait n'avait rien de nouveau, protesta-t-il en lui-même. C'était ainsi que les choses se passaient, et cela ne le regardait pas. Elle avait choisi le duc et tout le reste au lieu de le choisir, lui.

Par conséquent, elle méritait son sort.

Mais personne ne méritait un tel sort, ni ce qu'elle décrivit ensuite.

— C'est après la deuxième ou la troisième fois que j'ai commencé à me dire que j'avais peut-être commis une erreur. Il voulait deux fils, bien sûr, pour être certain d'avoir un héritier. Ma dot astronomique l'exigeait. Quant à moi, je n'avais qu'à endurer. Me soumettre. Endurer. Me soumettre. Endurer. Quel autre choix avais-je ?

Partir, songea Dalton.

Vous battre.

Mais c'était plus facile à dire qu'à faire. Surtout pour une débutante âgée d'à peine vingt ans dans un monde dominé par les hommes.

— C'est très éprouvant pour l'âme, tout ce temps passé à endurer et se soumettre. Mais un jour il a fini par renoncer. Dieu merci !

— Tant mieux, lâcha Dalton d'une voix rocailleuse.

— Mon sort s'est amélioré. Mais…

S'interrompant, Beatrice se tourna de son côté et, battant des cils, posa les yeux sur lui.

— Mais j'avais encore envie que l'on me touche de la façon dont vous m'aviez touchée autrefois. Or personne ne touche les duchesses enfermées dans un château. On tolère poliment leur présence jusqu'à ce qu'elles aient le bon goût de périr pour céder la place à une nouvelle duchesse, plus jeune et plus naïve.

Les idiots ! Beatrice était à nulle autre pareille. Cette femme rayonnait d'un feu intérieur. Au point qu'elle éclipsait les lumières de la nuit new-yorkaise.

— Et, malgré toutes ces années passées à me soumettre et à endurer, malgré ces pénibles journées et ces horribles nuits, malgré cet interminable purgatoire traversé dans un vieux château ouvert aux courants d'air… ma flamme ne s'est pas éteinte.

Son regard brillait d'émerveillement. Pour elle, c'était manifestement incroyable. Elle en parlait avec la révérence que l'on voue aux miracles.

« Ma flamme ne s'est pas éteinte. »

Dalton hocha la tête, incapable de prononcer un mot.

— Ils n'ont pas réussi à étouffer la femme que je suis. Lorsque je l'ai compris, je suis revenue à la vie, plus fougueuse que jamais. Et me voici, ajouta-t-elle en ouvrant les bras au ciel étoilé et à New York.

Ils restèrent assis côte à côte dans l'obscurité.

Beatrice lui prit la main.

Je m'appelle Wes Dalton. Vous avez volé mon…

Elle n'avait rien volé du tout. Elle avait fait un choix et en avait subi les conséquences jusqu'à ce que cela lui devienne insupportable. Pendant toutes ces années où ils avaient été séparés, il l'avait imaginée en train de virevolter dans son château, le duc à son bras. Ce n'était pas là la vie qu'elle avait décrite.

Pendant toutes ces années, consumé par le chagrin et le sentiment de l'injustice qui lui avait été faite, Dalton n'avait pas songé un instant que, peut-être, elle n'était pas en train de virevolter dans son château. Mais qu'elle était en train de se soumettre et d'endurer.

À présent, il savait.

Et cela modifiait considérablement l'idée qu'il se faisait de leur histoire, à elle et lui.

— Pourquoi me dites-vous cela, Beatrice ?

Elle se tourna pour lui faire face.

— Je vous dis cela pour que vous sachiez pourquoi je vais vous embrasser. Parce que j'ai des années de privation à rattraper. Je suis en train de vous expliquer, Dalton, pourquoi je vais vous embrasser maintenant, même si je vais ensuite vous livrer une concurrence impitoyable. Du matin au soir.

— Rivaux le jour, amants la nuit ?

— Vous avez le droit de refuser.

Il ne put réprimer un rire. Parce qu'on ne disait pas non à une femme telle que Beatrice. Surtout lorsqu'elle vous offrait une telle proposition sur un plateau d'argent.

Il pouvait dire non.

Il pouvait aussi dire oui.

Il pouvait suggérer qu'ils en parlent plus longuement.

Dalton prit son visage dans le creux de ses mains sans prononcer un mot.

Que de chagrin, que de temps perdu !

Quelle perte pour le monde ! Ce qu'elle aurait pu faire si on ne l'avait pas mise en cage ! Ce qu'ils auraient pu faire ensemble !

À présent, elle était libre de faire ce que bon lui semblait. Et, ce qu'elle voulait, c'était l'embrasser, lui.

Un homme ne disait pas non à cela.

Surtout lorsqu'il en avait autant envie qu'elle.

La bouche de Beatrice trouva la sienne, et Dalton s'abandonna avec ravissement au déferlement d'une passion longtemps contenue. Comment résister à la pression de ses lèvres contre les siennes, à la façon dont elle se lovait contre lui, douce et chaude, à son parfum délicieusement sucré ? Enfouissant les doigts dans sa chevelure, il la tint tout contre lui pour l'embrasser profondément.

Lui aussi avait souffert de la solitude, il s'en rendait compte, à présent.

Ce baiser ne ressemblait pas à ceux qu'ils avaient échangés seize ans plus tôt. Lorsqu'ils avaient la naïveté de croire qu'ils avaient toute la vie devant eux et que le monde ne les forcerait pas à choisir entre l'amour et l'argent. Lorsqu'ils ne savaient rien.

Il savait, à présent.

Il savait qu'il fallait saisir les instants de bonheur et ne pas les lâcher, car ils ne seraient pas éternels.

Dalton attira Beatrice à lui et elle se laissa tomber sur ses genoux en riant, dans un froissement de jupes. Il sentit alors son cœur se serrer : n'était-ce pas ce qu'il avait toujours souhaité ? Beatrice dans ses bras, qui le regardait de ses yeux bleus brillants de désir ? Oui, elle était dans ses bras, dans son château, à présent.

Un sentiment de plénitude l'envahit, si puissant qu'il se demanda si, au fond, ce n'était pas là ce qu'il avait voulu toute sa vie.

— Embrassez-moi, Dalton. Nous avons tant de temps à rattraper !

Il lui obéit. Sous le clair de lune, dans le halo des lumières scintillantes de New York, il l'embrassa. D'abord sur la bouche.

Puis il trouva le creux de son cou.

Il déboutonna sa veste, dégrafa sa jupe et entreprit de se débarrasser de toutes les étoffes qui empêchaient ses lèvres de toucher sa peau nue. Que de jupes, de jupons, de pantalons entre leurs corps !

Avant qu'il ne puisse laisser son esprit vagabonder, s'interroger sur tout ce que cela signifiait, il entendit sa voix.

— Vous m’avez manqué, Wes, murmura-t-elle en ôtant sa veste d’un mouvement d’épaules.

Puis elle acheva de déboutonner sa chemise pour lui offrir le spectacle exquis de ses seins au-dessus de la bordure de dentelle de son corset. Quand elle cambra les reins au-dessus de lui, il laissa échapper un gémissement. Cette femme allait le tuer !

Il s’accrocha à sa taille comme si sa vie en dépendait et, tandis qu’elle se serrait contre lui, il apprit à nouveau tous les secrets de son corps. Le galbe de ses seins, la ligne de ses hanches. Cela ne se passait plus en rêve, c’était bel et bien la réalité. Il la touchait. À nouveau.

Les boutons, défaits.

Sa retenue, envolée.

Tout se passait si vite. La chevelure de Beatrice qui tombait en cascades sur ses épaules, nues sous ses doigts. Sa lèvre inférieure qu’il mordait légèrement. Le lobe de son oreille si doux à embrasser. Ses seins magnifiques sous la caresse de ses mains vigoureuses.

Comme elle lui avait manqué ! C’était un sentiment d’une intensité si effrayante qu’il était incapable de l’exprimer. Alors il l’embrassa, se perdant dans le plaisir que lui donnaient le corps de Beatrice et le son délicieux de ses soupirs et de ses gémissements. Il l’embrassa longtemps, jusqu’à ce que la nuit ait complètement enveloppé la ville et que toutes ses idées de vengeance se soient évanouies.

22

Le Goodwin's
Le lendemain

Ce ne fut pas pour des motifs strictement professionnels que Dalton sortit de son établissement et traversa Broadway avant de pénétrer d'un pas tranquille dans celui de sa concurrente. L'heure de fermeture était proche, et les magasins se vidaient peu à peu de leurs clients tandis que les rues s'emplissaient de passants se hâtant de rentrer chez eux.

Le message était arrivé en début d'après-midi : de son exquise écriture, Beatrice lui demandait de la rejoindre au troisième étage à la fin de la journée.

Pour parler affaires ? Pas à cette heure.

« Rivaux le jour, amants la nuit. »

C'était pour le plaisir. Assurément pour le plaisir.

Une certaine impatience l'empêcha d'accorder beaucoup d'attention aux étalages devant lesquels il passait. Comment se concentrer sur la façon dont étaient exposés les réticules ou les ombrelles alors qu'il s'apprêtait à voir Beatrice ? Et à voir davantage que ce que le clair de lune et les lumières de la ville lui avaient permis d'apercevoir…

En arrivant au troisième étage, il découvrit que c'était

là qu'était situé le rayon des dessous féminins. Il sourit. Beatrice avait un sens de l'humour délicieusement malicieux.

Un autre homme que lui aurait sans doute été intimidé par le caractère intime et délicat des articles exposés, et par la présence des vendeuses occupées au rangement après le départ des dernières clientes. Dalton, lui, s'avança dans le rayon sans la moindre hésitation.

Il ne la vit pas tout de suite, et, tandis qu'il attendait, il observa la marchandise : des corsets et autres sous-vêtements aux teintes douces et neutres. Il lui sembla qu'il manquait quelque chose.

Puis elle apparut : Beatrice. Une vision de rêve en robe bleue, la couleur de l'océan vu de Newport, la même que ses yeux. Elle traversa l'allée d'un pas assuré.

— Oh ! bonjour, Dalton ! dit-elle de son ton habituel, sans doute pour ne pas éveiller l'attention des employées.

Même si les jeunes femmes, qui étaient debout depuis l'ouverture, devaient avoir davantage envie de rentrer chez elles que de cancaner. Néanmoins, Dalton les vit jeter des regards intrigués derrière leur épaule en quittant leur rayon. Peu après, on éteignit les lustres. Seule restait la lumière tamisée de quelques lampes.

— Êtes-vous venu nous espionner ? demanda Beatrice d'un air mutin.

— Peut-être suis-je venu acheter quelque chose, répondit-il.

— Le magasin n'est pas à vendre.

— Vous savez que je ne suis pas là pour cela.

— Vraiment ?

— Permettez-moi de vous le prouver.

— Si vous insistez, murmura-t-elle.

Pivotant sur ses talons, elle s'éloigna d'un pas nonchalant en l'invitant du regard à la suivre. Ils zigzaguèrent entre des comptoirs et des étalages chargés de tous les articles de lingerie fine que les femmes pouvaient porter à même la peau.

Et elle, que portait-elle sous cette robe ?

Il le découvrirait bientôt.

Beatrice et lui étaient seuls dans cet immense magasin fermé. C'était une expérience unique que d'avoir un palais vide à soi, pour toute la nuit. Ils étaient sans doute les seules personnes à New York à connaître cela.

Il la retrouva dans le salon d'essayage, dans une petite cabine fermée par d'épais rideaux de velours prune qui étouffaient les bruits des dernières portes en train de se fermer. Au-dessus d'eux, une lampe électrique diffusait une lumière douce. Et, du coin de l'œil, Dalton aperçut leur reflet à tous deux dans un miroir en pied.

— De tous les endroits possibles à Manhattan, c'est ici que vous m'emmenez ?

— Peut-être est-ce une chose dont je rêvais secrètement, murmura-t-elle.

Il se souvint alors de leur jeunesse, lorsqu'ils prenaient le risque de s'éclipser pour s'embrasser dans le premier coin sombre qui s'offrait à eux. Puis il songea à la façon brutale dont leur histoire s'était arrêtée. Mais alors Beatrice l'attira tout contre elle et inclina la tête pour lui offrir ses lèvres.

Ils ne perdaient pas de temps, à l'époque.

Lorsque leurs bouches se rencontrèrent, tous les événements de la journée s'effacèrent instantanément de son esprit. Les conversations, les problèmes et les affaires qui d'habitude l'épuisaient furent oubliés. Il n'y avait plus qu'elle et lui, plus que son long corps désirable pressé contre le sien.

Il n'y avait plus que ce baiser.

Et ce qui le suivit.

Beatrice ôta sa veste et il fut hypnotisé par la cambrure de son dos et par ses seins tendus sous sa chemise. Ce seul geste, qu'elle devait accomplir seule dans sa chambre à la fin de la journée, suffit à l'exciter. Parce que c'était un acte intime auquel il ne lui avait jamais été donné d'assister. Et qui suggérait que certains événements étaient à venir.

Il les voulait.

Il les attendait, le cœur battant.

Puis elle s'occupa de sa chemise, d'un blanc immaculé. Mon Dieu, elle était en train de la déboutonner !

— Beatrice, êtes-vous sûre de ce que vous faites ?

Son cœur battait à se rompre, à présent. Le sang bouillonnait dans ses veines, et il n'y avait rien d'autre au monde que ce moment qu'autrefois il avait désiré plus que tout. Beatrice, libre, qui s'offrait à lui.

Dalton avait cru mourir en apprenant qu'elle avait accepté la demande en mariage du duc. Du jour au lendemain, le chagrin et la désolation s'étaient abattus sur son existence. Il l'avait perdue parce qu'il ne lui avait pas suffi. Mais aujourd'hui elle était là. L'entourant de ses bras, le provoquant de ses lèvres, elle était la tentation faite femme. Il n'était pas question de lui résister.

— Pensez-vous qu'après seize ans de mariage sans amour..., commença-t-elle.

Mais il n'entendit pas la suite, captivé par la vue de Beatrice debout devant lui, sa chemise à demi boutonnée laissant voir un corset de soie couleur pêche qui peinait à contenir ses seins gonflés.

— Je suis entièrement, parfaitement sûre, dit-elle.

Alors Dalton perdit toute retenue.

Il colla ses lèvres contre les siennes. Dans ce baiser, il y avait toute la frustration, toute la langueur de leurs années de séparation. Étroitement enlacés, ils se laissèrent aller contre le mur, s'emmêlant dans ses jupes, sa chemise et les rideaux de velours. Les yeux fermés, il réagissait au moindre de ses soupirs et de ses mouvements tandis qu'ils s'embrassaient, encore et encore.

Ses lèvres.

Le creux de son cou exposé à son regard.

Il la contemplait, la respirait.

— Oui, soupira-t-elle. Oui.

Quelques autres boutons cédèrent. Mais c'était trop long.

— Déchirez-la, murmura-t-elle.

Sans plus réfléchir, il lui obéit. Il déchira sa chemise. Cela n'avait rien d'un exploit : le coton délicat et les petits boutons de nacre cédèrent aussitôt et tombèrent sur le sol de la cabine.

— Je suis navré pour votre chemise, dit-il dans le creux de son oreille, bien qu'il ne le pensât pas vraiment.

À présent, il se délectait de la vue de sa peau exposée, de son corset rose pêche et de la rondeur de ses seins.

Cette couleur pêche le troublait. C'était une teinte proche du blanc, sage, discrète et virginale. Elle ne convenait guère à la femme qui était en train de l'embrasser avec passion dans la cabine d'essayage d'un magasin. Un magasin dont elle était la propriétaire et la présidente. Ses lèvres étaient rouges, son regard, coquin, déterminé. Elle avait les joues en feu.

— Ne vous inquiétez pas pour cela. Nous avons un grand choix de boutons et d'ornements au deuxième étage, souffla-t-elle tandis qu'il taquinait la pointe sombre de ses seins.

— Bien sûr, répondit-il. Dans mon magasin…

— Taisez-vous, Dalton. Je me moque de votre magasin. Continuez à m'embrasser.

Il l'embrassa.

Et il la caressa. Du bout des doigts, il fit glisser sur ses épaules les manches de sa chemise, révélant de nouvelles parcelles de peau nue.

— Je veux vous toucher, dit-elle tout bas.

Et, en un clin d'œil, la veste et la chemise de Dalton ne furent plus qu'un tas de tissu sur le sol, des reliques de la journée. Beatrice contemplait son torse avec une fièvre qu'elle semblait incapable de dissimuler.

Non qu'elle donnât l'impression de le vouloir.

Dalton non plus ne chercha pas à lui cacher à quel point il la désirait.

Tout en se mordant la lèvre, elle caressa son torse lisse, les muscles de ses épaules, le renflement de ses biceps. Puis, se penchant, elle posa les lèvres sur son téton.

— Oh ! mon Dieu, Beatrice ! soupira-t-il lorsqu'il sentit ses mains jouer avec la ceinture de son pantalon.

Leurs regards se rencontrèrent. Elle lui sourit malicieusement. Sa Beatrice ne manquait pas d'idées. Elle n'était plus l'innocente et enthousiaste jeune fille qu'il avait connue, mais une femme qui savait ce qu'elle voulait et n'hésitait pas à le prendre.

— Beatrice.

— Dalton.

— Les dames d'abord.

— Si vous insistez.

— J'insiste.

Un froissement de tissu. Une douce plainte. Sa main remonta le long d'un bas de soie et alla se nicher entre ses cuisses. Beatrice ferma les yeux en gémissant sous ses caresses. Ce n'était pas leur première fois, mais bien des années s'étaient écoulées et c'était comme s'ils se découvraient à nouveau. Elle enfonça les ongles dans ses épaules, s'agrippant à lui tandis qu'il redoublait d'ardeur et glissait un, puis deux doigts en elle.

— Oh ! mon Dieu ! souffla-t-elle en se pressant contre sa main.

Elle savait ce qu'elle voulait, et il le lui donna. Dalton brûlait du désir d'être en elle, et elle sembla le comprendre. Prenant son sexe dressé au creux de sa main, elle se mit à le caresser lentement. Alors il oublia tout : son magasin, celui de Beatrice. Il oublia leur rivalité. À cet instant, il n'était qu'un homme à sa merci, et il n'aurait échangé sa place contre rien au monde.

— Oh ! mon Dieu !

Cette fois, c'était de lui que venait ce cri étouffé. Ce n'étaient pas seulement ses gestes, même si elle connaissait exactement le rythme et la pression qui allaient l'amener au bord de l'orgasme. C'était elle. La femme qui lui inspirait tant de sentiments douloureux, complexes et tortueux.

De ses baisers, il cueillit ses halètements. Il gémit dans ses cheveux.

Lorsqu'elle atteignit le comble du plaisir, il cueillit aussi son cri. Un instant plus tard, ce fut elle qui étouffa le sien. Beatrice se laissa tomber contre lui, et il se retourna pour chercher un appui contre le mur. Alors, peu à peu, il reprit conscience de l'endroit où il se trouvait. Une cabine d'essayage. Dans un grand magasin. Après l'heure de fermeture.

Bon sang, c'était comme s'ils avaient à nouveau dix-huit ans !

— Dalton, murmura-t-elle lorsqu'elle eut retrouvé son souffle.

Il déposa un baiser sur ses lèvres.

— La prochaine fois, nous ferons cela dans un lit.

23

Le Goodwin's
Le matin suivant

Une chose était sûre : Beatrice ne verrait plus jamais cette cabine d'essayage de la même manière. Ni aucune autre cabine d'essayage, d'ailleurs. Son regard avait changé depuis la nuit dernière, lorsqu'elle avait fait fi d'un certain nombre de règles de conduite, avec Dalton pour complice de ce délicieux crime.

Elle avait perdu la tête, comme une jeune fille follement amoureuse, mais sans crainte des conséquences.

Quel moment magique !

Toutefois, elle devait à présent délaisser le plaisir pour les affaires. C'était le début d'une nouvelle journée de travail et elle la commença, comme toujours, par un tour du magasin. Chaque matin, elle s'entretenait avec les responsables des différents rayons pour s'assurer que tout était en ordre avant de recevoir les clients.

Au deuxième étage, au rayon des ornements, elle se procura discrètement un paquet de boutons. Au troisième, en traversant les allées de sous-vêtements, elle s'efforça de ne pas rougir tandis que l'assaillaient les souvenirs de la nuit passée. Le contact ferme de la bouche de Dalton contre la sienne, la façon dont il l'avait enlacée, touchée… Les gestes tout à la fois vigoureux, assurés et respectueux qui l'avaient laissée pantelante dans ses bras.

Au rayon de l'ameublement, elle changea d'avis sur les lits jumeaux.

C'est en arrivant en vue du salon de lecture qu'elle comprit qu'il y avait un problème.

Un petit groupe d'employées se tenait près de l'entrée, le visage inquiet, les mains crispées sur leurs jupes noires. Beatrice hâta le pas.

— Qu'y a-t-il ?

— Regardez, dit Margaret d'un air grave.

Les autres femmes s'écartèrent pour la laisser entrer. En pénétrant dans la pièce, Beatrice prononça un mot que ni une ancienne débutante ni une duchesse n'étaient censées connaître.

— Qui a fait cela, quand et comment ? gronda-t-elle.

Tous les livres ou presque avaient été balayés des étagères et s'entassaient pêle-mêle sur le sol. Tous les périodiques, des journaux aux magazines de mode et aux gazettes littéraires, avaient été déchirés en lambeaux que l'on avait jetés aux quatre coins du salon. C'était à croire qu'un ouragan ou une explosion avait dévasté la pièce. Mais ce saccage n'avait rien d'un accident. C'était, de toute évidence, un acte délibéré.

Les yeux plissés, Beatrice contemplait le désastre. Remettre la pièce en ordre représenterait une tâche aussi fastidieuse que monumentale. Ce genre de méfaits ne causait pas de dommages durables, excepté un vague sentiment de malaise. Mais il faudrait des heures et des heures de travail pour tout ranger, et ses employées avaient mieux à faire que de garnir les rayons d'une bibliothèque entière.

— C'est arrivé entre la fermeture d'hier soir et ce matin, expliqua Margaret.

Beatrice sentit son sang se figer dans ses veines.

— Avons-nous une idée de la personne qui a pu faire cela ?

Elle supposait qu'il s'agissait d'un homme. Sans doute le même qui avait brisé les miroirs quelques semaines plus tôt. Peu de femmes avaient à la fois le temps et le manque d'empathie nécessaires pour se livrer à ce genre d'actes de vandalisme. Mais quel homme ? Ils étaient nombreux à avoir une dent contre elle. Mr Stevens, par exemple, ou un autre des employés qu'elle avait renvoyés. Et si c'était Dalton ?

Beatrice fit de son mieux pour dissimuler son trouble, mais son cœur se mit à battre la chamade. Elle était restée tard, la nuit passée. Avec Dalton. Fouillant dans sa mémoire, elle se demanda à quel moment il aurait pu commettre ce méfait. En était-il capable ? Il n'avait aucune envie de voir son magasin prospérer, c'était certain.

— Personne n'a rien vu, répondit Margaret. Et vous, Beatrice, avez-vous une idée ?

Elle regarda une à une toutes les femmes qui étaient suspendues à ses lèvres, attendant une réponse qui, peut-être, les rassurerait. Comme elle aurait voulu la leur donner ! Mais que pouvait-elle leur dire ?

Peut-être est—ce Dalton, parce qu'il était ici avec moi la nuit dernière.

Votre courageuse patronne fraye avec l'ennemi.

Mon ambition m'a attiré la fureur de tant d'hommes qu'à présent nous sommes toutes en danger à cause de moi.

— Non, dit-elle enfin. Je ne sais pas qui a pu faire cela. Ce que je sais, c'est qu'il ne faut pas que cela nous empêche de continuer.

24

Le Dalton's
Le soir suivant

Le message que Dalton avait fait parvenir à Beatrice cet après-midi-là disait simplement :

Votre magasin ou le mien ?

Sa réponse fut immédiate :

Le vôtre, ce soir.

À partir de cet instant, il se mit à compter les heures qui le séparaient de la fermeture.

C'était un moment de la journée qu'il abordait d'habitude avec appréhension. Après l'activité tumultueuse du magasin, il éprouvait la désagréable sensation, en retrouvant sa demeure vide et silencieuse, d'un poids sur la poitrine. Malgré tout ce qu'il avait obtenu et accompli, il avait le sentiment que quelque chose lui manquait.

En réalité, il n'était pas un homme comblé. Quoi que cela puisse signifier.

Était-ce le célibat qui lui pesait ainsi ? Il était à peu près certain que non. Pendant toutes ces années, il n'avait pas vécu comme un moine et il avait courtisé plus d'une femme.

Était-ce la solitude ? Impossible : sa richesse et sa puissance lui assuraient de nombreuses relations à New York. Jamais il ne manquait de compagnie.

Pour éviter de se poser davantage de questions, il se rendait à son club, passait des soirées à l'opéra, dînait dehors et assistait à des bals.

Mais voilà que soudain, devant la promesse de voir Beatrice, il se mettait à guetter fiévreusement l'heure de la fermeture. Lorsqu'elle poussa la porte tambour, une minute avant 20 heures, il l'attendait. Après l'avoir rejointe au bas de l'imposant escalier, il la conduisit à l'étage des articles ménagers. Ils arrivèrent juste au moment où les derniers employés quittaient les allées. Bientôt, les portes se fermèrent, les coupant du monde extérieur.

Ils étaient seuls.

Comme au Goodwin's, plusieurs scènes domestiques avaient été recréées dans le rayon. Une salle à manger ici, avec une table dressée pour douze convives. On y trouvait les services de cristal, d'argent et de porcelaine les plus raffinés, ainsi que des fleurs fraîchement coupées et des bougies. Plus loin, on avait aménagé un boudoir avec une fausse cheminée. Un canapé et des fauteuils capitonnés recouverts de velours étaient séparés par une table basse. Sur cette table, Dalton avait disposé une bouteille de champagne plongée dans un seau à glace, des flûtes de cristal, et encore des bougies et des fleurs.

— Oh ! Dalton, c'est si romantique ! s'exclama Beatrice. Moi qui pensais qu'il ne s'agissait que d'une liaison clandestine ! Cela va bien plus loin que des ébats dans une cabine d'essayage !

La saisissant par la main, il l'attira dans ses bras. Elle riait quand il prit sa bouche, et ils s'embrassèrent avec toute la passion d'un homme et d'une femme qui avaient été séparés trop longtemps.

Les fleurs et le champagne furent vite oubliés.

— Parlez-moi un peu de vous, murmura Dalton entre deux baisers. Que s'est-il passé depuis le jour où je vous ai vue agiter la main sur le pont d'un navire en partance pour l'Angleterre ?

Il était venu assister au départ de la célèbre duchesse. Car, s'il ne l'avait vue prendre la mer, il aurait erré dans la ville des jours durant en espérant l'y rencontrer par hasard.

— Qu'avez-vous fait pendant tout ce temps ? demanda-t-il encore.

— Rien, soupira-t-elle.

— Vraiment, je veux savoir. Pendant ces seize années, comment avez-vous passé vos journées ?

Elle lui avait déjà parlé de ses nuits.

Beatrice lui dénoua sa cravate et la laissa tomber sur le sol. Puis elle lui ôta sa veste, qui subit le même sort.

— Rien, vraiment, répondit-elle. La duchesse douairière n'avait aucune confiance en moi. Elle me privait donc des tâches qui m'étaient normalement dévolues : la préparation des menus, la correspondance, l'accueil des invités lorsque nous recevions, ce genre de choses. Pour elle, je n'étais qu'une Américaine de basse extraction, une parvenue qui ne connaissait rien des usages de la bonne société anglaise. Je promenais donc mon ennui d'une pièce à l'autre du château, ou je battais la campagne pendant des heures en songeant à me jeter du haut d'une tourelle.

Dalton entreprit de la débarrasser de son chapeau et de sa veste pour les jeter sur le canapé, comme s'ils étaient chez eux. À cette pensée, il ressentit un vif pincement au cœur.

— Et vous, Dalton, qu'avez-vous fait pendant tout ce temps ?

— J'ai travaillé.

— Et… ?

— J'ai assisté à des réceptions, des opéras, et parfois des événements de la haute société. Mais j'ai passé le plus clair de mon temps à travailler.

— Des femmes ?

— Quelques-unes.

— On dirait que vous ne vous êtes pas beaucoup amusé. Vous avez dû être bien seul.

Seul. Encore ce mot. Reculant d'un pas, il remplit deux flûtes de champagne et ils s'installèrent sur le canapé.

— Cela n'a pas été si terrible. Je n'ai jamais songé à me jeter… disons du haut du New York World Building.

— Évidemment : il n'a été construit que récemment, répondit-elle avec une lueur de malice dans l'œil. J'ai l'impression que nous avons tous les deux du temps à rattraper.

— Excellent programme. Si vous n'êtes pas trop occupée par votre série de cours, vos démonstrations de dactylographie et l'organisation de vos soirées musicales.

— Vous avez lu mon portrait dans les journaux ! s'exclama-t-elle après avoir bu une gorgée de champagne. Ou plutôt l'un d'eux. J'ai beaucoup de mal à répondre à toutes les sollicitations de la presse. Cela paye, d'être amie avec toutes les femmes journalistes de la ville. Et d'avoir une vie dont elles veulent rendre compte.

— Pour être franc, j'ai des assistants qui lisent les journaux pour moi. Ils me transmettent tous les articles intéressants. Surtout ceux qui concernent mes concurrents.

— Vous êtes sans doute trop occupé par la création de votre galerie d'art ? Ou est-ce ce nouveau rayon de confection féminine et de jouets pour enfants qui vous prend tout votre temps ?

— Comment savez-vous cela ?

— J'ai des espions. Il faut bien que je me tienne au courant de ce que fait mon principal rival.

— L'ouverture est mardi.

Se penchant vers lui, Beatrice se mit à lui caresser le torse. À jouer avec les boutons de sa chemise.

— Aurai-je droit à une avant-première ?

— Il vous faudra user de tous vos talents de persuasion, dit-il à voix basse.

C'était un mensonge. Il n'avait aucunement besoin d'être persuadé. Ce qui le rendait extrêmement vulnérable. Mais ils étaient là, confortablement installés sur le canapé, à boire du champagne en évoquant leur journée, avec la promesse d'une nuit de plaisir… Ce moment était si intime, si parfait, qu'il ne voyait plus ce que cela pourrait avoir de si grave.

— Votre nouvelle vitrine fait sensation, dit-il en levant son verre. Il y a tellement de monde sur le trottoir que l'on a du mal à passer. Qui aurait cru qu'une telle foule viendrait contempler des chats en barboteuse qui cabriolent dans des berceaux ?

— Margaret le savait, elle ! répondit Beatrice en riant. C'est elle qui a eu l'idée de cette vitrine. Croyez-moi, vous n'avez pas fini de voir des chats vêtus d'adorables tenues : les gens ne s'en lassent pas.

Sur ces mots, elle leva son verre à son tour.

— J'allais oublier de vous féliciter pour votre entrée sur la liste blanche. Je suis ravie que nous occupions les deux premières places.

Grâce à Beatrice, Dalton s'était renseigné sur cette liste. Une New Yorkaise déterminée à rendre le monde meilleur, Josephine Shaw Lowell, avait publié une brochure qui recensait les grands magasins offrant le meilleur traitement à leur personnel féminin. Sa noble ambition était d'encourager les consommatrices à faire leurs achats dans ces établissements. Sa croisade avait déjà commencé à porter ses fruits : de nombreuses vendeuses avaient vu leur salaire augmenter et avaient désormais droit à des pauses. Et les magasins qui ne remplissaient pas les critères de Mrs Shaw Lowell subissaient des répercussions désastreuses.

— Sans vous, je n'y serais jamais arrivé. Vous m'avez sauvé, Beatrice.

— Je ne me suis jamais inquiétée pour vous.

— Si je n'avais pas été contraint d'augmenter les salaires pour rivaliser avec ceux que vous pratiquez, je subirais le même sort que les établissements classés au bas de la liste. Mes vendeuses se révolteraient, et mes clientes protesteraient devant le magasin au lieu d'y entrer !

— Heureuse de vous avoir aidé, dit-elle en riant.

— Permettez-moi de vous remercier personnellement.

— Volontiers. Pourquoi pas sur ce grand lit, là-bas ?

Dalton n'eut pas besoin de tourner la tête pour savoir qu'elle parlait de l'immense lit à baldaquin exposé derrière lui. Il savait parfaitement qu'il se trouvait là, avec son matelas de plumes, ses couvertures de cachemire doublées de soie et sa montagne d'oreillers recouverts d'une étoffe de lin d'une finesse et d'une douceur incomparables.

— Vous avez bien dit que la prochaine fois nous devrions être dans un lit, ajouta-t-elle d'une voix douce.

« La prochaine fois. » Il n'y avait pas de mots pour décrire le trouble que provoquaient en lui ces mots prononcés par la bouche de Beatrice.

— Comme vous voudrez.

Il n'eut pas le temps de réfléchir davantage. Déjà ils étaient debout, essayant de marcher tout en s'embrassant et en se déshabillant mutuellement. Ils se laissèrent tomber sur le lit dans un désordre de peau nue, de tissu et de désir.

Sa chemise avait échoué quelque part sur le sol. La robe

de Beatrice n'était qu'un tas sur le parquet, à côté de son corset. Penché au-dessus d'elle, Dalton s'abandonna au plaisir de sentir son corps contre le sien.

— Vous m'avez manqué, Bea, murmura-t-il avant de se rappeler qu'ils n'étaient que des amants de la nuit, qu'elle lui avait brisé le cœur une fois et qu'il était censé être…

Il ne savait plus ce qu'il était censé être.

Parce que Beatrice le serrait dans ses bras, baisant ses lèvres.

— Touchez-moi, Wes, cela fait si longtemps ! chuchotait-elle. Rattrapons le temps perdu !

Et ils rattrapèrent le temps perdu.

Sa bouche contre la sienne. Ses mains sur ses seins ronds. Ses doigts dans sa chevelure. Les baisers déposés le long de son cou, au creux de sa gorge et plus bas encore. Elle, cambrée sur le matelas, offerte, ses beaux cheveux inondant les oreillers. Ses lèvres qui se refermaient sur la pointe sombre de son sein, lui arrachant un gémissement de plaisir.

Leurs membres emmêlés, leurs baisers fiévreux. Dalton touchait les parcelles les plus douces de son corps, goûtait sa peau nue, trouvait les caresses qui la faisaient soupirer. Il se remémorait, redécouvrait tout ce qu'il avait autrefois su d'elle. Beatrice riait encore nerveusement lorsque sa bouche brûlante se posa sur son ventre, avant de descendre encore et encore. Puis elle cessa de rire. Son souffle se fit court et saccadé. Elle attendait.

— Laissez-moi vous donner du plaisir, Bea, dit-il doucement.

Allongé au-dessus d'elle, l'effleurant de son corps, il voulait à tout prix lui faire oublier son sinistre mariage. Toutes ces années passées à se soumettre et à endurer. Et elle accepta.

— Oui, souffla-t-elle en lui ouvrant ses cuisses soyeuses.

En la voyant se mettre ainsi à nu devant lui, Dalton sentit à nouveau son cœur se serrer. Elle acceptait de se rendre vulnérable. Encore ce mot. Elle le jugeait digne d'elle, le pardonnait. Mieux encore, elle lui donnait une seconde chance, et il n'avait pas l'intention de la gâcher.

Beatrice gémit lorsque ses lèvres se posèrent entre ses cuisses avant de s'aventurer lentement vers les délicats replis de son sexe. Alors il la respira, l'excita, doucement, d'abord, avant que sa bouche et sa langue ne trouvent le rythme qui accélérait celui de ses soupirs. Enfouissant les doigts dans ses cheveux, elle le guida. Alors il oublia tout, tout sauf le goût exquis de Beatrice, le son de sa respiration et la façon dont son corps ondulait contre lui. Sa voix qui le suppliait de continuer tandis qu'il l'amenait au bord de la jouissance.

Il ne s'arrêta pas. Au contraire, il intensifia ses caresses jusqu'à ce qu'il sente l'extase submerger son corps tout entier.

Son cri de plaisir résonna dans les six étages du Palais de marbre. Et, en un instant, Dalton comprit qu'il avait fait tout cela pour Beatrice.

Pas pour se venger.

Mais pour être digne d'elle.

Et cette vérité lui ôta le souffle.

— Serrez-moi contre vous, murmura-t-elle.

Il s'exécuta, s'abandonnant au refuge doux et chaud de ses bras. Tandis qu'elle enfouissait la langue dans sa bouche, il sentit, au bas de son dos, ses mains qui le pressaient tout contre ses hanches.

Dalton brûlait de désir. Il voulait ne faire qu'un avec elle, obéir à cette force qui l'attirait vers elle.

Pourtant, même avec Beatrice dans ses bras, tremblant de la même fièvre que lui, il ne pouvait oublier où ils se trouvaient. Dans un magasin, bon sang, où des milliers de personnes passaient chaque jour ! Il ne pouvait pas oublier non plus qu'ils n'étaient pas seulement des rivaux ni des amants. Autrefois, il avait été convaincu qu'elle était l'amour de sa vie.

Et maintenant ?

Peut-être.

— J'en veux davantage, Wes, dit-elle tandis qu'elle se cambrait tout en le serrant contre elle.

Il savait parfaitement ce qu'elle voulait.

— Je vous veux en moi, Wes.

Il voulait la même chose. À en avoir mal. Son corps était en feu, et Beatrice était prête.

— Je ne peux pas, répondit-il pourtant en roulant sur le côté tout en la tenant contre lui.

Dans le silence, il entendait sa respiration haletante.

— Vous ne pouvez pas ou vous ne voulez pas ? demanda-t-elle tout bas, car ils savaient fort bien tous deux qu'il pouvait. À condition de le vouloir.

Dalton se tourna pour la regarder. Doucement, il écarta une mèche de cheveux de son visage et referma une main sur sa taille.

— Lorsque nous le ferons, je veux que cela ait un sens, Beatrice.

— Oh ! dit-elle d'une petite voix qui le crucifia.

Il était en train de se mettre à nu devant elle. D'ôter son armure. De déposer les armes. Et, tout ce qu'elle trouvait à répondre, c'était ce « oh ».

À nouveau, il éprouva un serrement de cœur. Non, cette fois, c'était un déchirement.

— Je ne peux rien vous promettre le jour, ajouta-t-elle. Je ne peux rien vous promettre pour la vie. Mais la nuit... Dalton, je peux être à vous.

— Est-ce à moi que vous ne pouvez pas le promettre ou à n'importe qui ?

— S'il doit y avoir quelqu'un, c'est vous. Mais je tiens à ma liberté. Je n'appartiendrai plus jamais à un homme.

Il comprenait. Ce qu'il y avait entre eux était trop fragile et ténu pour qu'ils puissent se jurer un amour éternel. Pourtant, il manquait quelque chose dans sa vie et son intuition lui disait que c'était elle. Et qu'ils auraient beaucoup à partager si ce qui venait de naître entre eux allait un peu plus loin que des ébats dans un rayon de grand magasin après l'heure de fermeture.

— Puis-je essayer de vous faire changer d'avis ?

— Vous pouvez essayer, répondit-elle, et il vit son sourire sous la faible lumière. J'espère que vous le ferez. Surtout si, pour cela, nous devons recommencer ce que nous venons de faire.

Dalton déposa un baiser sur ses lèvres.

— Je relève le défi, déclara-t-il.

25

Le Dalton's

Ce soir, ils se trouvaient dans le cabinet de travail de Dalton. Perchée sur son bureau, Beatrice semblait parfaitement à son aise. Ils avaient subtilisé une bouteille de champagne au rayon des vins et deux flûtes en cristal à l'étage des articles ménagers.

— J'ai un cadeau pour vous, déclara Dalton en tendant à Beatrice une boîte entourée d'un magnifique ruban rose.

Courtiser une femme exigeait de lui offrir des cadeaux. Des fleurs. Des bijoux. Des marques d'affection. Mais que pouvait-on offrir à une femme qui avait déjà tout, et pouvait satisfaire la moindre de ses envies ?

La seule chose qu'elle ne pouvait acheter. Du moins pour le moment.

— Je n'ai rien contre les cadeaux, dit-elle avec un sourire qui le toucha en plein cœur.

Avec des gestes impatients, elle dénoua le ruban et ouvrit la boîte.

— Oh ! soupira-t-elle doucement en découvrant son contenu : quelques yards d'une spectaculaire soie rose.

À la fois douce au toucher et extrêmement résistante. Et

d'une teinte qui évoquait les secrets d'une femme, ou le rose de ses joues après l'extase. La subtilité et la solidité réunies.

C'était un rose qu'il avait inventé pour elle, en pensant à elle. Les dessous couleur pêche qu'elle vendait dans son magasin étaient bien trop fades pour une femme telle que Beatrice.

— Dalton, c'est ravissant ! s'exclama-t-elle en serrant l'étoffe contre sa poitrine. Je n'ai jamais rien vu de tel !

— Faites-en ce que vous voulez. À cette heure, vous êtes la seule femme de Manhattan à l'avoir.

— Où l'avez-vous trouvée ?

— C'est un secret.

— Un secret ? C'est ce que nous allons voir, murmura-t-elle en posant la pièce de soie sur le bureau pour l'attirer à elle et l'embrasser.

— C'est une exclusivité du Dalton's, avoua-t-il. J'ai appelé cette couleur « rose églantine ».

Beatrice se figea un instant. Puis elle le repoussa.

— Une exclusivité ? Vous savez que je ne peux pas porter cette étoffe si votre magasin est le seul à la vendre. Je suis la présidente du Goodwin's, votre principale concurrente ! Comment pourrais-je me promener dans New York vêtue d'une étoffe du Dalton's ? Il est hors de question que je devienne une publicité ambulante pour vous !

— Pour moi ou pour nous ? demanda Dalton d'une voix douce mais sans perdre son sérieux.

— Pour les deux. Il m'est impossible de porter cette soie.

— Vous avez peur du scandale ?

— J'ai peur d'être considérée comme votre chose. Je commence enfin à être vue comme une femme indépendante : ni une débutante, ni une duchesse, ni une divorcée. Tous mes efforts seraient réduits à néant ! Je ne serais que la maîtresse de Dalton, et rien d'autre.

— Dans ce cas, ne la portez pas, murmura-t-il en posant les lèvres sur son cou, à l'endroit qui la rendait folle de désir. Ne portez rien du tout.

Il l'embrassa comme si c'était un rendez-vous comme les autres. Trouvant le bas de sa robe, il glissa les mains dessous pour caresser sa peau, quand…

— Arrêtez. Je suis trop furieuse contre vous.

— À cause d'un morceau de soie rose ? Ce n'est qu'un cadeau d'un homme à son amante.

— C'est plus que cela, et vous le savez. Vous me demandez de parader en portant votre drapeau comme si vous m'aviez conquise. Je refuse d'être conquise.

— Je croyais que nous étions rivaux le jour et amants la nuit…

— Vous venez de brouiller la frontière. Je dois partir.

— Beatrice, attendez…

Elle avait déjà disparu. En emportant la maudite pièce de soie avec elle.

N° 25, à l'ouest de la 10e Rue
Deux jours plus tard

Lorsque Beatrice fit irruption dans le salon dans un bruissement de jupes, les Ladies of Liberty étaient en train de prendre le thé. Sans doute étaient-elles en train d'ourdir, comme à leur habitude, des plans pour dominer le monde. Mais Beatrice avait une très mauvaise nouvelle à leur annoncer.

— Ladies, nous avons un problème. Un problème de soie rose.

Sur ces mots, elle tira de sa poche une pièce de la plus magnifique soie rose qui eût jamais été inventée et tissée.

Tendant le bras, elle la laissa tomber comme on jette des miettes de pain à une oie.

Ava fut la première à la rattraper.

— Oh ! elle est superbe ! roucoula-t-elle. La couleur me fait penser à la guimauve, ou à une cuisse-de-nymphe, ou encore à des fleurs de cerisier.

— Cette soie ferait une ravissante robe de bal, ajouta Adeline en se saisissant de l'étoffe avec gourmandise. Comme j'aimerais en avoir pour mes créations !

— Et elle est si douce et délicate ! On la porterait à même la peau. Ce serait parfait pour des sous-vêtements !

— Ou pour une robe d'intérieur ! Imaginez donc ! Oh ! j'ai bien envie de me faire faire toute une nouvelle garde-robe avec cette soie rose !

Elles avaient raison : on pouvait imaginer toutes sortes de vêtements avec cette sublime étoffe. La teinte évoquait des fleurs printanières, l'intérieur d'une conque ou les joues d'une femme lorsqu'un homme vient de lui chuchoter à l'oreille toutes les choses délicieusement défendues qu'il a envie de faire avec elle.

C'était un rose qui flattait tous les teints, Beatrice s'en rendit compte en voyant chacune des femmes présentes approcher le tissu de son visage. Cette couleur les faisait toutes paraître plus resplendissantes de jeunesse, de santé et de joie. Daisy Prescott l'examina avec une attention particulière. Sans doute faisait-elle appel à son esprit scientifique pour tenter de découvrir comment cette nuance de rose avait été obtenue, afin d'inventer à son tour un rouge à lèvres ou un fard de la même teinte.

— Avec cette soie, n'importe quelle toilette serait une merveille, affirma Harriet. Et je déteste le rose !

— Non ! s'écria Beatrice en s'agaçant de sentir ses joues devenir plus roses que ce rose. Nous ne pouvons rien en faire !

— Pourquoi donc ? Elle est superbe !

— C'est bien cela, le problème. Elle est superbe. J'ai envie de refaire toute ma garde-robe et même de retapisser tous les canapés de ma maison avec. J'ai envie d'en faire des drapeaux que je hisserai sur tous les bâtiments de la ville. Mais cette soie est une exclusivité du Dalton's.

— Oh.

Un silence consterné s'abattit sur l'assemblée. Pour toutes, c'était une très mauvaise nouvelle. Si cette soie était une exclusivité du Dalton's, cela signifiait qu'elles ne pouvaient pas en acheter. Car ce serait compromettre les fonds que toutes avaient placés dans le Goodwin's. Ce serait trahir leur engagement envers Beatrice et son magasin. Et cela passerait pour une manifestation publique de soumission de la part de leur courageuse porte-flambeau.

— En effet, c'est un problème, dit enfin Ava sans cesser de contempler l'échantillon de soie avec envie.

Une autre femme, ne pouvant visiblement se résigner à se priver de ce rose, suggéra une solution.

— Et si vous vous rendiez à la filature pour négocier directement avec eux ? Peut-être même obtiendriez-vous un meilleur prix que le Dalton's !

— Margaret et moi leur avons écrit de la part de John Washington. En vain. J'ai donc fait le long voyage moi-même, pour apprendre finalement que cette soie est tissée exclusivement pour Dalton parce qu'il est propriétaire de la filature.

— C'est très habile, commenta Harriet tandis que des murmures inquiets emplissaient la pièce.

— N'est-ce pas ? C'est d'autant plus exaspérant, répondit Beatrice en se renfonçant dans son fauteuil.

Pour la revigorer, une des Ladies of Liberty lui tendit une tasse de thé tandis qu'une autre eut l'heureuse idée de lui présenter une assiette entière de pâtisseries. Elle en avait cruellement besoin pour survivre à cette journée.

Prendre en charge la gestion quotidienne du magasin était une tâche à la fois exaltante et épuisante. Il y avait tant à faire ! Avec les livres de comptes, les commandes, les rivalités entre les vendeuses et les différents rayons, les nouveaux étalages à concevoir… Comme elle lui semblait lointaine, l'époque où elle passait ses journées à errer dans le château en cherchant désespérément une occupation !

Et maintenant, ceci !

Une étoffe de soie rose allait avoir raison d'elle.

Ce serait la mort de son établissement, de ses rêves. Sa mort à elle.

Beatrice s'était habituée au succès. Car c'était bel et bien un succès : le magasin ne désemplissait pas, les chiffres de ventes étaient excellents, les clientes étaient satisfaites, et les journaux, enthousiastes. Oui, le succès lui plaisait et elle n'était aucunement prête à y renoncer. L'idée d'être reléguée à l'arrière-plan lui était insupportable. C'était sans doute ce que Dalton avait ressenti en la voyant revenir à New York et reprendre les rênes du magasin.

Elizabeth caressait la pièce de soie avec un regard lointain. Nul doute qu'elle s'imaginait avec des robes, des corsets et des ombrelles faits de cette étoffe rose. Elle se voyait menant une vie de rêve grâce à elle. Trouver l'amour et l'épanouissement personnel, sauver des orphelins, être élue femme la plus élégante de New York dans cette étoffe de soie.

Tout compte fait, peut-être Dalton comprenait-il très bien les femmes et leurs désirs.

À cette pensée, Beatrice éprouvait… Oh ! elle éprouvait mille sentiments affreusement contradictoires ! Mais elle était surtout furieuse et désemparée. Parce que Dalton voulait l'aimer, lui faire la cour et l'habiller de cette magnifique soie rose et qu'elle... ne pouvait pas. Le prix à payer était trop élevé.

— Non, Ava. Posez donc la soie églantine du Dalton's, dit-elle, révélant le nom de cette nouvelle nuance de rose.

— Oh ! elle a un nom ! s'écria Ava.

— Je sais, je sais.

— Pourriez-vous créer votre propre version ? Peut-être même en la vendant un peu moins cher ?

— C'est possible, répondit Beatrice. Mais ce serait un produit de second choix. Nous ne ferions que copier celui de Dalton, et les gens s'en rendraient compte. Nous aurions l'air d'imiter tout ce qu'il fait, ce qui nous placerait dans une position inférieure. Et je ne suis pas encore prête à cela. Même si l'on peut supposer que cela arrivera. Cette soie promet de faire sensation, elle va attirer toutes les clientes, qui en profiteront pour faire d'autres achats au Dalton's. Elles n'auront plus aucune raison de traverser la rue pour se rendre au Goodwin's, et nous serons ruinées. Toutes mes excuses, ladies. J'ai fait de mon mieux.

— Non, nous ne sommes pas ruinées, déclara Adeline d'une voix assurée.

Le silence retomba dans la pièce. Mais, cette fois, c'était la lueur qui brillait dans l'œil de la couturière qui les tenait toutes en haleine. De toute évidence, celle-ci avait une idée.

— Nous ne sommes pas ruinées, répéta-t-elle. Nous devons simplement faire en sorte que cette soie, à peine mise en vente, soit démodée.

Cette remarque lui valut des regards emplis de curiosité. On remplit à nouveau les tasses de thé.

— Continuez.

— Adeline, vous m'intriguez !

— Cela veut-il dire que nous ne pourrons pas la porter ?

— Nous ne pourrons pas la porter, répondit fermement

Adeline. Nous n'aurons même pas envie de la porter. Personne n'en aura envie, si nous nous y prenons correctement.

— Comme c'est triste !

— Mais comment allons-nous faire pour la rendre démodée ?

À ces mots, le visage d'Adeline s'éclaira.

— Nous sommes mieux placées que quiconque pour y parvenir. Si nous joignons nos efforts, nous réussirons. Fanny, Nelly, Jane, vous qui écrivez pour les journaux, vous devrez choisir une autre couleur à défendre. Et vous écrirez des articles dénigrant le rose. Harriet et Susan, peut-être pourriez-vous évoquer dans vos cours la frivolité de cette teinte. Quant à moi, bien sûr, je refuserai de créer le moindre vêtement de cette couleur. Mais ce n'est pas tout : ma maison de couture va bientôt ouvrir un rayon au Goodwin's. Ce sera l'occasion d'organiser... un défilé de mode.

— Un défilé de mode ? De quoi s'agit-il ?

— Je n'en ai pas la moindre idée ! Je viens de l'inventer. Mais nous y présenterons une couleur et une étoffe concurrentes, et ce sera un événement dont tous les journaux parleront. Et, bien sûr, toutes les femmes brûleront d'y assister pour en parler ensuite à leurs amies !

Quel était ce sentiment qui faisait vibrer le cœur de Beatrice ?... L'espoir ? Peut-être que tout n'était pas perdu, en fin de compte. Peut-être que ce groupe de femmes allait sauver la situation. Tout ce qu'elles avaient à faire, c'était renoncer à la joie et au plaisir de porter la plus ravissante soie rose qui ait jamais été inventée.

— Mais cela veut dire que nous allons devoir nous priver de nos belles robes roses, et de tout ce qui est de cette couleur !

— Oui, répondit Adeline d'une voix triste. Aucune de nous ne pourra plus porter du rose.

— Je ne suis pas sûre que cela seyait à votre teint, de toute façon, lança l'une des Ladies of Liberty.

— Vous allez trop loin : il est évident que ce rose flatte toutes les femmes.

— Je suppose, mais...

— Nous devons consentir à ce sacrifice pour préserver ce que nous sommes en train de construire avec le Goodwin's, coupa Harriet. Songez aux enjeux... À tous ces emplois que nous avons créés pour nos sœurs.

— Sans parler des femmes d'affaires qui se sont associées au magasin, ajouta Adeline.

La couturière échangea un regard avec Daisy, Martha et Mme C. J. Walker : comme elle, toutes trois avaient ouvert une succursale de leur boutique de cosmétiques ou de leur salon au sein du Goodwin's.

— Pensons aussi à toutes les femmes que nous avons aidées à prendre confiance en elles en leur offrant un véritable refuge. Un lieu où elles peuvent être inspirées par de belles choses, poursuivit Daisy.

— Et où elles peuvent rêver, nouer de nouvelles amitiés et acheter ce dont elles ont besoin en toute tranquillité.

— Songez que nous sommes des porte-flambeaux pour les femmes du monde entier, déclara à son tour Beatrice.

Elle avait buté légèrement sur le mot « porte-flambeau », mais elle savait, et avait toujours su, qu'il ne s'agissait pas seulement d'elle. Toutes ces femmes réussissaient dans leur vie professionnelle et s'épanouissaient dans leur vie personnelle grâce à ce qu'elles avaient construit ensemble.

— Très bien. Pour tout cela, j'accepte le sacrifice du rose églantine, déclara tristement Ava. Mais je veux des places au premier rang de ce défilé de mode, même si je ne sais toujours pas ce que c'est !

26

Le Dalton's
Une semaine plus tard

Des publicités alléchantes avaient paru dans tous les journaux de New York : toutes les personnes intéressées par la mode et l'élégance vestimentaire, et elles étaient légion, savaient donc que Dalton avait inventé une nouvelle nuance de rose totalement exclusive appelée « églantine ». Les réclames avaient été brillamment dessinées et conçues avec l'aide d'une nouvelle compagnie créée par Theodore Prescott the Third. En outre, le nouveau produit avait été annoncé de manière spectaculaire dans son magasin, si bien que la multitude de clientes qui le fréquentaient étaient également au fait de son arrivée imminente.

Un immense nœud de soie rose était accroché à la façade extérieure, au-dessus de la porte tambour, formant une tache de lumière sur les pierres grises de Broadway. À l'intérieur, des bandes entières de tissu drapaient les murs et le plafond, enveloppant le magasin dans un délicat cocon rose. On avait la sensation d'être au cœur d'un baiser, voire d'un refuge plus intime encore.

Autrement dit, Dalton avait joué à quitte ou double.

Il avait tout misé sur la soie rose.

L'exposition de l'automobile sur le toit de l'établissement avait été un échec retentissant. Il en avait tiré une leçon : le spectacle était inutile en soi s'il ne s'adressait pas à la bonne clientèle. Ce n'était pas un moteur puissant ni une carcasse de métal qui attirait les femmes dans le magasin, le cœur battant et le porte-monnaie ouvert. Or la vérité était d'une évidence limpide, elle était écrite noir sur blanc dans ses livres de comptes : sans les femmes, il pouvait mettre la clé sous la porte.

Du reste, il l'avait deviné instinctivement dès le début : c'était en exploitant leur pouvoir qu'il avait bâti son empire. Mais sa rivalité avec Beatrice lui avait fait oublier cette règle d'or.

Les femmes étaient le rouage essentiel qui entraînait tous les autres.

Aussi avait-il fait l'acquisition d'une filature. Et il avait offert de bons salaires à de jeunes employées bien décidées à fuir une vie de ménagère et de travaux éreintants dans les fermes de Nouvelle-Angleterre et de l'Ouest. Elles arrivaient par trains entiers.

Enfin, il avait inventé cette soie rose églantine avec une seule chose en tête : le plaisir que les femmes auraient à la porter. C'était une couleur qui flattait tous les teints, une étoffe aussi douce qu'une caresse sur la peau. Elle était conçue pour charmer tous les sens et pour être portée à toute heure de la journée : parfaite pour un corset, une robe d'intérieur ou une toilette de bal.

Et il l'avait fait savoir.

On pourrait se procurer cette soie à partir du premier samedi du mois.

Exclusivement au Dalton's.

Pourtant, lorsque le jour et l'heure choisis arrivèrent, les clientes ne se présentèrent pas plus nombreuses qu'à l'ordinaire. Et elles s'affairèrent dans les rayons comme elles le faisaient d'habitude, achetant les mêmes articles. Dalton sentit peu à peu l'inquiétude le gagner.

Une partie de la soie se vendit. Mais c'était loin d'être suffisant au regard des sommes qu'il avait dépensées : il en avait acheté des quantités immenses, et les invendus pouvaient être fatals à un commerce de détail.

Quand vint midi, ne voyant toujours pas venir les hordes de femmes attendues, Dalton se mit à craindre de mourir étouffé sous une montagne de soie rose. Momifié. Les générations futures le trouveraient enveloppé dans un cocon de tissu églantine et mettraient en doute sa santé mentale, mais aussi sa connaissance du commerce et de la gent féminine.

À 14 heures, les foules espérées n'étaient toujours pas arrivées.

Dans son costume sur mesure, il commençait à avoir chaud. Allait-il perdre ce pari ? Autant s'avouer incapable de vendre de l'eau dans le désert ou des canots de sauvetage à des naufragés, ou encore de distribuer des friandises à des enfants. C'était humiliant.

Les calculs, pourtant ! Les prévisions ! Il avait eu recours à des formules mathématiques ! Sans parler de ses seize années d'expérience de la vente et de sa parfaite connaissance de la clientèle ! Avec toutes ces cartes en main, il n'avait pas pu se tromper à ce point ! Dalton n'était pas homme à douter de lui-même, surtout lorsqu'il s'agissait du commerce : il était devenu un expert dans ce domaine au détriment des autres aspects de sa vie. Non, il ne pouvait pas être dans le faux.

Il devait y avoir une autre explication.

— Il y a quelque chose là-dessous, dit-il à Connor, qui l'avait rejoint sur la mezzanine.

— Pas des clientes, en tout cas, répliqua sèchement son bras droit.

— Comment aurions-nous pu faire fausse route ? se demanda Dalton à voix haute. C'est de la soie rose. Les femmes raffolent du rose et de la soie !

— De manière générale, je préfère éviter d'énoncer des généralités sur les goûts des femmes, répondit Connor. Mais en effet elle devrait se vendre facilement, et ce n'est pas le cas. Mais je m'étonne que ceci ne t'ait pas mis la puce à l'oreille.

Tout en parlant, il avait sorti de sa poche un journal et montrait du doigt une publicité pour un « défilé de mode ». Au Goodwin's. À 14 heures. Le nombre de places était limité, et les premières clientes arrivées seraient les premières servies. Cela signifiait que toutes les femmes qui tenaient à être à l'avant-garde de la mode se trouvaient au Goodwin's depuis le matin.

Elles avaient pu passer le temps dans ce maudit salon de lecture, prendre un bon déjeuner et un thé dans le restaurant réservé aux dames et se rafraîchir dans le cabinet de toilette. Avant de gagner le quatrième étage pour assister à cet étrange événement appelé un défilé de mode.

— Attends, il y a pire, dit Connor.

— Je ne veux pas le savoir.

— Bien sûr que si. L'événement est organisé en collaboration avec la Maison d'Adeline.

Dalton laissa échapper un juron. Cette maison de couture était réputée pour son avant-gardisme, et elle connaissait un succès phénoménal. Notamment pour ses robes dotées de poches, d'après ce qui se disait. Lui-même avait approché Adeline Black à un moment où il souhaitait créer une nouvelle collection de vêtements, mais il n'avait pu parvenir à un accord avec elle. Il avait donc engagé une autre personne, qui, depuis, travaillait exclusivement pour son magasin. Le dernier étage était d'ailleurs entièrement occupé par des petites mains qui cousaient des poches sur des chemisiers.

— Et j'ai de plus mauvaises nouvelles encore, poursuivit son bras droit.

— Formidable.

— Il n'y a pas que les publicités. Les journaux ont publié de nombreux articles sur le style qui prévaudra au printemps.

— Pourquoi lis-tu les pages féminines des journaux ?

— La question est plutôt de savoir pourquoi tu ne les lis pas. Je crois que tu aurais dû le faire. Tu saurais ainsi que la mode sera aux motifs floraux, ce printemps. Et tu saurais également que seul le Goodwin's propose, en avant-première, une présentation des nouvelles confections signées de la Maison d'Adeline, avant le début de la saison.

Dalton réfléchissait, parfaitement immobile.

— Des fleurs pour le printemps. Une révolution ! Et, si Miss Black a refusé notre offre de collaboration, elle a manifestement conclu un accord avec Beatrice. Cela suffirait presque à me faire croire à une gigantesque conspiration.

— Je sais que les femmes parlent entre elles, mais penses-tu vraiment qu'elles auraient organisé tout cela dans le seul but de te contrarier ? Les articles de journaux, les réclames, le défilé de mode, le lancement d'une nouvelle collection audacieuse... Elles auraient fait tout cela pour te damer le pion ?

Oui, il le pensait. Même si c'était de la folie. Que des femmes se liguent en secret contre lui, manipulant les modes, semblait en effet impossible. Mais, si jamais un tel complot existait, Beatrice, avec son esprit tortueux et son efficacité, en était forcément l'instigatrice.

De sa part, c'était un compliment.

— Si, et je dis bien « si », il s'agit d'une conspiration contre toi, poursuivit Connor, il faudrait qu'elles aient été informées longtemps à l'avance de nos projets. Or comment auraient-elles su que nous préparions le lancement d'une nouvelle soie ? demanda-t-il d'un ton incrédule, en levant les mains au ciel.

Malheureusement, Dalton avait la réponse à cette question.

— Je lui en ai donné, avoua-t-il d'une voix maussade.

— Tu lui en as donné ? s'exclama son ami, manquant de s'étrangler.

— Oui.

— Tu as donné notre produit exclusif à cette femme.

— Oui.

— À notre principale concurrente.

— Oui. C'était un cadeau.

— Puis-je te demander pourquoi diable tu as fait cela, et surtout ce qui t'est passé par la tête ? s'écria Connor, soudain fou de rage. Faut-il te conduire dans une maison de repos, comme Edward ? Tu as donné à notre principale concurrente notre nouveau produit exclusif avant sa mise sur le marché ? Qu'est-il donc arrivé à tes projets de vengeance ?

Dalton s'était dit que cette soie serait sublime sur la peau de Beatrice. Il avait songé que sa couleur reflétait parfaitement sa personnalité : éclatante, passionnée, puissante et douce à la fois. Bref, il avait pensé en amant soucieux de faire plaisir à sa bien-aimée, et non en homme d'affaires qui devait se garder de sa concurrente.

Du reste, depuis quelque temps, il songeait de plus en plus à Beatrice et de moins en moins à la vengeance, ce projet auquel il s'était voué corps et âme pendant plus de dix ans. Ce genre de feu s'éteignait quand il n'était plus alimenté par la colère et... Dalton n'était pas en colère.

Au contraire, il était en train de retomber amoureux. En s'ouvrant à cet amour, il avait oublié sa fureur. Elle s'était effacée, lui permettant d'y voir plus clair : s'il avait voulu à tout prix régner sur le commerce de Manhattan, c'était, en réalité, pour impressionner Beatrice.

Et pourtant ils semblaient condamnés à être des adversaires l'un pour l'autre.

Or Dalton n'avait aucune envie d'être son adversaire.

S'il était tout à fait honnête avec lui-même, au fond de son être, il n'avait jamais désiré autre chose que de l'aimer et de vivre auprès d'elle.

Cet aveu posait quelque problème, puisqu'il avait consacré les seize dernières années de sa vie à ce seul but : ruiner la femme qu'il aimait... pour se faire aimer d'elle en retour ?

Quel était ce monde qui lui avait appris que la seule manière de gagner l'amour d'une femme était de s'enrichir à ses dépens ?

— Puis-je te rappeler que ce n'est pas seulement ta fortune qui est en jeu, Dalton ? reprit Connor sur un ton véhément. Dans cette affaire, j'ai beaucoup à gagner, moi aussi. Ou à perdre.

— Je sais. Je n'ai pas oublié.

Seulement, il n'accordait plus autant d'importance qu'autrefois à ces considérations. Dalton était lié à Beatrice par une passion ardente que même des années d'hostilité n'avaient pu entamer. Il avait cherché à la conquérir de la seule manière dont la vie lui avait appris à le faire : en gagnant toujours plus d'argent, plus de pouvoir. Mais cela n'avait servi à rien.

À présent, il devait décider ce qui comptait le plus : gagner la bataille ou l'amour d'une femme.

Beatrice se tenait, heureuse et fière, au milieu d'un tourbillon d'énergie et d'activité. Adeline finissait d'apprêter les mannequins vêtus de ses créations tandis qu'une armada de petites mains virevoltait dangereusement de-ci de-là, des épingles à la bouche et une aiguille et du fil à la main, pour apporter les dernières retouches. Une atmosphère d'excitation, de nervosité et de gaieté féminines régnait dans le magasin.

Il y avait là de ravissantes toilettes. Une frénésie joyeuse. Toutes les femmes de Manhattan semblaient s'être donné rendez-vous au Goodwin's. Elles formaient un public chaleureux, impatient de voir, pour la première fois, des robes présentées sur le corps d'une femme. On leur avait promis de nouveaux styles. Et des poches. Rien ne pouvait enchanter une femme davantage qu'une robe dotée de poches.

Elles n'avaient pas la soie églantine du Dalton's, mais ce qui se passait là était assurément captivant. Et les clientes étaient ravies de voir les mannequins déambuler devant elles, prenant soin de se tourner pour leur montrer les tenues sous tous les angles. Car une robe et un corps de femme avaient plusieurs facettes, et les présenter toutes nécessitait de l'espace.

— Cela me contrarie de l'admettre..., glissa Adeline à l'oreille de Beatrice.

— Mais il ne manque qu'une chose pour que ce soit absolument parfait : la soie églantine ? termina Beatrice. C'est exactement ce que je pense.

— C'est vous qui l'avez dit, répondit Adeline. Rappelez-moi pourquoi nous n'avons pas pu nous en servir.

— Parce que Dalton s'est mis en tête de se venger de moi

et de pousser mon magasin à la faillite. Il m'arrive même de craindre qu'il me courtise uniquement pour arriver à ses fins. Je ne peux pas le laisser détruire mes rêves, ni le Goodwin's, ni tout ce qu'il représente et toutes les personnes à qui il est utile. Pas même pour cette soie églantine dont le Dalton's a l'exclusivité.

— C'est très noble de votre part, commenta Adeline en hochant sagement la tête.

— Il n'aura pas mon magasin, ni moi, poursuivit Beatrice.

Elle aurait voulu en dire davantage, mais sa liaison avec Dalton était encore secrète, et ce n'était certainement pas un sujet à aborder au milieu d'une telle foule. La situation était si compliquée, malgré tous ses efforts pour maintenir une frontière nette entre leurs relations personnelles et leurs rapports professionnels. Rivaux le jour, amants la nuit, vraiment ?

Une bataille se livrait entre sa fierté et ses désirs, et cela en devenait… ridicule.

— Êtes-vous vraiment forcée de choisir entre votre magasin et lui ? demanda Adeline, l'air pensif.

— Que voulez-vous dire ?

— Vous pourriez avoir les deux, répondit la couturière avec un sourire lumineux. Faut-il forcément que l'un de vous deux perde pour que l'autre puisse gagner ?

— C'est lui qui est déterminé à se venger et…

— Les femmes ont la fâcheuse habitude de penser beaucoup trop à ce que veulent les hommes, et pas suffisamment à ce qu'elles veulent elles-mêmes, répliqua finement Adeline. Nous réagissons à leurs désirs au lieu d'éclairer le chemin que nous désirons emprunter. De donner l'exemple. Que voulez-vous, Beatrice ? Quelle est votre idée du bonheur ?

Mais Beatrice n'eut pas le temps de répondre : son amie avait déjà disparu. Un ourlet était de travers, et cette catastrophe exigeait son attention immédiate. Les clientes attendaient la suite du spectacle avec impatience, le porte-monnaie ouvert.

Beatrice resta seule avec ses pensées. Aussi seule que l'on pouvait l'être au milieu de l'agitation, du bourdonnement des conversations et de la cacophonie habituelle du magasin. Autrement dit, le joyeux remue-ménage d'une assemblée de femmes assumant publiquement leurs désirs.

C'était elle qui avait rendu cela possible.

C'était elle qui avait créé ce moment.

C'était elle qui avait orchestré cette merveille : des femmes qui découvraient un monde conçu pour elles, où elles pouvaient se soutenir les unes les autres et qui leur ouvrait de nouveaux horizons. Devant leur insistance, Beatrice était devenue leur porte-flambeau. Elle qui n'avait rien à perdre pouvait se permettre de tout risquer pour leur donner ce qu'elles attendaient.

Renoncer à un tel rôle lui était impossible.

Elle avait une mission à remplir. C'était cela qu'elle voulait.

Beatrice en était là de ses réflexions lorsqu'elle vit Dalton s'avancer vers elle.

Dalton n'accorda pas un regard aux mannequins qui présentaient les tenues du printemps à venir, ni aux clientes venues pour les acheter. Il ne s'intéressa pas à la nouvelle collection de vêtements de confection.

Il n'avait d'yeux que pour une femme.

Croisant son regard, Beatrice se fraya un chemin parmi la foule pour venir à sa rencontre. Comme par un accord mutuel tacite, ils ne s'étaient pas vus depuis plusieurs jours. Depuis le soir où il lui avait demandé de porter ce rose dont il avait l'exclusivité, et ainsi de déclarer publiquement qu'elle était sienne. Au lieu de passer la nuit dans ses bras, elle s'était livrée à cette... démonstration de son indépendance.

— Je vois ce que vous avez fait, dit-il.

— Je suis ravie que vous pensiez que j'ai fait quelque chose, répondit-elle. Dans le cas contraire, je me serais sentie insultée.

Il remarqua qu'elle vibrait d'énergie, comme quelqu'un qui a persévéré devant un obstacle sans s'attendre à en triompher et qui constate avec joie et étonnement qu'il a réussi.

— Que faisons-nous là, Beatrice ? demanda-t-il doucement.

Beatrice se tourna pour lui accorder toute son attention. Dalton sentit son cœur battre plus fort lorsque leurs yeux se rencontrèrent.

— Rivaux le jour, amants la nuit, vous vous souvenez ?

— C'est ce que nous faisions, Beatrice. C'est du passé.

— La situation est devenue compliquée, n'est-ce pas ?

— Pouvons-nous trouver un endroit plus calme et intime pour parler ?

Beatrice hocha la tête et lui fit signe de la suivre. Elle le conduisit vers l'escalier et ils montèrent au cinquième étage. Le rayon des articles ménagers était désert.

En les voyant, l'unique vendeuse qui se trouvait là eut le bon sens d'aller épousseter des lampes Tiffany à l'autre bout du magasin.

Beatrice s'appuya contre une commode exposée dans le décor d'une chambre à coucher. L'espace avait été réorganisé depuis le soir du bal d'ouverture. Dalton remarqua aussitôt que les lits jumeaux avaient été remplacés par un lit à deux places.

Que signifiait ce changement ?

Bon sang, voilà qu'il essayait de déchiffrer les intentions

d'une femme en observant des meubles d'exposition ! Mais que lui arrivait-il ?

— Je vous écoute, Dalton.

Il y avait encore entre eux une attirance palpable, une passion qui couvait. Il vit Beatrice lever les mains vers lui avant de les laisser retomber pour les cacher dans les plis de sa robe. Sa robe à fleurs qui, bien sûr, n'était pas rose. Elle voulait le serrer dans ses bras, mais refusait de céder à son envie.

— Dites-moi ce que vous avez contre la soie rose. Dites-moi pourquoi vous êtes si résolue à lui régler son compte. Vous devez bien admettre que cette étoffe est ravissante.

— Je n'ai rien contre la soie rose. Au contraire, je l'aime beaucoup, surtout la soie églantine du Dalton's. Mais pas si cette soie doit causer ma ruine. Pas si je suis censée la porter comme une marque de soumission à mon concurrent et amant.

— Si je comprends bien, il est impossible que la soie rose et vous coexistiez en paix dans ce monde ?

— À vous de me le dire, répondit-elle avant de hausser un sourcil. Mais je sais que ce n'est pas de soie rose qu'il est question.

— Non, vous avez raison.

— C'est vous qui avez toujours eu l'ambition de me conquérir. De me dévaluer pour me racheter à bas prix. Pour vous rendre maître de moi. Et je ne vous laisserai pas faire.

Dalton aurait voulu protester, lui dire qu'elle se trompait. Mais, jusqu'à très récemment, son but était bel et bien la conquête : il voulait pousser le Goodwin's à la déroute afin de le racheter pour une bouchée de pain. Être si puissant et la rendre si vulnérable qu'il aurait une chance de la séduire. Alors il pourrait la faire parader dans la ville vêtue de la soie rose dont il avait l'exclusivité. Moins pour montrer à tous qu'elle s'était donnée à lui que pour se le prouver à lui-même.

Mais, en sondant son âme et son cœur, il avait compris que ce n'était pas du tout cela qu'il désirait. Il voulait l'aimer et être aimé d'elle. Et il se moquait bien de ce qu'elle pouvait porter. Ou ne pas porter.

— Pensez-vous que c'est en vous évertuant à détruire la source de ma liberté et de ma joie que vous allez me séduire ? demanda-t-elle.

Dalton ne vivait pas dans un vase clos. Il lisait les journaux et les romans, allait au théâtre et avait grandi avec les mêmes récits que tout le monde : un homme devait à tout prix être riche s'il voulait conquérir la femme de ses rêves. Conquérir. Avoir et garder. Mais une femme n'était pas un objet que l'on possédait, que l'on emprisonnait.

Morbleu ! Lui qui avait tant envié son duc avait l'impression de se retrouver dans la même position que lui.

Il avait Beatrice sans l'avoir vraiment.

Ce n'était pas ce qu'il voulait.

Dalton esquissa un pas de côté pour leur laisser à tous deux un peu d'espace.

— Saviez-vous, Beatrice, que vous n'étiez pas la seule personne à avoir passé seize ans à errer dans une grande maison vide ?

À ces mots, elle leva vers lui un regard intrigué.

— Saviez-vous que vous n'étiez pas la seule personne à avoir envie qu'on la touche ? poursuivit-il en baissant la voix.

Les millionnaires puissants et redoutables tels que lui n'avaient pas pour habitude de se livrer à de tels aveux de faiblesse. Ils gardaient ces paroles enfouies au plus profond de leur être et ne les prononçaient jamais à voix haute, et surtout pas devant une femme, sur son territoire.

Mais ces mots lui étaient venus si naturellement et lui faisaient tant de bien ! Il eut l'impression de se délivrer d'un poids.

Pendant toutes ces années, il avait toujours été entouré. Jamais il n'avait manqué de compagnie. Mais il s'était senti terriblement seul.

— Vous n'étiez pas la seule à souffrir de la solitude, Beatrice. Vous n'étiez pas la seule à souffrir de l'absence de tendresse et de complicité. J'ai remporté tous les succès dont un homme puisse rêver, mais cela ne suffit pas. Ce qui me manque, c'est la complicité qui me lie à vous, et que je ressens chaque fois que je suis à vos côtés.

Beatrice l'écoutait, immobile.

Et Dalton, peu à peu, se sentait plus léger.

Il était vraiment en train de dire tout cela. C'était terrifiant, exaltant et merveilleux. C'était comme s'il était au volant de cette automobile et qu'il roulait à toute vitesse, la capote baissée, sur une vaste route. Comme s'il chevauchait une bicyclette sur un chemin de campagne et découvrait qu'il avait été limité toute sa vie sans le savoir. Jusqu'à ce qu'il soit seul au guidon, avec le vent dans les cheveux.

— Mais les hommes..., protesta Beatrice.

— Parlez-moi des hommes, Beatrice.

— Pour eux, ce n'est que physique. Un besoin à assouvir. Cela ne veut rien dire.

— Des mensonges. Des mensonges que tout cela ! lança Dalton, révélant un secret que son sexe s'obstinait à cacher depuis des siècles. Peut-être que nous voulons, nous aussi, que cela ait un sens.

— Eh bien, vous avez une curieuse manière de le montrer, rétorqua-t-elle.

— C'est vrai, reconnut-il. Les hommes sont des idiots.

Beatrice resta silencieuse un moment. De toute évidence, elle réfléchissait. Dalton se força à respecter ce silence.

— Cela met-il un terme à notre arrangement ? demanda-t-elle. Allons-nous rester rivaux le jour et amants la nuit ? Je ne peux toujours pas porter votre soie.

Dalton perçut comme un doute dans sa voix. C'était très bien, de lui avoir révélé ses sentiments et son humanité. Mais cela allait-il faire évoluer leur relation, ici et maintenant ?

— Et si j'en voulais davantage, Bea ? Si je voulais plus que des ébats clandestins dans le lit d'exposition d'un grand magasin ? Si je voulais autre chose que cette rivalité et mes projets de vengeance ?

Il y avait un grand lit, tout près d'eux. Avec des draps de lin fin, des couvertures de cachemire et des oreillers de plumes. Beatrice était la patronne de l'établissement. Elle pouvait très bien ordonner à son personnel de les laisser seuls.

— Mais, Wes, si je ne voulais rien de plus ?

Cette phrase le tua. Là, au milieu des articles ménagers, devant cette commode de belle facture. Il ne pouvait donc espérer davantage qu'une étreinte dans un grand magasin, avec une femme qui ne voulait que se distraire un peu ?

C'était tout simplement tragique.

Pourtant, Dalton n'était pas prêt à s'avouer vaincu. Même si l'idée qu'il se faisait de la victoire et de l'échec évoluait de jour en jour.

— J'ai une demande à vous faire, dit-il.

En voyant une lueur de panique dans ses yeux, il ne put réprimer un rire.

— Rien de sérieux, la rassura-t-il. Une nuit. Vous, moi et New York. Laissons nos rivalités de côté, et profitons simplement de la compagnie l'un de l'autre. Et nous verrons où cela nous mène.

— Ce que vous êtes en train d'essayer de me dire, c'est que vous voulez me courtiser.

— Je crois bien que oui. Qu'en dites-vous ?

27

Résidence des Goodwin
N° 1, 34ᵉ Rue, à l'ouest de la Cinquième Avenue
Le lendemain

Beatrice avait des projets pour la soirée. Des projets qui tenaient en deux mots : Wes Dalton. La perspective d'une soirée romantique en ville avec lui, et sans chaperon, était très excitante. Ah, les joies d'être une scandaleuse divorcée !

Mais elle n'avait plus l'innocence de ses vingt ans. Et, bien qu'elle brûlât d'envie de le voir et de mettre son corps et son âme à nu devant lui, elle n'était pas sans inquiétudes. Il était évident que Dalton attendait davantage d'elle, davantage que ce qu'elle était prête à lui donner.

Pourtant, elle lui avait promis de lui donner une chance de la courtiser.

Et ce soir était le grand soir.

Agitée par ces sentiments contradictoires, elle se tenait debout devant la fenêtre du salon. Décidée à s'éclipser avant qu'il ne pénètre dans la maison, elle guettait son arrivée.

Car Beatrice n'était pas seule. Assise auprès du feu, sa mère était occupée à broder.

— Te voilà bien élégante, Beatrice. As-tu prévu de sortir ?

Je croyais que tu avais décliné l'invitation de l'un des frères Vanderbilt.

— En effet.

Beatrice hésitait à lui révéler ses projets. Il serait facile de lui dire qu'elle comptait rejoindre des amies à une conférence ou à une réception. Étrangement, pourtant, la vérité lui brûlait les lèvres. Aussi finit-elle par se décider.

— Je sors avec Wes Dalton, ce soir.

— C'est une heure curieuse pour une réunion d'affaires, observa sa mère sans lever les yeux de son ouvrage.

— Je ne crois pas que ce soit uniquement pour les affaires, répondit Beatrice en continuant à surveiller la rue.

— Ah, je vois.

Un silence embarrassé suivit. Avouer à sa propre mère que l'on entretenait une liaison n'était pas chose courante. Ce n'était pas non plus un sujet de conversation convenable. En outre, Beatrice avait à cet instant la troublante impression d'être à nouveau une jeune fille de seize ans et non une femme de trente-six, libre de vivre sa vie sans avoir à fournir d'excuses ni d'explications.

— Je ne suis plus une débutante, Mère, dit-elle cependant. Je suis divorcée et ma réputation est déjà entachée de scandale. Rien ne m'empêche de passer la soirée avec un homme si j'en ai envie. Je prendrai mes précautions pour ne pas être vue, mais...

— Bien sûr, que tu peux voir qui bon te semble, surtout si tu prends soin de ne pas être vue. Ne crois pas que tu sois la première femme d'un certain âge à profiter de ta liberté.

Cette remarque eut pour effet de réduire Beatrice au silence pendant quelques instants. Sa mère venait de l'autoriser à avoir une liaison à condition qu'elle use de prudence et de circonspection. C'était inimaginable !

— Seulement, reprit Estella, je préférerais que tu ne le fasses pas avec… lui.

Elle n'avait jamais caché son aversion pour Dalton. Et il était grand temps que toutes deux aient une explication à ce sujet.

— Pourquoi vous déplaît-il tant ? demanda Beatrice. Cette histoire entre nous s'est passée il y a bien longtemps. Peut-être était-il alors un chasseur de dot, mais il est évident qu'il ne l'est plus. Wes Dalton possède l'une des trois plus grandes fortunes de notre époque !

— Es-tu certaine qu'il ne cherche pas encore et toujours à s'emparer du magasin ?

Quelques secondes s'écoulèrent dans le silence.

— Non, répondit-elle enfin.

Dalton lui avait exposé ses intentions de manière on ne peut plus claire : il voulait davantage que des étreintes furtives et occasionnelles. Il voulait de la séduction, des sentiments, et peut-être même le mariage. Certes, la loi autorisait désormais les femmes mariées à disposer de leurs biens. Même si elle l'épousait, le Goodwin's demeurerait donc sa propriété. Mais, lorsque leurs vies seraient intimement liées, il lui serait impossible de le tenir à l'écart du magasin. Et il aurait de toute façon des droits sur son corps et sur la façon dont elle occupait son temps.

— Mère, pourquoi êtes-vous si sûre que c'est toujours le magasin qui l'intéresse, et non moi ?

— Hormis le fait qu'il a proposé de le racheter pour une somme outrancière, qui dépasse de loin sa valeur ? Hormis le fait qu'il a reconnu explicitement que l'ambition de sa vie était de le posséder ?

— Hormis tout cela.

— Il me rappelle ton père.

Beatrice n'eut d'autre recours que de s'asseoir sur le canapé, et tant pis pour sa robe plissée.

— Vous allez devoir m'expliquer cela.

Sa mère posa en soupirant son ouvrage sur ses genoux.

— J'ai été comme toi, autrefois. Souviens-toi, Beatrice, c'est mon père qui a ouvert notre premier magasin. Il s'appelait alors le Bergdorf's, et j'y passais des journées entières. Je suivais Père partout sans perdre une miette des informations que je pouvais récolter. J'observais ses innovations, ses méthodes. Je le voyais former les vendeurs et concevoir les publicités. J'adorais élaborer de nouveaux étalages avec lui. J'étais exactement comme toi lorsque tu étais enfant. Ou plutôt tu étais exactement comme moi.

— Vous vouliez reprendre le magasin vous-même.

— Oui. Et ton père m'a promis que nous le dirigerions ensemble. Il a commencé par me courtiser, puis il a charmé mon père avec ses grandes idées et son beau diplôme. Et, en moins de temps qu'il n'en faut pour le dire, mon père a vendu le magasin à mon époux, qui en est devenu le seul propriétaire. Un cadeau de mariage.

Un rire amer s'échappa de la gorge d'Estella.

— Puis Edward et toi êtes nés. Deux raisons de rester à la maison.

— Il a même changé le nom du magasin, dit doucement Beatrice.

— À partir de cet instant, il n'a plus été le mien.

La douleur causée par cette perte immense était toujours aussi vive. Il suffit à Beatrice de regarder sa mère pour le comprendre.

Celle-ci reprit son ouvrage, plantant son aiguille et tirant fort sur le fil. Sa souffrance et sa colère ne s'étaient exprimées, toutes ces années durant, que dans ces gestes. Elles étaient devenues des broderies qui emplissaient la maison, tels de petits monuments dédiés aux sentiments que les femmes taisaient depuis des siècles.

— Mais vous sembliez aimer les mondanités, Mère. Vous passiez votre temps à courir les réceptions, à recevoir et à arranger des mariages.

— L'ambition d'une femme ne peut être ni fabriquée ni détruite. Elle ne fait que changer de forme, se reportant sur la maison, les enfants, l'église ou l'ascension sociale. Rares sont celles qui ont droit à une carrière.

Ce droit avait été refusé à Estella.

Il était inutile de le dire. Cette vérité emplissait la pièce et rendait l'air presque irrespirable. Tant d'amertume réprimée pendant toute une vie !

Les mains de sa mère s'immobilisèrent et ses yeux se fixèrent sur les siens.

— Amuse-toi, Beatrice, mais ne laisse pas cet homme te tourner la tête. Tu as la chance de vivre ce que bien des femmes avant toi n'ont jamais pu vivre.

Oh ! mais quel poids c'était pour ses épaules !

Le même que celui que les Ladies of Liberty, malgré toutes leurs bonnes intentions, faisaient peser sur elle en l'érigeant en exemple. En réussissant, elle montrerait à toutes les femmes ce qui était désormais possible tout en réparant les torts qui leur avaient été causés dans le passé.

Quel fardeau et, en même temps, quel magnifique cadeau !

Se levant, Beatrice retourna à la fenêtre. En regardant au-dehors, elle se demanda s'il y avait dans sa journée des heures qui lui appartenaient vraiment. Était-ce si mal d'en saisir une ou deux, rien que pour elle ?

C'est alors qu'une voiture tirée par quatre chevaux blancs apparut et s'arrêta devant la porte. Dalton sauta à terre.

— Merci, mère, dit Beatrice en se tournant vers Estella avant de quitter la pièce.

Sans s'arrêter, elle traversa le vestibule et franchit la porte.

— Pas d'automobile ? lança-t-elle à Dalton du haut du perron.

— D'après mes renseignements, le prince charmant arrive toujours dans un carrosse tiré par quatre chevaux blancs. Alors me voici !

Oui, ce qu'il voulait était évident. C'était elle. Tout entière.

Et moi, sais-je seulement ce que je veux ?

Le sommet du monde

Les bureaux de la rédaction du *New York World* étaient installés dans la plus haute tour de New York et donc, très probablement, du monde. La terrasse située au dernier étage n'était pas ouverte au public, et encore moins à cette heure tardive. Mais un millionnaire doté d'amis haut placés jouissait de certains avantages. Il pouvait, notamment, obtenir sur simple demande l'accès à la plus belle vue de Manhattan à la tombée du jour. Lorsque l'on courtisait une femme aussi éblouissante que Beatrice, il était vital de jouer le grand jeu.

Dalton avait une seconde chance. Et il n'était pas homme à laisser passer une telle occasion.

— Je suis émerveillée et terrifiée à la fois ! soupira Beatrice en découvrant la vue sur la ville, l'East River et le ciel.

Moi aussi, songea-t-il. Mais ce n'était pas au panorama qu'il pensait.

— J'ai eu envie de vous montrer ma vue préférée de New York, expliqua-t-il. Lorsque l'on se trouve en bas, dans la rue, on est constamment bousculé par la foule. Mais ici tout est calme, et l'on peut mesurer le chemin parcouru.

— La ville a tellement changé depuis mon départ !

s'exclama Beatrice en contemplant le ciel immense, transpercé par des tours d'acier et de brique.

Là-haut, les éclairages de la ville semblaient vouloir rivaliser avec les étoiles.

— Vous êtes restée absente si longtemps...

— Presque une vie entière !

— Un îlot d'immeubles peut se transformer complètement d'une année à l'autre. Je me souviens à peine à quoi ressemblait la ville l'an dernier, et encore moins à l'époque où vous êtes partie.

Du reste, il prêtait rarement attention à ce qui se passait autour de lui. Il était toujours très occupé lorsqu'il parcourait la ville, que ce soit entre sa demeure des beaux quartiers et son palais de marbre ou lorsqu'il se rendait à des réceptions et au théâtre. Il prenait rarement le temps d'observer les progrès des autres, tout absorbé qu'il était par les siens.

Il conduisit Beatrice vers l'angle de la terrasse, où une table avait été dressée pour le dîner. Il y avait là des bougies dans des lanternes de verre, des fleurs fraîchement coupées et du champagne dans un seau à glace. Un serveur se tenait près de la table, prêt à servir le champagne et des mets raffinés.

— Oh ! Dalton, vous vous êtes surpassé ! Je ne m'attendais pas à cela !

— « Surprendre et charmer la clientèle » : c'est ma première règle d'or, dans le commerce.

Beatrice éclata de rire.

— Vous avez des règles d'or ? demanda-t-elle en se tournant vers lui.

— Des règles d'or, des vérités, des principes. Appelez cela comme vous voudrez. Mais sachez que je ne suis pas devenu le prince du négoce de Manhattan par hasard.

— Racontez-moi tout, dit-elle en prenant place à table.

— Que je raconte les secrets de mon succès à ma concurrente ?

— Si vous voulez toujours racheter mon magasin, vous devriez peut-être les garder pour vous, en effet, répliqua-t-elle en souriant.

L'espace d'un instant, Dalton réfléchit. Il lui fallut à peine plus d'une seconde. Il avait compris ce qu'elle voulait savoir.

Le moment était venu de prendre une décision, et de la lui annoncer.

— La deuxième règle est qu'un client, le plus souvent une cliente, doit toujours avoir le choix.

Il avait parlé sur le ton d'une conversation anodine, et non comme s'il venait de déposer les armes.

— Pourquoi lui offrir un style de gants lorsque je peux lui en proposer des dizaines ? poursuivit-il. Parce qu'il y a une autre règle d'or : une femme doit toujours obtenir ce qu'elle veut.

— Je crois que vos règles me plaisent.

— Une femme, une cliente, doit toujours avoir le droit de changer d'avis. Sans avoir à se justifier.

Dalton parlait des retours. Et, en tant que présidente d'un grand magasin, Beatrice savait mieux que personne combien d'argent il perdait chaque fois qu'une cliente ne voulait plus d'un article. Mais il payait le prix pour qu'elle reparte satisfaite.

Les yeux perdus au loin, elle semblait songeuse. Mais soudain elle le fixa avec toute l'intensité de son regard.

— Vous arrive-t-il de penser aux choix que nous avons faits il y a bien longtemps ?

— Je ne cesse d'y penser depuis votre retour, répondit-il. Et je ne cessais guère d'y penser avant cela. Selon toute probabilité, je ne serais rien ni personne si je n'avais pas accepté l’argent de vos parents. Or j’aime être quelqu’un. Même si je commence à me demander si cela suffit vraiment.

— Si tout était à refaire, accepteriez-vous cet argent ?

— Avez-vous jamais remarqué une chose, chez les héros de contes de fées ? demanda-t-il.

Une lueur intriguée s’alluma dans le regard de Beatrice.

— Ce sont toujours des princes, des membres de la noblesse, des hommes fortunés. C’est toujours le duc qui épouse l’héroïne.

Elle qui d’ordinaire avait de $1a repartie ne trouva rien à répondre. Parce qu’il avait raison.

— Je croyais que pour épouser l’héroïne, poursuivit-il, je devais être riche et puissant. Et conduire un carrosse tiré par quatre chevaux blancs.

— Vous n’aviez pas besoin de tout cela.

— Vraiment ?

Il y eut un silence. Parce que tout donnait à penser qu’il avait besoin de tout cela pour être aimé.

— Diriez-vous oui au duc, aujourd’hui ?

— Je ne sais pas, soupira-t-elle. Mais je ne sais pas non plus si je vous aurais choisi. Je vous aimais, Wes. Mais j’aurais voulu ne pas avoir à choisir entre deux hommes, entre tout et rien. J’aurais voulu pouvoir me choisir, moi.

— Et vous l’avez enfin fait.

— Oui, dit-elle d’une voix ferme.

Dalton comprenait. Beatrice avait enfin le droit d’être elle-même. De s’aimer et de ne se donner qu’à elle-même. Que pouvait-il lui proposer de mieux ? Il avait un magasin et un nom qui avait une certaine influence dans cette ville, mais elle aussi. Il possédait une fortune, mais elle ne manquait de rien. Il avait une magnifique voiture tirée par quatre chevaux, mais elle était une sorcière capable d’arrêter un fiacre en plein orage.

Dalton avait tout ce qu'il fallait pour être le prince charmant.

Mais, tout ce que Beatrice voulait, c'était chevaucher seule vers le soleil couchant.

Mais une fois le soleil couché ?

— Nous avons fait des choix, et nous nous en sommes accommodés, dit-il. Mais aujourd'hui nous sommes ici, libres de faire ce que bon nous semble.

— Ce que je veux...

Beatrice soupira, cherchant ses mots.

— Ce que je veux, c'est vivre avec vous quelque chose qui ne soit ni tout ni rien. Mais je ne veux pas renoncer à ma liberté. Qu'en pensez-vous, Dalton ?

Pouvait-il se contenter d'une Beatrice qui ne serait à lui que la nuit ? Accepter, c'était risquer le plus grand bonheur ou le plus grand chagrin. Mais il n'était pas arrivé aussi loin sans prendre de risques.

— Règle d'or : « Il faut toujours donner à une femme ce qu'elle veut », déclara-t-il en levant son verre.

28

Plus tard cette nuit-là

Divorcer d'un duc comporte au moins un avantage : il est difficile de faire quoi que ce soit de plus scandaleux. Autrement dit, Beatrice se sentait parfaitement libre de faire ce que bon lui semblait.

Elle pouvait par exemple, si elle le souhaitait, laisser un riche homme d'affaires la conduire chez lui à une heure tardive.

Et elle ne s'en priva pas.

Après avoir filé dans la nuit à travers des rues désertes, la voiture de Dalton s'arrêta devant un immense manoir. Une telle demeure avait manifestement été bâtie pour compenser un manque, quel qu'il fût. Chacune de ses pierres taillées, chacun de ses somptueux ornements indiquait que son propriétaire était un homme important.

Dalton prit la main de Beatrice, et ensemble ils marchèrent jusqu'à la porte d'entrée. Il était tard, il faisait nuit, et la demeure occupait un îlot entier. Personne ne risquait de les apercevoir.

Pourtant, arrivée sur le seuil, elle hésita.

Son corps vibrait déjà du plaisir qu'elle était certaine de trouver de l'autre côté de la porte. Mais ce qui allait se passer n'aurait rien d'anodin. Cela aurait du sens, davantage peut-être qu'elle n'était prête à en donner à leur liaison.

Pour cette raison, elle s'arrêta.

Dalton entremêla ses doigts aux siens et posa sur elle un regard qui semblait demander : « Êtes-vous prête ? » Elle était brûlante d'impatience et en même temps terriblement nerveuse. Mais il s'agissait de Wes, son premier amour. L'homme aux mélancoliques yeux bleus, à l'ambition dévorante et au désir franc. Celui dont les baisers la faisaient chavirer. Celui qui, en lui confiant ses règles secrètes, venait de lui remettre les clés de son royaume.

Elle franchit le pas de la porte.

Le vestibule était une vaste pièce recouverte de marbre, clairement destinée à impressionner et intimider les visiteurs. Mais Beatrice avait l'habitude de ce faste ; elle savait ce que c'était que de vivre dans une telle maison. On ne s'y trouvait jamais vraiment à son aise, comme si l'on se sentait forcé d'en être digne, de se montrer à la hauteur. Pauvre Dalton !

— Voici donc votre maison.

— C'est là que je dors.

— Ma voix résonne dans votre vestibule ! dit-elle avec un rire qui résonna, lui aussi. C'est comme le château du duc, mais avec l'éclairage électrique, le chauffage central et l'eau courante.

— Oui, je dispose de toutes les commodités modernes. Voulez-vous que je vous fasse visiter ?

— Je ne suis pas venue voir votre maison, Wes.

Sur ces mots, elle le saisit par les pans de son habit, l'attira à elle et inclina la tête pour prendre sa bouche.

— Vous ne perdez pas de temps, murmura-t-il en interrompant leur baiser pour poser ses lèvres sur la courbe de son cou.

— Nous avons suffisamment attendu, vous ne croyez pas ?

— Vous n'avez pas idée.

Il ôta les épingles de ses cheveux, qui retombèrent en cascades sur ses épaules. Puis il commença à dégrafer sa robe, là, au milieu du vestibule.

Était-elle prête ?

Oh ! mon Dieu, oui !

Timidement d'abord, elle défit les boutons de son gilet. Mais rapidement elle s'enhardit et déchira sa chemise, dont les boutons s'envolèrent avant de s'éparpiller sur le sol. Encore une fois, elle entendit l'écho de son propre rire. Mais elle ne riait plus lorsqu'elle fit glisser ses mains sur les lignes fermes de son torse. Baissant la tête, elle passa la langue sur son téton. En entendant son gémissement, elle se fit l'effet d'une reine.

— Beatrice..., murmura-t-il. La chambre à coucher.

Tant bien que mal, ils montèrent à l'étage. Tout en avançant, ils s'embrassaient, se déshabillaient mutuellement, laissant derrière eux, dans le vestibule, l'immense escalier incurvé et le couloir, des monceaux de vêtements. Bientôt, Beatrice se trouva plaquée contre une lourde porte de bois, la robe en désordre et le cœur battant la chamade, tandis que Dalton lui enlaçait la taille en réclamant sa bouche.

Et la nuit ne faisait que commencer.

Des années. Cela faisait des années que Dalton attendait ce moment. Beatrice dans sa chambre à coucher. Beatrice qui lui tendait les bras, le regard ardent. Beatrice qui le touchait. Beatrice qui lui offrait ses lèvres. Elle le désirait comme il la désirait. Il se sentait fier, et même triomphant, en songeant que cette femme était chez lui : enfin, il était digne d'elle. Elle l'avait choisi.

Car il avait fait tout cela pour elle.

Au fond, il n'avait jamais vraiment voulu se venger.

C'était elle qu'il avait toujours voulue.

Pendant seize ans, il avait travaillé sans relâche dans l'infime espoir qu'un jour ce moment arriverait. Que ce ne serait plus un rêve.

Des années !

À présent, Beatrice était dans sa chambre et ils allaient faire l'amour.

Son cœur menaçait d'éclater dans sa poitrine, sa gorge s'enflait d'un rugissement qu'il s'efforçait de réprimer et son sexe était tendu de désir. Jamais il n'avait éprouvé autant d'émotions si intenses en même temps.

D'un mouvement d'épaule, il ôta sa veste et sa chemise, ou ce qu'il en restait.

Débarrasser Beatrice de sa robe s'avéra plus compliqué.

Mais il persista.

Pendant un instant, il se contenta de la regarder. Sa peau soyeuse illuminée par le clair de lune. À ses pieds, ses dessous de soie et de satin qui formaient comme une flaque.

Elle tenait à sa liberté, elle le lui avait dit. Pourtant, elle était bien là, les yeux brillants de passion. Elle le voulait, autant qu'elle voulait son indépendance. Mais pas davantage.

Ses lèvres, si proches.

Pouvait-il se contenter de cela en sachant qu'elle ne serait jamais entièrement à lui ?

Au fond de son cœur, il n'en savait rien, mais il était prêt à prendre le risque.

Surtout lorsque, les cheveux en cascades sur les épaules, elle enroulait les bras autour de lui et l'embrassait sur la bouche. Douce et dangereuse à la fois. En un mot, irrésistible.

Seize ans. À ce stade, il n'était plus question d'aller dormir dans une chambre d'amis. D'autant que Beatrice était en train de jouer effrontément avec la ceinture de son pantalon, en le regardant comme si elle avait soif de lui depuis des années, en l'embrassant encore et encore.

Aussi Dalton lui rendit-il ses baisers.

Glissant une main autour de sa taille, il l'attira tout contre lui et la respira. Cela ne fit qu'augmenter les sensations qui enflaient sa poitrine, sa gorge et son sexe. Tout devenait plus intense lorsqu'il la touchait.

— J'ai rêvé de cela, murmura-t-il. Vous et moi. Ici.

Beatrice fit glisser ses doigts délicats de duchesse sur son torse nu, puis plus bas. Elle le caressait hardiment, avec des gestes possessifs.

Je suis à vous, songea-t-il. *Pour le meilleur ou pour le pire.*

Ainsi commencèrent-ils à tanguer maladroitement, à reculons, vers le lit. Sur lequel ils s'effondrèrent, bras et jambes mêlés, bouche contre bouche, dans un déchaînement de désir trop longtemps contenu. Il avait envie d'elle, et elle était brûlante contre lui.

Règle d'or : il faut toujours donner à une femme ce qu'elle veut.

Alors il lui mordilla la lèvre inférieure tout en faisant glisser ses mains le long de ses cuisses. Il remonta jusqu'à sa taille, puis sa poitrine. Mon Dieu ! Jamais il ne se lasserait de ses seins ronds, qui réagissaient si bien aux moindres de ses caresses. Lorsque le souffle de Beatrice se fit plus haletant et qu'elle se mit à se presser plus fougueusement contre lui, il s'aventura plus bas, en déposant des baisers jusqu'au bas de son ventre.

— Je n'ai plus tout à fait dix-huit ans, murmura-t-elle comme pour s'excuser.

— Moi non plus ! répondit Dalton en riant. Mais vous êtes plus belle que jamais.

— Vous savez exactement ce qu'il faut dire pour charmer une femme.

— La vérité ? En effet, il n'y a rien de plus efficace.

— Cessez donc d'être si parfait.

Appuyé sur ses bras tendus, Dalton se plaça au-dessus d'elle. Son sexe dressé effleurait l'entrecuisse de Beatrice.

— Vous ne parlez pas sérieusement, n'est-ce pas ? demanda-t-il avec un sourire canaille.

— Non. Si. Dalton, taisez-vous et embrassez-moi. Prenez-moi.

Beatrice était allongée sur le dos, sur le lit de Dalton. Pour rien au monde elle n'aurait voulu être ailleurs. Il se tenait au-dessus d'elle. Son corps était magnifique, tout en muscles, et offert, entièrement nu, à ses caresses et son plaisir. Comme elle avait eu soif de lui, soif de sentir ses mains sur sa peau !

Lui qui avait été déterminé à la détruire était désormais tout aussi résolu à lui donner du plaisir.

Même si elle avait fait preuve d'un certain entêtement, et d'une franchise brutale. Même si elle avait été le grain de sable qui avait compromis ses projets.

Tous les hommes n'étaient pas capables de regarder une femme avec autant de désir. Peut-être même d'amour.

Elle était bien placée pour le savoir.

Avec lui, elle pouvait être elle-même. S'amuser, se laisser aller. Entièrement. Complètement. Sans honte.

Il la caressait partout, avec des gestes révérencieux mais moins délicats que les autres fois. Comme s'il savait qu'elle ne se briserait pas entre ses mains. Comme s'il voulait apprendre son corps par cœur pour mieux s'en délecter. Et Beatrice lui accordait la même attention, s'attardant sur la courbe de ses biceps et les muscles fermes de son torse avant de descendre jusqu'à ses hanches et… l'évidence de son désir pour elle. Lorsqu'elle prit son sexe entre ses doigts, il émit une plainte rauque qui la ravit. Elle était une sirène.

Alors il déposa des baisers le long de son ventre, et plus bas encore.

Il n'y avait rien de plus naturel au monde que de gémir doucement d'impatience en écartant les jambes tandis qu'elle sentait le frôlement de ses joues rugueuses contre ses cuisses et que sa bouche l'amenait tout près de l'extase.

— Oh ! soupira-t-elle tandis que ses lèvres chaudes et tendres la caressaient, expertes, avivant sans cesse son plaisir, la forçant à agripper les draps.

De sa bouche, de ses mains, il réparait des années de solitude glacée. Et il y avait aussi toutes ces choses qu'il lui avait dites, toutes ces promesses qu'il garderait si elle le lui permettait.

— Oh ! mon Dieu ! souffla-t-elle tandis qu'il glissait un, puis deux doigts en elle avec une délicatesse exquise.

Elle se pressa contre lui en le serrant de toutes ses forces. Jamais elle ne serait rassasiée, jamais elle ne se lasserait de ses caresses, et des sensations intenses qu'elles lui procuraient.

Encore. Elle en voulait encore, et elle aimait cela.

Elle en voulait encore, il le lui donnait et elle prenait tout.

Encore, encore, encore !

Après une lente montée, l'orgasme la cueillit brusquement et elle laissa échapper un cri.

Mais Dalton ne s'arrêta pas.

Elle n'était pas au bout de son plaisir.

Beatrice se sentait plus vivante que jamais. Elle avait l'impression de renaître, de voler. Jamais elle n'avait éprouvé un tel sentiment de liberté.

Sans lui laisser le temps de reprendre haleine, il s'étendit au-dessus d'elle et, de sa bouche, saisit son dernier cri. Son sexe enflé se pressait contre le sien, impatient. Il en voulait davantage. Et elle aussi.

Elle avait brisé ses chaînes, elle pouvait faire tout ce qu'elle voulait, aucun scandale ne pouvait l'atteindre. Et, lorsque l'on était embrassée de cette façon et que l'amour, le désir et les complications se mêlaient inextricablement, il n'y avait plus qu'une chose à faire, à dire.

— Oui ! Encore !

Elle se découvrait insatiable, et Dalton était prêt à la combler.

— Alors, dites-moi comment vous imaginiez la scène, dans vos rêves, dit-elle tout bas en caressant son sexe tendu.

Elle n'avait pas encore tout à fait recouvré son souffle, et son cœur battait la chamade.

— C'était bien en deçà de la réalité, répondit-il en se redressant pour mieux se presser contre elle.

Beatrice se laissa retomber sur le matelas, heureuse de sentir son poids sur son corps. Existait-il sensation plus délicieuse ? Dans sa hâte de le sentir en elle, elle se tortilla légèrement. Mais, joueur, il la fit attendre.

Glissant les doigts dans ses cheveux, il l'embrassa profondément. Pendant un long moment. Avant de lui donner ce qu'elle voulait.

Dalton sentait son cœur cogner si fort dans sa poitrine qu'il se demanda si ce qu'il éprouvait n'était pas trop fort pour un seul homme. Ce n'était pas sa première fois, ni même la première fois qu'il faisait l'amour avec une femme pour laquelle il avait des sentiments. Mais jamais auparavant son cœur et son âme n'avaient été inséparables de chaque caresse, chaque murmure, chaque gémissement.

Un flot d'émotions le submergeait.

Sa Beatrice bien-aimée était là, dans son lit. Il venait de l'amener à l'extase, et ses cris, qui résonnaient encore dans sa tête, le chaviraient. À présent, nue dans ses bras, elle lui susurrait : « Oui ! Encore ! » Il allait éclater, c'était certain.

Il l'embrassa, ce qui ne l'aida aucunement à retrouver son souffle et ses esprits. Alors elle enroula les jambes autour de ses reins et il déposa les armes. Lorsqu'il sentit la langue de Beatrice sur son cou, il songea qu'il était un homme mort. Mais quelle plus belle façon de partir qu'en faisant l'amour à la femme qu'il chérissait plus que tout au monde ?

S'abandonnant enfin, il s'enfouit en elle, peu à peu. Une lente torture. Mais, bon sang ! il attendait ce moment depuis si longtemps qu'il avait bien l'intention d'en savourer chaque seconde.

Parce que ce qu'il vivait en cet instant, ce bonheur de tenir Beatrice dans ses bras, de se fondre dans sa chaleur, était le seul rêve de sa vie. Il le savait, à présent. C'était tout ce qu'il voulait, depuis la première fois où il avait posé les yeux sur elle. Et c'était encore mieux que ce qu'il avait imaginé. Du reste, il ne savait même plus ce qu'il avait imaginé.

Ses yeux clos, l'ombre de ses longs cils sur ses joues, ses cheveux en désordre sur l'oreiller. Ses lèvres entrouvertes dont s'échappaient de doux gémissements de plaisir. Il l'embrassa.

Puis il se glissa complètement en elle.

— Oui ! soupira-t-elle lorsque ses mouvements se firent plus vigoureux.

Son cœur s'emballait de plus en plus, emporté par la passion et la folie. À nouveau, il s'enfouit en elle, profondément. Agrippant une mèche de ses cheveux, Beatrice l'embrassa. Dalton entrelaça ses doigts aux siens en maintenant sa main contre le matelas.

— Oui ! souffla-t-elle encore avant de cambrer les reins pour épouser ses mouvements.

Rapidement, ils trouvèrent le rythme, lent et régulier, qui acheva de les rendre fous.

C'était tout ce qu'il avait toujours voulu. Perdre la tête avec Beatrice, et lui livrer son cœur.

Rien d'autre ne comptait, ni le Palais de marbre, ni ce manoir, ni toutes ces années durant lesquelles leur stupidité les avait séparés. Il aurait échangé toute sa fortune contre une nuit comme celle-ci.

Il n'y avait plus que leurs deux corps, enfin réunis. Les martèlements de son cœur, son sexe gonflé et les gémissements enivrants de Beatrice. Et soudain, tremblant de tous ses membres, il s'abandonna à la jouissance en criant.

Épuisé, il se laissa tomber à ses côtés.

— Je dois dire que cela…, commença-t-elle, hors d'haleine.

— … valait la peine d'attendre, termina-t-il.

29

Le Goodwin's
Une semaine plus tard

Les affaires avaient occupé leurs journées tout entières, mais leurs nuits n'avaient été que plaisir. Par miracle, ils parvenaient à être à la fois rivaux et amants. Par miracle, Beatrice était libre de faire ce qu'elle voulait. Et elle voulait Dalton. Selon ses conditions. Or il les respectait, et c'était presque suffisant pour qu'elle tombe à nouveau amoureuse de lui.

Presque.

Ce soir-là, elle l'attendait, brûlant d'impatience, à l'heure de la fermeture. Debout dans son bureau de l'angle du bâtiment, elle observait la foule qui se pressait comme chaque soir sur Broadway. Elle se faisait l'effet d'une pirate à la proue de son navire.

Puis elle l'entendit.

Pendant un instant, elle resta immobile pour qu'il la découvre ainsi : une silhouette féminine se découpant sur l'immense fenêtre qui donnait sur la ville. Pour qu'il comprenne que ce bureau qu'il avait autrefois voulu faire sien n'appartenait qu'à elle.

Avait-il encore l'ambition de s'emparer de son magasin ?

Elle en doutait, même si la mise en garde de sa mère n'était jamais très loin de ses pensées.

Enfin, elle se retourna. Fixa son regard sur Dalton, qui se tenait, imposant, dans l'encadrement de la porte. Il portait très bien le costume. Beatrice avait la ferme intention de le lui ôter.

— Oh ! bonjour, Dalton !

— Je crois que nous avons rendez-vous, dit-il d'une voix grave et autoritaire.

— Une affaire urgente, en effet, répondit-elle.

Elle vit son regard glisser jusqu'aux boutons de sa veste.

— Terriblement urgent, dit-il. J'ai hâte de commencer.

— Alors nous ferions mieux de nous y atteler.

Fermant la porte, il traversa la pièce pour s'arrêter juste devant son bureau. Son grand et solide bureau de chêne. Elle eut aussitôt une idée de ce qu'ils pourraient faire dessus.

À en juger par l'expression de son visage, lui aussi.

Cela commença par un baiser par-dessus ce fameux bureau. Jusqu'à ce que cela devienne ridiculement inconfortable. Alors ils éclatèrent de rire et elle tira sur sa cravate pour l'attirer de son côté. Bientôt, les mains de Dalton se posèrent sur ses hanches, et sa bouche avide, sur la sienne. Beatrice le serra contre elle, enfouit les doigts dans ses cheveux et lui rendit ses baisers.

Sans plus attendre, il la souleva pour la déposer sur le bord du bureau. Jambes ouvertes, jupes relevées, elle rejeta la tête en arrière. La promesse de cet instant l'avait aidée à tenir pendant cette longue journée, et elle ne voulait plus penser aux marchandises, aux étalages et aux listes de chiffres. Seulement au présent. Et elle savait qu'il en allait de même pour lui.

Ses mains puissantes eurent rapidement raison de sa robe.

Ses lèvres chaudes descendirent peu à peu de sa bouche jusqu'à ses seins, l'enflammant de désir. Elle était à sa merci, désormais, en son pouvoir.

Un pouvoir dont il n'hésita pas à user. Lui écartant les cuisses, il l'embrassa là, la caressant de sa langue et de ses doigts jusqu'à ce qu'un torrent de volupté l'emporte.

Alors elle attendit, pantelante.

Mais pas passivement.

Elle avait besoin de le toucher, de sentir les muscles fermes de son dos et ses bras autour d'elle tandis qu'il se relevait pour l'embrasser. Le doux frottement de son corps contre le sien, son sexe dur qui la réclamait, le délice enivrant de ses baisers… Comme tout cela lui avait manqué, comme elle avait faim de lui !

— Oui ! souffla-t-elle, arquant le dos.

Elle sentait, entre ses cuisses, la force de son désir. Elle éprouvait le même : son odeur, le grain de sa peau suffisaient à lui donner la fièvre. Elle le voulait, elle le voulait entièrement.

Tout cela avait forcément un sens.

Il n'était pas anodin que les baisers passionnés de Dalton fassent jaillir les mots « encore » et « pour toujours » dans son esprit. Qu'elle n'ait qu'une envie : qu'il la déshabille et la prenne là, tout de suite, sur le bureau où elle menait ses affaires.

Il n'était pas anodin que Dalton soit le seul homme capable de la comprendre. Le seul qui la voyait telle qu'elle était, et telle qu'elle était en train de devenir. Il savait comment se déroulaient ses journées et devinait comment elle voulait passer ses nuits. Aucun autre n'aurait pu partager avec elle ces deux aspects de sa vie. Oui, tout cela avait forcément un sens.

Aucun homme n'accepterait avec autant de bonne grâce

de la voir ainsi, dans son bureau, selon ses conditions et sans la juger.

Et, tout ce que Dalton voulait, c'était précisément que leur histoire ait un sens.

Cette question préoccupait Beatrice. Du moins lorsqu'elle arrivait à réfléchir. À cet instant, il effleurait du bout des pouces la pointe de ses seins, dénudés devant lui. La caresse lui arracha un doux gémissement de plaisir. Cet homme savait la faire languir.

Mais, soudain, elle se figea.

— Qu'y a-t-il ?

— Je... Rien.

S'écartant d'elle, il plongea les yeux dans les siens.

C'est alors qu'elle les entendit encore. Et il les entendit aussi. Retenant leur souffle, ils prêtèrent l'oreille.

Des voix graves et des bruits de pas résonnaient dans le couloir.

Dalton posa un doigt sur les lèvres de Beatrice en lui faisant signe de rester silencieuse. Puis il se rajusta avant de se glisser jusqu'à la porte, qu'il ouvrit brusquement dans un grand claquement qui la fit sursauter.

— Qui est là ? gronda-t-il d'une voix forte qui résonna dans le couloir désert.

Pourtant, elle était certaine d'avoir entendu quelqu'un. Et Dalton l'avait entendu aussi. Elle n'était pas folle.

Pourtant, elle aurait préféré être folle. Elle avait espéré que les bruits de ce soir, et ceux de toutes les autres fois où elle avait été la dernière à partir ou la première arrivée, n'étaient que le fruit de son imagination. Des bruits de pas ou de clé dans une serrure, le sentiment que quelqu'un était tout près.

Beatrice boutonna sa chemise en hâte, avec les boutons qui restaient. Dalton mettait régulièrement sa garde-robe à mal, même si le rayon des ornements, au deuxième étage, ne s'en portait que mieux. Elle le rejoignit à la porte.

— Avez-vous vu quelqu'un ? demanda-t-elle.

— Ils sont partis. Je crois que j'ai mis les voleurs en fuite. Vous sentez-vous bien ?

— Oui, dit-elle en hochant le menton. Mais nous ferions mieux de partir. Je n'ai pas envie de rester ici.

Dalton acquiesça d'un signe de tête.

Ce n'est qu'au moment où elle referma la porte derrière elle - à clé - qu'ils découvrirent ce qui s'était passé. Ce n'étaient pas des voleurs qui leur avaient rendu visite mais des vandales.

Quelqu'un avait peint les mots « Rentre chez toi, traînée » sur la porte de son bureau.

Rien n'avait été dérobé, si ce n'était sa tranquillité d'esprit et son équilibre mental. La violence du message était perturbante, d'autant plus qu'elle était dirigée contre elle. Mais le pire était de songer que quelqu'un s'était trouvé là pendant leur moment d'intimité. Assez près pour les entendre. Peut-être même pour les voir.

Beatrice détourna le regard, révoltée par cette invasion de sa vie privée. Mais elle ne put contenir sa fureur bien longtemps. Comment osait-on violer son magasin, son domaine, ce lieu sacré ?

Ce n'était pas la première fois que quelqu'un s'introduisait furtivement dans l'établissement pour y perpétrer des méfaits. Mais, cette fois, elle s'était trouvée dangereusement proche des vandales. À cette pensée, elle fut saisie d'un frisson.

— Beatrice..., commença Dalton.

Mais déjà elle s'élançait vers le placard où était rangé le matériel de nettoyage. Elle se munit de vieux chiffons, de savon et d'eau pour laver la porte avant que la peinture ne sèche et ne se fixe de façon permanente. Il ne fallait pas que son personnel découvre l'odieuse inscription en arrivant le matin.

Voir les mots « Rentre chez toi, traînée » peints sur la porte n'était pas une bonne façon de commencer la journée.

Malgré l'heure tardive, malgré ses lèvres encore chaudes des baisers de Dalton, elle se mit à frotter rageusement. Exécuter ces mouvements répétitifs lui apporta un peu d'apaisement, et l'effet immédiat de ses efforts lui redonna un sentiment de pouvoir et de contrôle.

Il y avait aussi Dalton. Dalton qui n'était pas homme à rester sans rien faire. Sans un mot, il se saisit lui aussi d'un chiffon et se mit à laver la partie la plus haute, qu'elle ne pouvait atteindre. Ils travaillèrent ainsi côte à côte pendant un certain temps. Et aucun d'eux ne fit remarquer à l'autre que ce n'était pas du tout la façon dont ils avaient prévu de passer la soirée.

Enfin, l'ignoble message fut totalement effacé. C'était comme s'il n'avait jamais existé, sauf que quelqu'un l'avait bel et bien inscrit sur cette porte.

— Comment vous sentez-vous ? demanda Dalton.

— Très bien.

— Vraiment très bien, ou dites-vous cela comme ces femmes qui prétendent que tout va bien alors qu'elles sont submergées par une multitude d'émotions violentes ?

— Oui, c'est exactement cela. Très bien.

— Je vois.

Elle sentit sur elle son regard qui scrutait minutieusement son visage, cherchant la vérité. Alors elle baissa les yeux. Mais, en entendant de sa bouche une brusque inspiration, elle sut qu'il avait deviné.

— Ce n'est pas la première fois, n'est-ce pas ?

— Comment le savez-vous ?

— Quelqu'un a brisé les miroirs. J'étais là.

— C'est vrai. J'avais oublié.

Il esquissa une moue dubitative.

— J'ai aussi lu dans les journaux qu'on avait vandalisé votre salon de lecture.

— Ce n'est guère le genre de publicité que je recherche.

— Il y a eu d'autres incidents. Si nombreux que vous avez pu en oublier un. Ou même deux.

— Quelques-uns, ici et là, avoua Beatrice en haussant les épaules. De mauvaises farces de la part d'un employé mécontent, très certainement. Nous avons chargé l'agent Hyde de l'affaire.

L'agent Hyde menait son enquête en se faisant passer pour une employée du magasin. Pendant qu'elle se chargeait de ce problème, Beatrice pouvait s'occuper de tout le reste, l'esprit tranquille. Du moins jusqu'à présent.

— Beatrice, c'est peut-être plus grave que cela.

— C'est absurde. Nous ne sommes que des femmes. Ce n'est qu'un magasin.

— Nous savons tous deux que ce que vous faites n'a rien d'insignifiant. Songez à ce que vous représentez, Beatrice !

— Encore ce refrain ! soupira-t-elle en levant les yeux au ciel.

Beatrice le porte-flambeau. Celle que tout le monde tient à ériger en exemple.

Mais elle était une femme de chair et d'os. Et, tout ce qu'elle voulait, c'était un travail qui stimule son esprit le jour et un homme qui embrase son corps la nuit !

— Beatrice, vous avez rendu au Goodwin's son éclat et sa prospérité. Réfléchissez : qui aurait intérêt à vous intimider ?

Beatrice ne voulait pas prononcer le nom qu'elle avait en tête et, en bon gentleman, il n'insista pas. Edward. Son propre frère. Il avait des motifs suffisants. Mais il était enfermé dans une maison de repos de Long Island. À moins que… ?

Et, si le coupable n'était pas Edward, ce pouvait être n'importe lequel des anciens employés dont elle avait blessé l'amour-propre en les congédiant. Mr Stevens, par exemple. Ou même un homme dont la candidature avait été écartée au profit d'une femme.

Ce pouvait également être l'un des propriétaires des autres grands magasins de New York : Macy, Fields ou Wanamaker. Ils devaient en effet être jaloux de son succès et de sa première place sur la liste blanche de Josephine Shaw Lowell. Après tout, cette liste avait, du jour au lendemain, changé considérablement les habitudes d'achat des femmes de Manhattan.

— N'oubliez pas non plus que, de jour en jour, vous aidez une multitude de femmes à prendre leur destin en main. Beatrice, vous êtes en train de changer la donne. Et cela déplaît à beaucoup de monde.

Dalton n'était pas de ceux-là. Au contraire, il avait vu la mutation du Goodwin's comme un défi stimulant. Comme un traitement brutal mais nécessaire pour le maintenir en vie. Comme une occasion de redoubler ses efforts pour mieux rivaliser avec elle. Pour beaucoup d'hommes, Beatrice était un seau d'eau froide jeté sur le feu. Mais pour lui elle était un combustible qui ravivait les flammes.

Elle serait presque tombée amoureuse de lui pour cette seule raison.

Peut-être commençait-elle réellement à éprouver de l'amour pour cet homme qui avait autrefois cherché à la détruire. Et qui venait de l'aider à effacer une inscription abjecte sur la porte, lui qui était venu pour tout autre chose.

Cette pensée lui fit oublier, pendant une seconde, qu'elle était censée trembler de peur.

— Trop de gens veulent m'intimider, déclara-t-elle. Malheureusement pour eux, ils n'y parviendront pas.

— Mais ils continueront jusqu'à ce qu'ils arrivent à leurs fins, répondit Dalton avant de lui prendre la main. Laissez-moi vous protéger.

Le rire de Beatrice résonna dans le couloir.

— Restez auprès de moi, insista-t-il. Vous serez en sécurité chez moi. Seule avec votre mère, vous êtes trop vulnérable.

— Tout d'abord, ma mère est un dragon. Ensuite, nous avons des domestiques et des portes qui ferment à clé, nous aussi.

— Dans ce cas, je vous escorterai sur tous vos trajets entre votre demeure et le magasin.

— Comment ? C'est hors de question ! s'exclama-t-elle. Bonté divine, Dalton, je ne suis pas une petite fille ! Je suis une femme divorcée, et je n'ai pas besoin d'un chaperon.

— Vous avez besoin de quelqu'un qui vous protège.

— Si c'était vrai, j'engagerais des gardes du corps. Je m'entourerais d'une bande de femmes pirates armées de pistolets, de sabres et d'un humour dévastateur.

— C'est ridicule !

— Vraiment ? Pourtant, j'en connais déjà quelques-unes, répondit-elle en se dirigeant vers l'escalier, prête à partir.

— Beatrice, soyons sérieux. Soyons raisonnables.

C'en était trop. Beatrice s'arrêta net et pivota sur elle-même pour lui faire face.

— Allez-vous aussi me demander de me calmer ? Parce que vous êtes en train de me dire les choses les plus insultantes, les plus absurdes qu'un homme puisse dire à une femme ! « Soyez sérieuse. » « Montrez-vous raisonnable. » « Calmez-vous. » Comme si j'étais ridicule, stupide et hystérique ! Est-ce là ce que vous pensez de moi, Dalton ?

— Non. Vous êtes la femme la plus intelligente et la plus

pugnace que je connaisse ! Mais en ce moment vous vous montrez déraisonnable et butée. Quelqu'un s'attaque à vous, à votre magasin et à tout ce que vous représentez. Cela veut dire que vous êtes en danger, et j'ai besoin de vous savoir en sécurité. Parce que je suis en train de tomber amoureux de vous, Beatrice ! Une nouvelle fois !

— Ne faites pas cela. L'amour ne doit pas être une cage.

30

Le Dalton's
Le lendemain

Dans son magasin, Dalton proposait un choix exquis de bijoux des plus délicats. Aujourd'hui, il était lui-même en train de contempler ces vitrines.

— Pourquoi regardes-tu les bagues de diamant ? demanda Connor sur un ton méfiant.

— Il y a deux possibilités : soit je m'apprête à lancer une nouvelle mode de bijoux en diamant pour hommes, soit j'ai l'intention de faire une demande en mariage. Je te laisse deviner laquelle est la bonne.

Connor émit un sifflement admiratif.

— Voilà une habile manière de t'emparer de son magasin !

Dalton se figea. Ses vieilles idées de vengeance, de conquête et de destruction étaient bien loin derrière lui. Mais il avait oublié que personne d'autre n'était au fait de la transformation qui s'était opérée dans son cœur et son esprit. Désormais, il ne pensait qu'à une chose : faire en sorte que Beatrice soit en sécurité.

D'où l'idée de cette bague sertie de diamants, qui montrerait à tous qu'il protégeait cette femme de toute sa puissance. L'anneau était aussi la promesse de l'avoir toutes les nuits dans son lit, où il pourrait lui faire l'amour et la voir dormir paisiblement à ses côtés, certain que rien ne pourrait lui arriver.

Grâce à cette bague, ils ne seraient plus des ennemis l'un pour l'autre, ni des amants de la nuit. Avec elle, ils s'appartiendraient l'un à l'autre et il trouverait enfin ce après quoi il courait depuis tant d'années.

— Il ne s'agit pas du tout de vengeance, répliqua-t-il. Je ne veux plus de son magasin.

— Vraiment ? Plus de vengeance ? Plus de rivalité ? La quête que nous menons depuis seize ans est terminée ?

Manifestement, Connor était sceptique, ce qui était compréhensible, et même furieux. Dalton avait été moins présent récemment (à cause de Beatrice), et il n'avait pas partagé les détails intimes de sa liaison amoureuse (parce qu'il s'agissait de Beatrice). Mais Beatrice, elle, comprendrait, n'est-ce pas ?

— Vraiment, oui, répondit-il. Je ne veux pas du Goodwin's. Je veux seulement être avec elle.

Le Goodwin's
Une heure plus tard

Beatrice finissait de s'entretenir avec l'agent Hyde au sujet de la succession d'événements… insolites qui avaient perturbé la vie du magasin. D'innombrables petites intrusions avaient eu lieu : le verrou de la porte qui fermait l'entrée du personnel avait été cassé, les jouets du rayon pour enfants, jetés sur le sol, des cravates d'homme, nouées autour de la bouche de mannequins féminins. Il y avait également les miroirs brisés et le saccage du salon de lecture. Enfin, Beatrice était en train d'informer l'agent du message ignoble peint sur la porte de son bureau la veille. Elle avait travaillé tard, expliqua-t-elle en laissant son interlocutrice supposer qu'elle était seule.

L'agent Hyde prenait des notes, les lèvres serrées en une moue désapprobatrice. Elle promettait de trouver le coupable de ces actes de vandalisme et de les livrer à la justice sans la moindre indulgence. Elle était tellement sûre d'elle que Beatrice éprouva un soulagement immédiat. C'était bien ce qu'elle pensait ! Il était inutile qu'elle renonce à sa liberté pour rechercher la sécurité auprès de Dalton.

Et, justement, qui vit-elle en levant les yeux ? Dalton lui-même. Dans son bureau. En plein jour.

À sa seule vue, elle sentit son cœur chavirer.

— J'espère que je ne vous dérange pas, dit-il.

— Entrez, Dalton. L'agent Hyde et moi venons de terminer.

Beatrice le regarda tandis qu'il observait l'enquêtrice. L'agent Hyde était la dernière femme qu'elle aurait aimé croiser dans une ruelle sombre. Elle était grande, mince mais musclée et dotée d'un visage opportunément commun qui lui permettait de passer inaperçue partout. Afin de pouvoir aller et venir discrètement dans le magasin à toute heure, elle portait un uniforme de femme de ménage.

— Bonjour, agent Hyde. Je suis heureux de savoir que vous enquêtez sur cette affaire.

— Sur ces affaires, corrigea l'enquêtrice en se tournant vers lui. Où étiez-vous hier soir ?

À sa grande surprise, Beatrice vit Dalton rougir devant cette figure imposante de la loi déguisée en femme de ménage, qui exigeait de savoir ce qu'il avait fait la veille, où et avec qui.

— Ce n'est pas lui, agent Hyde ! dit-elle avec un rire nerveux.

— Je vois, répondit celle-ci en les regardant tous deux.

Ce fut au tour de Beatrice de rougir.

— Je suppose qu'il est informé de l'incident de cette nuit...

— En effet.

— Qui pourrait commettre une telle ignominie ? demanda Dalton.

— Sans doute la même personne qui a perpétré tous les autres méfaits, répondit l'enquêtrice en haussant les épaules.

Beatrice devina qu'il était en train de faire le calcul : le saccage du salon de lecture, l'inscription sur la porte de son bureau, les miroirs brisés... Et les autres attaques ? Elle n'avait pas eu envie de lui en parler entre leurs conversations badines et leurs baisers passionnés.

— Oui, dit-il. Mrs Goodwin m'a laissé entendre qu'il y en avait eu d'autres. Mais je suppose qu'elle a négligé de m'informer de la véritable étendue du problème.

— Quelques petits incidents, rien de plus, protesta Beatrice.

Elle voyait trop bien la conclusion à laquelle il allait arriver, et elle ne lui plaisait guère.

— Vous êtes en danger, affirma-t-il, et je n'aime pas cela.

— Non, je ne crois pas, rétorqua-t-elle.

Mais l'agent Hyde intervint à son tour.

— Il a peut-être raison.

Beatrice observa la brusque transformation que ces paroles provoquèrent chez Dalton : ses yeux s'assombrirent, sa mâchoire se serra. En même temps, il se redressa et bomba le torse, comme tous les hommes qui veulent paraître plus grands et plus forts pour intimider un adversaire.

Cela la fit penser au duc, dans les moments où elle osait lui tenir tête.

Elle faillit reculer, par un instinct de survie un peu saugrenu dans ces circonstances.

— Vous êtes en danger, répéta Dalton. Vous devez quitter

ces lieux immédiatement. Nous engagerons du personnel supplémentaire pour assurer la sécurité du magasin et la vôtre. Mais il serait plus prudent que vous restiez chez vous. À l'abri.

— Ne faites pas cela ! soupira Beatrice avant de fermer les yeux. Je vous en prie, ne jouez pas au héros autoritaire qui piétine tout sur son passage et qui m'enferme dans sa chambre au prétexte qu'il doit à tout prix me protéger ! Je ne laisserai personne me cloîtrer dans une belle maison. Plus jamais !

— Ce n'est pas ce que j'allais faire !

Ouvrant les yeux, elle le foudroya du regard. Il venait de dire qu'il voulait faire exactement cela.

— Très bien, c'est ce que j'allais faire. Mais vous devez reconnaître que ce ne serait pas la pire façon de passer quelques jours, ajouta-t-il avec un sourire canaille.

Ce sourire n'échappa pas à l'agent Hyde, qui le foudroya à son tour du regard. Voilà que cela tournait à la farce ! Fallait-il vraiment que son enquêtrice sache qu'elle entretenait une liaison avec l'ennemi ?

Elle risquait de douter de son dévouement au magasin, à la cause.

— Dalton...

— Et si je vous fournissais un pistolet ?

— Il est hors de question que je porte une arme.

— Mais j'ai besoin de vous savoir en sécurité. J'ai besoin de m'assurer qu'il ne vous arrivera rien !

Il y avait dans sa voix une sincérité évidente qui lui serra le cœur. Car elle savait ce qui était en train d'arriver. Ce dont elle avait si peur : l'attachement. Seulement, cette fois, il ne s'agissait pas d'un engagement juridique et financier qui exigerait, pour le briser, une armée d'avocats. Non, il s'agissait de leurs deux cœurs, de leurs deux corps et du plaisir qu'ils se donnaient l'un à l'autre. Il s'agissait de la peur de Dalton. Cette peur risquait de l'emprisonner tout autant que son mariage, et cela la terrorisait.

Ce fut donc avec une certaine anxiété qu'elle s'adressa à nouveau à lui.

— Mais que me vaut votre visite pendant les heures d'ouverture ? Certainement pas ces événements.

— Merci pour cet accueil.

— De rien. Mais, sérieusement, y a-t-il une affaire dont nous devons discuter ?

— Non. Oui. J'ai une sorte de proposition à vous faire. Puis-je vous parler seul à seule ?

— Absolument, répondit l'agent Hyde. Un problème de la plus haute importance, mais qui ne doit aucunement vous inquiéter, exige mon attention immédiate.

Beatrice ferma les yeux pour s'accorder une seconde de répit. Lorsqu'elle les rouvrit, Dalton était agenouillé devant elle. Dans sa main, un écrin de velours bleu qui renfermait une bague sertie d'un diamant en forme de poire. Ce n'était pas le genre de bijoux qui accompagnait une timide suggestion. Non, c'était une bague qui affirmait haut et fort ses intentions. Une bague qui serait lourde à porter.

— Beatrice, voulez-vous m'épouser ?

— Non, bien sûr que non ! Vous ne devriez même pas me poser cette question !

— Avec cette bague, plus personne ne vous importunera. Avec cette bague, tout le monde saura que je suis là pour vous protéger. Pour vous chérir. Je ne peux pas vous perdre une seconde fois, Beatrice. Ce qu'il y a entre nous est au-delà du temps, des continents et des circonstances. Nous ne sommes jamais aussi bien que lorsque nous sommes ensemble, Beatrice. Vous le savez comme moi.

Mieux encore, oserai-je dire que nous sommes faits l'un pour l'autre ?

— Je ne peux pas, Dalton. Je vous l'ai dit. Je vous l'ai expliqué l'autre soir, avant que nous...

— Vous avez également dit que je pouvais essayer de vous faire changer d'avis.

— Il y a eu des moments où j'ai songé que, peut-être, ce serait possible. Mais vous êtes là, dans mon bureau, à me distraire de mon travail, à exiger des décisions et des engagements, à me dire que je devrais rentrer chez moi et y rester jusqu'à ce que ma sécurité soit assurée ! En d'autres mots, je devrais me cloîtrer et passer mon temps à déambuler dans mon château. Eh bien, j'ai déjà vécu cela, et c'est hors de question. Voilà pourquoi ma réponse est... non.

— Et s'il y avait un enfant ? demanda Dalton. Je sais que vous n'avez pas peur du scandale, mais il serait injuste d'infliger une telle situation à un enfant à naître.

— Cette pensée vous honore, et je suis entièrement d'accord avec vous. En admettant qu'il puisse y avoir un enfant à naître. Mais cela n'arrivera pas. Je le sais, car j'ai pris mes précautions.

— Vous avez pris vos précautions.

— Oui. Ce n'est pas une méthode infaillible, mais c'est mieux que rien, soupira-t-elle. Si seulement il existait une pilule qu'il suffisait d'avaler pour éviter tout risque de conception !

— En effet, dit Dalton en se relevant avec l'aisance et l'agilité d'un félin.

Elle venait de l'éconduire, mais il n'en perdait pas pour autant sa grâce et sa puissance, et elle avait envie de lui.

Mais pas suffisamment.

— Si mes précautions s'avèrent efficaces, reprit-elle, il n'y aura pas d'enfant. Par conséquent, un mariage sera inutile.

Et n'essayez pas de brandir la menace d'un scandale, en imaginant que quelqu'un vienne à découvrir notre liaison. Vous ne me ferez pas croire non plus que je suis en danger au point de devoir vous épouser à tout prix.

— Vous savez que je ne suis pas l'homme que vous décrivez, Beatrice. Je ne veux pas vous pousser au mariage par crainte de la honte ou d'un danger plus terrifiant encore. Ce n'est pas ainsi que je veux vous convaincre.

— Je suis heureuse de l'entendre.

Il tenait maladroitement la bague entre ses doigts. Ce gros diamant précieux, solide, éternel, qui étincelait, devenu soudain encombrant. Beatrice regarda l'anneau et l'imagina à son doigt. Toutes les femmes qui la voyaient comme un modèle sauraient alors qu'elle appartenait à un homme. Pire encore, à son rival. Porter cette bague, c'était lui jurer obéissance.

C'était impossible. Cette idée lui était insupportable.

Que penseraient-elles d'elle ? Que leur porte-flambeau, cette femme d'affaires farouchement indépendante, avait baissé les bras. Qui plus est, pour épouser un homme qui n'avait jamais caché sa volonté de la dominer professionnellement, qui avait affirmé vouloir détruire le havre de paix qu'elle avait créé pour les femmes. Et qui, un instant plus tôt, avait reconnu vouloir l'enfermer dans son château.

C'était tout simplement impossible.

En outre, elle avait encore certains doutes à son sujet.

— Du reste, dit-elle franchement, comment être sûre que ce n'est pas là un stratagème pour mettre la main sur le Goodwin's ?

— Pensez-vous réellement que je serais prêt à vous épouser, devant Dieu et pour le restant de mes jours, uniquement pour m'emparer de votre magasin ?

Dalton avait presque crié.

— Cette ambition vous taraude depuis seize ans. Et je devrais croire que vous l'avez abandonnée du jour au lendemain ?

— Pas du jour au lendemain. Au fil de plusieurs nuits et de plusieurs jours, pendant lesquels j'ai compris peu à peu que, tout ce que j'avais fait, je l'avais fait pour vous. Je croyais que c'était pour me venger, mais je ne voulais que votre amour. Voilà mon avenir.

— Je suis votre avenir.

— Je l'espère.

Ainsi donc elle serait la raison de vivre d'un homme, la clé de son bonheur, ses jours et ses nuits ? Cela lui semblait un poids écrasant, épuisant. Encore un fardeau trop lourd pour ses frêles épaules !

— Je veux seulement être auprès de vous, Beatrice. Je n'ai jamais voulu que cela.

Cette déclaration ne la laissait pas insensible. Elle était une femme passionnée, elle avait un esprit et un corps qu'il savait combler de plaisir, et un cœur qui nourrissait bel et bien des sentiments pour lui. Car il y avait vraiment quelque chose de spécial entre eux. Dalton la comprenait ; il savait ce qui la faisait vibrer comme personne avant lui, et certainement après.

Mais elle ne pouvait pas se résoudre à se remarier. L'idée qu'un homme ait son mot à dire sur ce qu'elle faisait, et avec qui, où et pourquoi, lui était intolérable. Elle ne voulait pas avoir à se soucier de lui, ni de ce qu'il pensait ou ressentait. Et s'ils avaient des enfants…

Certains l'auraient traitée d'égoïste. Beatrice s'en moquait : pourquoi n'aurait-elle pas le droit d'être égoïste ?

— Je ne veux pas renoncer à mon indépendance ni à ma liberté, Dalton.

— Je n'ai aucune envie de vous mettre en cage, Beatrice, qu'elle soit dorée ou non ! Je ne suis pas comme lui.

— Oh ! mais cela a déjà commencé ! Vous insistez pour que je reste chez vous, pour m'escorter dans mes trajets, pour que je fasse tout ce que vous voulez pour être en sécurité ! Sans parler de la petite voix que j'entends déjà.

— La petite voix ?

— Si nous étions mariés, j'entendrais une petite voix qui me dirait de rentrer à la maison au lieu de travailler comme j'aurais envie de le faire. Une petite voix qui me dirait de tenir compte de vous, de votre opinion et de notre couple dans chacune de mes décisions. Même si, je le suppose, nous serions toujours concurrents ? ajouta-t-elle en haussant un sourcil.

Il ne répondit pas.

— Et imaginons que vous vouliez des enfants, poursuivit-elle. Je ne suis pas sûre de pouvoir vous en donner. Mais je sais que j'entendrais une petite voix qui me dirait de rester à la maison avec eux au lieu de venir ici. Et, Dalton, c'est ici que je veux être !

Ici, où elle se tenait à cet instant. Derrière son bureau. Dans son magasin. Avec le vacarme de Manhattan qui s'insinuait par la fenêtre. Le brouhaha de voix féminines et l'agitation des employées et des clientes qui résonnaient dans les autres étages. Ici, des billets de banque, des idées, des marchandises et des services changeaient de mains à chaque instant. Des rêves prenaient vie. Des désirs étaient créés et satisfaits. Et surtout, surtout, toutes ces femmes disposaient d'un lieu qui n'était pas leur foyer, et où elles pouvaient, simplement... être elles-mêmes.

Elle avait ce qu'elle avait toujours voulu. Elle avait réussi à bâtir le lieu dont elle rêvait.

Mais Dalton était, visiblement, le prix à payer pour le conserver.

Il laissa échapper un rire amer.

— Tout cet argent gagné, tout ce prestige accumulé, toute cette puissance conquise, toutes ces années à travailler d'arrache-pied pour m'élever dans la société ! Tout cela pour devenir votre héros. Et il semble que j'aie voué ma vie à une quête vaine. J'ai l'impression d'essayer de courtiser une femme nouvelle avec des méthodes d'un autre temps.

— Je suis désolée, murmura-t-elle.

Et elle était sincère.

— Rien ne nous oblige à choisir entre tout et rien, Dalton. Nous n'avons pas à vivre selon des règles définies par d'autres. Personne ne peut nous dicter les conditions de notre bonheur.

— Vous êtes une femme extraordinaire, Beatrice. Et je vous aime. Et c'est parce que je vous aime que je suis terrifié à l'idée de vous perdre. C'est parce que je vous aime que je veux davantage que des moments volés dans un ascenseur ou des étreintes furtives dans le lit d'un grand magasin. Je veux entendre votre rire résonner dans le vestibule de ma maison. Je veux m'endormir et me réveiller à vos côtés. Je veux une vie à deux. Une famille. Je veux savoir que, si mes milliers d'employés disparaissaient demain, je ne serais pas seul. Ne voulez-vous pas la même chose ?

— Je ne sais pas, avoua-t-elle.

Beatrice le regarda partir, emportant la bague avec lui. Une nouvelle fois, elle s'assit à son bureau et fondit en larmes.

31

Le Goodwin's
Quelques jours plus tard

Beatrice marchait d'un pas tranquille dans le magasin, enchantée d'entendre le chœur des voix de ses clientes et les airs de musique joués par un orchestre exclusivement féminin. À ces agréables sons s'ajoutait le cliquetis des machines à écrire. Une douzaine de modèles étaient exposés, et la clientèle était invitée à les essayer en tapant de petits textes au gré de sa fantaisie.

Beatrice adorait les lire. Les femmes y racontaient des épisodes de leur vie, écrivaient des lettres à des amis ou à des amoureux ou adressaient des messages à des inconnus avec qui elles avaient échangé un regard. On rangeait ensuite ces feuilles dans le salon de lecture, où elles étaient très prisées. Au quatrième étage, on proposait également des cours du soir de dactylographie.

S'arrêtant, Beatrice prit une profonde inspiration et regarda autour d'elle. Voilà, c'était cela qui importait à ses yeux. C'était ce qu'elle avait cherché à créer. Un lieu où les femmes étaient libres de vivre pleinement leur vie, de nourrir de grands rêves et de les réaliser. C'était, sans conteste, ce que le Goodwin's avait été pour elle-même.

Grâce au magasin, elle avait, enfin, trouvé un sens à sa vie et gagné son indépendance.

Elle avait aussi conquis sa liberté, mais à quel prix ! Les difficultés qu'elle avait dû affronter pour échapper au duc étaient déjà oubliées. Non, c'était à Dalton qu'elle songeait. Refuser sa demande en mariage lui avait déchiré le cœur. Et, même si elle ne regrettait pas sa décision, elle éprouvait un douloureux sentiment de solitude, même au milieu du Goodwin's à l'heure d'affluence.

Oui, malgré les milliers de personnes qui l'entouraient, elle se sentait seule.

Mais Beatrice ne voulait pas s'appesantir sur son chagrin. Elle préféra poursuivre son tour du magasin.

Sur la mezzanine qui surplombait le majestueux escalier central, les Ladies of Liberty avaient installé une table. Là, elles présentaient une pétition réclamant que l'on accorde le droit de vote aux femmes. Les clientes s'interrompaient dans leurs achats pour écouter des discours enflammés sur les droits qui leur étaient dus en tant que contribuables et citoyennes respectueuses de la loi.

Cela leur donnait de quoi réfléchir entre l'essayage d'une paire de gants ou d'un nouveau style de chapeaux et l'achat d'un paquet de boutons.

— Combien de signatures avez-vous recueillies jusqu'à présent ? demanda Beatrice.

— Des centaines au moins ! répondit Harriet.

— Et il n'est que 13 heures. Il y aura encore plus de monde cet après-midi.

Beatrice arpentait les étages depuis le matin et elle aurait dû interrompre sa ronde pour se reposer un peu. Mais, en l'absence de l'agent Hyde, qui s'était rendue malade à force de travail, elle préférait rester vigilante. Par simple précaution. Les mises en garde de l'enquêtrice et les vociférations de

Dalton sur les prétendus dangers qu'elle courait l'avaient quelque peu ébranlée.

Elle devait à tout prix empêcher qu'il arrive quelque chose au Goodwin's.

Autrefois, elle s'était sentie si impuissante et isolée ! Mais aujourd'hui elle avait ce merveilleux magasin où elle apprenait à se dépasser. Et elle avait ses amies du cercle des Ladies of Liberty, qui l'encourageaient et la soutenaient.

À présent que ses nuits n'étaient plus occupées par Dalton, c'était tout ce qu'elle avait.

Ce lieu assourdissant, agité et magnifique.

Parmi tous les bruits du magasin, elle entendit à peine les premiers cris. Il était difficile de les discerner entre le crescendo de la section des cordes de l'orchestre, les militantes féministes criant « Le droit de vote aux femmes ! » et les centaines de clientes qui demandaient à une amie ce qu'elle pensait de telle robe, tel corset ou telle paire de gants.

Mais rapidement les cris se muèrent en hurlements, et il n'y eut plus de doute possible.

— Au feu !

Au feu ?

Beatrice interrogea Harriet du regard. Mais celle-ci, imperturbable, manifesta à peine une légère inquiétude.

Ce n'est que lorsque Margaret accourut vers elle en s'efforçant visiblement de conserver une apparence calme qu'elle sentit le sang se glacer dans ses veines.

— Je ne veux pas vous alarmer, commença-t-elle – mais, alarmée, Beatrice l'était déjà. Un incendie s'est déclaré au sous-sol. J'ai appelé les pompiers et ils sont en chemin, mais nous devons évacuer tout le monde, pour plus de sécurité.

— Un incendie ?

— Un incendie.

Au lieu de l'habituel parfum de fleurs fraîchement

coupées, Beatrice sentit alors une faible odeur de fumée. Parmi le brouhaha des voix, elle commença à percevoir le crépitement des flammes. Si elle l'entendait d'ici, sur la mezzanine, cela voulait dire que ce n'était pas un léger incident qui se limitait au sous-sol. Un grondement sourd lui parvenait, annonçant la présence du feu. Il était en train de se répandre à une vitesse foudroyante, c'était évident.

Dans tout le magasin, elle vit des femmes lever la tête et regarder autour d'elles d'un air interrogateur. Était-ce de la fumée qu'elles sentaient ? Y avait-il un incendie ?

Soudain, elles comprirent et se dirigèrent d'un seul mouvement vers les portes. Par centaines. Par milliers. Agrippant leurs amies, leurs enfants, les sacs contenant leurs achats. Par centaines, par milliers, du rez-de-chaussée au sixième étage, elles se ruaient en direction de la même sortie.

— Margaret, ouvrez grand les portes ! Brisez les vitrines ! Faites le nécessaire pour que tout le monde puisse sortir ! ordonna Beatrice en s'éloignant pour gagner l'escalier.

— Que faites-vous ?

— Je vais demander calmement à nos clientes de partir. Immédiatement.

Non sans difficulté, elle se fraya un chemin parmi la foule qui affluait dans le sens contraire. Elle décida de commencer par le dernier étage pour prier ces dames, à la manière d'une hôtesse recevant pour le thé, de bien vouloir sortir. Même si elle avait le cœur au bord des lèvres et craignait de défaillir là, à côté du rayon des bicyclettes, pour lequel elle s'était tant battue.

Mais elle était une femme du monde et une duchesse, et elle savait comme personne circuler au milieu d'une assemblée en montrant un visage charmant, sans rien trahir de son affolement intérieur.

Je vous prie de gagner calmement la sortie.

Veuillez emprunter l'escalier.

Merci de ne pas vous attarder. Non, vous n'avez aucune inquiétude à avoir.

Mais les flammes, la fumée et les cris de panique la devancèrent. Elle entendit les rugissements de l'incendie qui jaillissait des profondeurs du magasin, la cohue des femmes et leurs exclamations de peur. Penchée au-dessus de la balustrade, elle vit le feu qui gagnait le rayon des chapeaux et continuait sa progression vers les confections, au troisième étage.

Elle entendit des hurlements.

Et, Seigneur, elle sut alors que c'était la fin du Goodwin's.

Tout le monde devait partir. Sur-le-champ. L'incendie allait tout ravager.

Relevant ses jupes, elle se mit à courir dans les allées, ordonnant aux clientes et aux vendeuses de sortir immédiatement. Après avoir traversé au pas de charge le salon de lecture, elle interrompit le service du déjeuner puis alerta le personnel du service de comptabilité. Elle se trouvait au rayon de l'ameublement lorsque la toux la saisit et qu'elle sentit la chaleur du feu sur sa peau.

Tout son être lui hurlait de partir. Ses poumons réclamaient de l'air frais, son cœur menaçait de se rompre, sa raison la suppliait de se sauver.

C'est alors qu'elle entendit des enfants pleurer.

La nursery ! Il fallait évacuer la nursery !

Les employées étaient déjà en train de faire sortir les enfants en rang, portant les bébés. Beatrice se précipita dans les rayons voisins pour demander de l'aide aux vendeuses. Il fallait consoler les enfants qui pleuraient et apaiser l'angoisse folle des mères qui fendaient la foule et bravaient les flammes pour rejoindre leurs chers petits.

Ensemble, elles entreprirent de descendre le grand escalier. Elles avançaient pas à pas, les bras chargés de bambins qui se tortillaient de peur et s'accrochaient désespérément à leur cou et à leurs jupes.

Il était hors de question de s'arrêter en un tel moment, mais Beatrice leva les yeux l'espace d'une seconde pour regarder une dernière fois son magasin.

Les flammes montaient le long des piliers centraux, dévorant impitoyablement toute la marchandise : robes, gants, services à thé, meubles. Lits à deux places, lits jumeaux : cela n'importait plus, à présent. Ils brûlaient de la même façon.

Le feu était en train d'anéantir le lieu où son regard avait croisé pour la première fois celui de Dalton. La cachette derrière le pilier où ils avaient échangé leur premier baiser. La cabine d'essayage dans laquelle elle avait réalisé son rêve secret. Tous les endroits où la passion les avait emportés et où leur amour s'était épanoui.

Balayés, tous ces moments de sa vie.

Disparu, l'emblème de son ambition.

Détruit, ce lieu qu'elle avait offert aux femmes.

Mais, tout ce qui importait désormais, c'était qu'il n'y ait pas de victimes. Si toutes ces femmes sortaient saines et sauves de cet enfer, alors rien ne serait vraiment grave.

Hâtant le pas, Beatrice passa sans ciller devant les millions de dollars de marchandises qui étaient en train de partir en fumée. Peu importait.

Ce bâtiment qui s'écroulait autour d'elle était sa maison. Son histoire. Ses souvenirs. Elle dit adieu à tout cela.

Elle trouverait le responsable de ce ravage. Celui qui lui avait volé son rêve, qui avait arraché aux femmes ce havre de paix, ce temple de joie et de plaisir. Elle jura de se venger.

Si elle survivait.

La porte était toute proche et elle était presque hors de danger lorsque l'enfant dont elle tenait la main, prise de panique, lui échappa. Dans la fumée et les flammes, Beatrice la perdit de vue. Malgré la chaleur qui la suffoquait et son instinct qui lui criait de fuir, Beatrice revint sur ses pas pour retrouver cette petite fille et lui sauver la vie.

Le Dalton's

— Bonjour, Mr Dalton ! lança gaiement la vendeuse comme il passait devant elle.

Wes poursuivit son chemin, se contentant de lui adresser un bref signe de tête.

Il n'avait pas le cœur à répondre, ni même à esquisser un clin d'œil.

Autour de lui, il ne voyait que de la soie rose. Des yards et des yards de soie rose. Il aurait voulu ne jamais revoir ce maudit tissu, mais son entrepôt et ses livres de comptes croulaient sous les invendus. Ce rose était la couleur de l'échec et du rejet. Il lui rappelait les joues enflammées de Beatrice lorsqu'il lui faisait l'amour ; or c'était un spectacle qu'il ne verrait jamais plus. Cette pensée lui donnait envie de se jeter du haut du toit au volant de cette satanée automobile.

Il se tourna vers l'employée la plus proche.

— Il faut se débarrasser de cette soie. Rien ne doit rester.

— Bien, Mr Dalton. Nous allons la vendre au rabais.

— Un aveu public d'échec ! Excellent.

La pauvre femme ne sut que répondre.

— Bien, Mr Dalton, dit-elle simplement.

Pour la première fois de sa vie, il n'avait aucune envie de rester sur la mezzanine, à observer son magasin. Il ne pouvait pas non plus trouver refuge dans son bureau, dont les fenêtres donnaient sur Broadway, le Goodwin's et... les fenêtres du bureau de Beatrice.

Rentrer chez lui était tout aussi impensable : le contraste entre son manoir désert et le brouhaha joyeux du magasin lui avait toujours été pénible. Et à présent sa maison renfermait des souvenirs d'elle qu'il lui était trop douloureux de réveiller.

Il décida de la vendre. Au plus vite.

Dalton songea à se rendre au refuge d'Orchard Street. Ce serait un bon prétexte pour s'échapper du magasin, et il était sûr de ne trouver aucun souvenir de Beatrice là-bas. En outre, il s'en voulait de repousser sans cesse le moment d'honorer l'invitation de Miss Claflin, et cesser de penser à lui-même lui ferait du bien.

Certaines personnes avaient de vrais problèmes. Il avait seulement le cœur brisé.

Et des idées de suicide.

Mais, à part cela, il se portait très bien.

Jusqu'à ce qu'un murmure de voix affolées s'élève autour de lui. Aussitôt après, la porte tambour battit brusquement et un groupe de femmes aux vêtements tachés de suie fit irruption dans le magasin.

— Au feu ! De l'eau ! criaient-elles.

Dalton se précipita vers elles, prêt à apporter son aide. Mais, surgissant de nulle part, Connor lui saisit le bras.

— Un incendie s'est déclaré, annonça-t-il, le visage grave. Au Goodwin's.

— Je dois aller la retrouver !

— Va, répondit Connor, le regard sombre. Je m'occupe de tout ici.

Sans plus attendre, Dalton franchit la porte et s'élança dans la rue. En voyant le brasier qui s'élevait devant lui, il s'arrêta net. Devant les vitrines léchées par le feu, des nuées de femmes occupaient le trottoir et envahissaient Broadway, bloquant la circulation. Les pompiers étaient là, luttant de leur mieux contre le feu. Mais Dalton savait reconnaître une cause perdue.

Une seule question demeurait : où était Beatrice ?

Il eut beau scruter la foule, il ne la vit pas parmi les femmes qui s'étreignaient, qui sanglotaient dans leur mouchoir ou qui, rassemblées en petits groupes, parlaient à voix basse.

— Beatrice !

En quelques enjambées, il traversa la rue et tâcha de se frayer un chemin dans la cohue.

— L'avez-vous vue ? demandait-il en jetant des regards affolés autour de lui.

Il vit que l'on reculait devant lui et songea vaguement qu'il devait avoir l'air d'un dément.

Mais où était Beatrice ?

La panique et la terreur l'assaillaient, car il connaissait Beatrice, et il savait qu'elle serait la dernière à sortir du magasin.

Si elle en sortait.

Les pompiers se démenaient pour maîtriser l'incendie qui faisait rage, mais leurs seaux et leurs lances ne pouvaient rien contre un désastre d'une telle ampleur. Quant aux agents de police, ils faisaient de leur mieux pour contenir la foule.

Dalton ne pouvait que saluer leur travail.

Mais il était le seul à chercher Beatrice. Et le seul à être assez fou pour se précipiter dans le magasin pour la retrouver.

— Sir !

— Arrêtez !

Dalton bouscula les femmes en pleurs, les pompiers et les agents en uniforme. Il s'élança vers les flammes, vers le bâtiment qui commençait à s'écrouler de l'intérieur.

C'était idiot.

Une ridicule démonstration d'héroïsme.

Mais le monde avait besoin de Beatrice. Il avait besoin de son énergie, de sa détermination à vivre pleinement sa vie et à aider d'autres femmes à en faire autant.

Dalton se savait capable de vivre dans son manoir sans elle, seul à en mourir. Il l'avait déjà fait. Cette idée était loin de le réjouir mais, si c'était là son sort, il l'accepterait.

Mais comment supporter les journées et les nuits si elle n'était pas là, quelque part, rêvant sous le même ciel étoilé, respirant le même air, sentant la chaleur du même soleil sur sa peau ?

Si son amour pour elle était sincère, il pourrait se contenter de savoir qu'elle était en vie et qu'elle réalisait son rêve, même si cela voulait dire qu'ils ne seraient jamais ensemble.

Et, si son amour pour elle était sincère, il n'allait pas rester sans rien faire alors qu'elle était en danger.

Ignorant les cris et les protestations des pompiers et des agents de police, il s'engouffra dans l'immeuble en feu en sachant parfaitement qu'il n'en sortirait peut-être pas vivant.

S'il mourait en sauvant la vie de Beatrice, ce serait le plus bel acte de son existence.

À l'intérieur, la fumée le suffoqua immédiatement. La chaleur était insupportable. Néanmoins, il avança.

— Beatrice ! cria-t-il, encore et encore, jusqu'à ce que, enfin, sa voix lui parvienne.

— Je suis là !

Elle se tenait derrière des comptoirs entourés par des flammes et des panneaux de verre fondus, une enfant serrée contre elle.

Comme elle paraissait petite, pelotonnée sur le sol près de l'un des piliers de marbre ! Elle cajolait la petite fille pour la persuader de fuir mais, terrifiée, celle-ci refusait de bouger. Dalton prit l'enfant dans ses bras et fit demi-tour pour regagner la porte. Mais, derrière lui, il entendit Beatrice tomber. Elle avait dû se tordre la cheville.

— Partez ! cria-t-elle.

Elle était entourée de fumée et de flammes. Jamais elle ne pourrait ramper assez vite pour échapper au feu, et il ne pouvait pas les porter toutes les deux !

— Partez ! répéta-t-elle.

Dalton franchit les portes ventre à terre et déposa l'enfant dans les bras d'un agent de police.

Puis il fit demi-tour pour aller chercher Beatrice.

32

Résidence des Goodwin
N°1, 34e Rue, à l'ouest de la Cinquième Avenue
Le lendemain

Beatrice n'était pas en état de traverser la ville pour se rendre chez Harriet, aussi le salon de Harriet était-il venu à elle. En d'autres mots, les Ladies of Liberty étaient en visite dans sa demeure, où elle se morfondait.

Non seulement elle souffrait de légères blessures (une cheville enflée, quelques brûlures et une vilaine toux), mais elle n'avait aucun autre endroit où aller.

Le Goodwin's avait bel et bien disparu, réduit à un monceau de cendres et de décombres.

Quelqu'un avait cherché à l'anéantir.

Grâce à l'enquête diligente que l'agent Hyde avait menée, habilement déguisée en femme de ménage, puis aux recherches de la police, l'incendiaire avait rapidement été appréhendé.

— On prétend que la fureur d'une femme dédaignée est pire que toutes les flammes de l'enfer, déclara sèchement Harriet. Quant à moi, je dirais que la fureur d'un homme blessé dans son amour-propre, ou d'un homme qui craint de voir une femme lui damer le pion, est bien pire encore.

Le coupable n'était autre que Sam Connor, le bras droit de Dalton. C'était lui qui avait mis le feu au Goodwin's et commis tous les actes de vandalisme dont le magasin avait été la cible. Beatrice avait soupçonné Mr Stevens et même son propre frère. Mais le bras droit de Dalton ?

Pourtant, au fond, elle n'était guère surprise.

Le plus cuisant à ses yeux – et elle n'employait pas ce mot à la légère – était que toute son ambition et ses accomplissements aient été réduits à néant par un homme aigri, craignant jusqu'à l'obsession de perdre ce qu'il possédait. Un homme qui était incapable d'imaginer qu'il y ait suffisamment de place dans le monde pour le Dalton's et le Goodwin's.

Beatrice était profondément ébranlée. En poursuivant ses rêves, elle s'était attiré l'hostilité des hommes, avait déchaîné leur fureur et leur avait offert une cible idéale avec le magnifique magasin qu'elle avait dédié aux femmes. Et, en poussant ses amies sous les feux de la rampe, elle avait fait d'elles des cibles également. Elle s'en voulait terriblement.

— Il est en détention en attendant son jugement. Les preuves de sa culpabilité sont accablantes, et je doute qu'il sorte de prison avant de longues, très longues années, affirma Arabella, l'une des premières avocates de New York.

Ses paroles apportèrent à Beatrice un certain réconfort.

Mais elle savait comme toutes ses amies présentes dans la pièce, bien qu'aucune n'osât le dire, que les hommes de son espèce étaient comme des cafards. Quand on en enfermait un, des millions d'autres continuaient à infester la ville, perturbant la tranquillité des femmes et gâchant leurs journées.

— Bon débarras ! lança l'une des Ladies of Liberty.

— L'agent Hyde ne décolère pas, raconta Beatrice. Tous ces efforts pour enquêter dans la plus grande discrétion, et il a fallu qu'il frappe le jour où elle était souffrante ! Elle se sent affreusement coupable à l'idée qu'elle aurait pu l'en empêcher. Je m'en veux, moi aussi.

— Une femme n'est jamais au bout de ses peines, soupira Adeline. Qui sait si elle trouvera le repos un jour ?

— Connor était déterminé à nous nuire, intervint Harriet. Si seulement il s'était consacré à un but plus utile que la vengeance ! S'occuper de son propre magasin, par exemple.

— D'après ce que l'on dit, il jugeait que Dalton ne livrait pas une concurrence assez féroce au Goodwin's.

— Dalton serait-il derrière tout cela ?

— Je ne pense pas, répondit Beatrice. Non, je ne peux pas le croire.

— Il a bravé les flammes pour vous sauver la vie. Cela m'incline à croire à son innocence, renchérit Harriet.

Mais cela ne suffit pas à apaiser Beatrice. Un poids immense lui oppressait la poitrine : au fond, elle avait le sentiment que tout était sa faute.

— Je suis désolée ! s'écria-t-elle brusquement.

— Pourquoi donc ?

— C'est moi qui, il y a longtemps, ai donné des idées de vengeance à Dalton. Et c'est devenu leur seul but, à Connor et lui, pendant des années. Jusqu'à ce que Wes abandonne ce projet, encore une fois à cause de moi. Connor a eu peur de perdre le fruit de tous ses efforts. Et à présent des centaines de vendeuses ont perdu leur emploi et leur salaire. Quant à nous, nous avons perdu tout l'argent que nous avions placé dans le magasin, et le lieu que nous avions créé pour les femmes. Tout cela à cause de mon ambition. J'aurais mieux fait de les laisser gagner !

— Vous ne pouvez pas baisser les bras, Beatrice, dit Harriet d'une voix ardente avant de regarder une à une toutes les femmes réunies autour d'elle. Nous ne pouvons pas baisser les bras, et surtout pas à cause d'un homme. Le monde a besoin de nous pour éclairer le chemin, afin que nous sachions ce que nous avons à faire pour le rendre meilleur !

— Mais cela les rend si furieux ! soupira une femme.

— Si nous vivions dans la peur de leur colère, nous ne ferions jamais rien, coupa Harriet.

Elle avait raison. Si Beatrice avait eu peur des hommes et de leur colère, elle serait encore la duchesse de Montrose. Au lieu de se trouver dans ce salon, elle dépérirait dans son château, contrainte de supporter son triste sort en silence.

Du reste, c'était exactement le but de ces hommes. Sous la menace de leur violence, elle était censée rester chez elle, se taire et leur laisser le champ libre. Ils voulaient la forcer à lâcher le flambeau de la cause des femmes, jusqu'à ce qu'il s'éteigne complètement.

— Alors dites-nous, Beatrice : que comptez-vous faire, à présent ? demanda Harriet. Je présume qu'il vous est impossible, comme à nous toutes, de laisser un homme avoir le dernier mot. Nous ne sommes pas femmes à rester les bras croisés.

Tous les visages se tournèrent vers elle, interrogateurs, impatients. On attendait d'elle des réponses, un projet, un plan de table et le patron de la robe à porter pour l'occasion.

Si elle avait eu le cœur à cela, Beatrice aurait souri, parce qu'elle avait l'impression de se voir, quelques mois plus tôt, lorsqu'elle avait dit à Dalton : « Que ferez-vous ensuite ? »

Que faire du reste de sa vie lorsque l'idée à laquelle on s'est vouée corps et âme est partie en fumée ? Elle était encore jeune. Elle avait de l'argent, des amies, des relations. Sa passion et son ambition ne l'avaient pas quittée.

— Pour ma part, j'espère que vous allez reconstruire, dit Ava.

À peine eut-elle terminé sa phrase qu'un chœur de voix féminines s'éleva dans la pièce. Toutes l'invitaient à construire un magasin plus grand, plus haut, plus éblouissant de beauté. Un magasin tel que le monde n'en avait jamais vu. Elles se chargeraient de recueillir les fonds nécessaires. Elles élaboreraient le projet et le mèneraient à bien ensemble.

— Marian pourrait dessiner les plans, suggéra Ava. Elle vient d'obtenir son diplôme d'architecte.

— Je serais ravie de contribuer à la direction des travaux de construction, lança Emily, qui s'était chargée de celle du pont de Brooklyn quelques années plus tôt.

— Nous sommes toutes prêtes à faire nos achats dans ce nouvel établissement ! ajouta une femme, remarque qui reçut aussitôt l'approbation générale.

Beatrice leur bâtirait un magasin qui les récompenserait de leur attente. Elles rêvaient tout haut d'élever un monument à la gloire de la consommation féminine, sans s'imposer aucune contrainte. Remplies d'enthousiasme, elles se mirent à réfléchir ensemble, étudiant diverses possibilités, esquissant un calendrier, étudiant les aspects pratiques du projet sans donner de limites à leurs rêves.

La discussion fut, bien sûr, interrompue par un homme.

Le majordome annonçait un visiteur.

Mr Wes Dalton en personne pénétra dans la pièce. Vêtu d'un sublime queue-de-pie sombre qui mettait en valeur son corps musclé, il était l'image même du héros romantique. Sa joue meurtrie et sa main bandée témoignaient de ses récents exploits. Il tenait un journal à la main.

Subitement, chacune des Ladies of Liberty sembla se rappeler qu'elle avait un rendez-vous extrêmement urgent. Toutes se hâtèrent de prendre congé, et Dalton s'écarta pour les laisser passer.

— Moi qui croyais être un bon parti, voilà que je fais fuir toute une assemblée de femmes, grommela-t-il.

Avant que Beatrice n'ait le temps de comprendre ce qui arrivait, ses amies refermèrent doucement les portes du salon, les laissant seuls.

— Asseyez-vous, je vous prie, dit-elle.

Dalton s'exécuta, posant son journal sur la table qui les séparait. Puis il se pencha en avant pour poser sur elle des yeux bleus emplis d'inquiétude.

— Comment allez-vous, Beatrice ?

— Pour être franche, j'ai connu des jours meilleurs, répondit-elle d'un ton maussade.

Cela le fit rire, et son rire la ravit.

— Je me réjouis de voir que votre sens de l'humour est sain et sauf.

— Êtes-vous venu me dire que vous m'aviez prévenue ?

— Non. Même si...

— Vous le pourriez. Vous m'aviez mise en garde. Vous m'aviez dit de rester chez moi.

— Mais, si vous l'aviez fait, vous n'auriez pas pu sauver la vie de vos employées et de vos clientes.

Sa réponse lui ôta le souffle et fit défaillir son cœur : c'était comme s'il reconnaissait que sa place était dans son magasin, que c'était là qu'elle donnait le meilleur d'elle-même et qu'elle était le plus utile.

Comme s'il avait compris qu'elle n'était pas femme à rester à la maison.

Et, s'il savait tout cela mais qu'il était là, devant elle, bien qu'elle ait refusé sa demande en mariage, que cela signifiait-il pour elle et lui, pour eux deux ? Et elle, savait-elle seulement ce qu'elle voulait ?

— Dans ce cas, c'est peut-être moi qui devrais vous dire

que je vous avais prévenu, répliqua-t-elle d'un ton qu'elle aurait voulu badin.

Mais en le voyant devant elle, si beau, si fort, si solide, elle n'avait qu'une envie : se lover dans ses bras. Elle comprenait, enfin, quel confort et quelle protection il avait voulu lui offrir.

— Si vous le voulez, dit-il.

— Non, cela n'a plus d'importance.

— Je suis venu vous présenter des excuses pour… tout. Il y a eu des moments où j'ai eu envie de réduire le Goodwin's en cendres, mais jamais je ne l'aurais fait. Connor, en revanche, était terrifié à l'idée de perdre ce qui nous avait demandé tant de travail. Il avait peur de vous voir nous supplanter. Mais je ne savais rien de tout cela avant ce matin.

— Visiblement, certains hommes ne supportent pas la concurrence, observa-t-elle.

Quelle différence avec Dalton, qui non seulement supportait d'être concurrencé par une femme, mais semblait trouver cela stimulant ! Cette pensée ne fut pas sans l'émouvoir. Mutuellement, ils se poussaient à se dépasser.

Mais alors pourquoi avait-elle refusé de l'épouser ?

— Je me sens responsable, poursuivit-il. Si j'avais accordé plus d'attention à Connor…

Beatrice ne le quittait pas des yeux : il semblait tenaillé par la culpabilité.

— J'aurais pu l'empêcher de nuire, poursuivit-il. J'aurais pu le démasquer. Voyez-vous, Beatrice, je n'ai pas touché aux allumettes, mais je me sens aussi coupable que si c'était moi qui avais allumé le feu.

— Mais vous ne l'avez pas fait. Ce n'est pas votre faute ! Et tout est fini, maintenant. Connor ira en prison, et tout le monde saura ce qui arrive à qui ose s'attaquer à une armée de femmes.

— Je suis vraiment navré.

— Merci, répondit-elle doucement.

Sa sollicitude la touchait profondément, car personne ne savait mieux que lui ce que c'était que de posséder, de diriger et d'aimer un magasin. Surtout celui-là.

— Je suppose que vous vous êtes rattrapé en volant à mon secours comme un héros de conte de fées, dit-elle en essuyant une larme furtive.

— Vous vous êtes cramponnée à moi comme une damoiselle en détresse.

— C'est vous qui le dites. Je ne me souviens absolument pas de cela.

— Vous devrez donc me croire sur parole.

À nouveau, leurs regards se rencontrèrent.

Beatrice devinait qu'un grand trouble se cachait sous ce visage indéchiffrable et ce costume parfaitement repassé. Tout comme son cœur battait la chamade sous son affreuse robe à fleurs. Cette robe qui était sa pénitence pour avoir préféré remporter une bataille plutôt que de porter la ravissante soie églantine.

Et pour quoi ?

Pour un magasin ? Pour la seule satisfaction de gagner ?

Du reste, qu'avait-elle gagné ? Elle avait perdu le magasin et Dalton.

Elle avait refusé l'amour du seul homme qui était prêt à l'aimer, la chérir et la soutenir dans la poursuite de ses rêves. Oh ! mon Dieu ! Elle se mordit la lèvre, ravala un sanglot. Il était toujours là, devant elle... Renouvellerait-il sa demande, à présent qu'elle avait ouvert les yeux ?

À présent qu'elle avait compris qu'elle l'aimait ?

À présent qu'elle savait qu'elle pouvait lui confier son cœur et ses ambitions ?

— Je suis venu pour prendre de vos nouvelles, mais aussi

pour vous annoncer quelque chose, dit-il. Je voulais que vous soyez la première à savoir que je me retire des affaires.

— Comment ? Mais pourquoi ? s'écria-t-elle. Vous aimez le Dalton's. Vous êtes le Dalton's ! Et vous avez gagné !

— Peut-être, par défaut ou par accident. Quoi qu'il en soit, je suis loin d'éprouver le moindre sentiment de victoire. Et la passion ne m'habite plus. Je n'ai plus envie d'être le meilleur, je n'ai plus envie de me battre contre vous, et même les nouvelles collections m'indiffèrent !

— Et le magasin ? demanda Beatrice, interdite. Allez-vous vraiment y renoncer ? Vous ne pouvez pas faire une chose pareille !

Elle qui venait de perdre son établissement ne pouvait comprendre qu'il abandonne délibérément le sien.

— Il ne m'intéresse plus. De toute évidence, je ne peux pas le céder à Connor, et je m'y refuserais même si c'était possible. Mais je ne participerai plus à l'organisation quotidienne. Certaines œuvres philanthropiques requièrent mon temps et ma fortune.

— Mais le Dalton's, c'est vous, et vous êtes le Dalton's ! Votre nom est inscrit sur...

Beatrice s'arrêta net.

— Non, il n'est pas inscrit sur la façade, corrigea Dalton, devinant ce qu'elle s'apprêtait à dire. Il ne l'a jamais été.

— Je suis sous le choc. Si je n'étais pas allongée, je crois bien que je m'évanouirais.

— Il vous faut des sels. Premier étage après l'escalier. Cinquante cents.

— Vous voyez ! Vous êtes fait pour diriger un grand magasin. Dalton, vous n'avez pas à faire cela.

— C'est vous qui êtes faite pour diriger un grand magasin.

Dalton n'eut pas besoin d'en dire davantage. Beatrice comprit qu'il la voyait et qu'il l'acceptait telle qu'elle était. À cet instant, elle eut beau se creuser la tête, elle fut incapable de se souvenir pourquoi elle avait refusé sa demande en mariage. Il l'aimait, c'était évident. Cet homme venait de lui dire qu'il avait compris où était sa place, et qu'il n'avait plus l'intention de la lui disputer.

Une nouvelle larme échappée de son œil roula sur sa joue. Une mutinerie. Elle qui dirigeait des centaines d'employés n'était pas capable de retenir ses pleurs !

— Qu'allez-vous faire, à présent ? demanda Dalton.

Elle supposa qu'il parlait d'affaires.

— Je vais reconstruire, bien sûr. Il faudra des années, mais cela m'occupera. Vous me surprenez pendant mon seul jour d'oisiveté… Il n'y en aura pas d'autre. Dès demain…

Elle lui parla encore pendant un petit moment, puis il prit congé d'elle.

— Au revoir, Beatrice, dit-il. Je vous souhaite bonne chance dans vos futures entreprises.

Il la quitta, la laissant se languir dans son salon. Seule. Condamnée au sort qu'elle avait tout fait pour éviter. Privée du Goodwin's. Et de Dalton.

Il ne lui restait que le journal qu'il avait oublié sur la table.

33

Beatrice ramassa le journal en se disant que la lecture des dernières nouvelles l'empêcherait de penser à ses propres problèmes. Après tout, elle n'avait rien d'autre à faire que de se reposer en essayant de se rétablir au plus vite.

Mais elle en était à peine à la quatrième page lorsque ses yeux tombèrent sur une annonce qui lui ôta le souffle.

Il était impossible de la manquer. Elle s'étalait sur une page entière mais ne contenait que quelques mots. Et Beatrice sut immédiatement, comme elle savait son propre nom, que cette annonce lui était destinée, à elle seule.

— Mère ! cria-t-elle. Mère !

Estella accourut aussitôt, l'air affolé. Comme toutes les mères, elle avait tendance à craindre le pire dès qu'il s'agissait de sa progéniture.

— Qu'y a-t-il ?

— Regardez ! dit Beatrice en lui fourrant le journal dans les mains.

— Oh ! mon Dieu, Beatrice, j'ai cru qu'il t'était arrivé quelque chose de grave ! s'exclama Estella en pressant une main sur son cœur. Mais tu voulais seulement me montrer un article dans le journal.

— Ce n'est pas un article. C'est bien plus. Lisez.

Sa mère obéit.

L'annonce disait :

À VENDRE :
LE DALTON'S,
EMPIRE DE LA VENTE AU DÉTAIL
LA MEILLEURE OFFRE SERA RETENUE

— Ça, par exemple ! souffla Estella.

— N'est-ce pas ?

— Je croyais que le magasin et la réussite étaient tout ce qui l'intéressait.

— Moi aussi.

— Avec la destruction du Goodwin's, il n'a plus de concurrent sérieux. Et pourtant voilà que le prince du négoce abandonne son trône !

— Je croyais que le magasin était tout ce qui m'intéressait, moi aussi. Mais je n'en suis plus si sûre, maintenant, avoua Beatrice. L'amour complique les choses, je suppose, ajouta-t-elle d'une voix brisée.

Sa mère s'assit à ses côtés et prit ses mains dans les siennes.

— Beatrice, je te demande pardon. Une mère s'efforce toujours de faire ce qui est le mieux pour ses enfants. Je pensais qu'il n'était qu'un coureur de dot comme tous les autres, mais aussi qu'il te briserait le cœur et te laisserait sans le sou. Je cherchais seulement à te protéger. Je ne voulais que ton bien.

— Je n'ai pas cru suffisamment à notre amour, alors. Et lui non plus. Mais maintenant…

Ses intentions ne pouvaient être plus claires.

Il n'y aurait plus de concurrence entre eux.

— De toute évidence, il voulait que tu voies cette annonce, dit Estella.

— Je le sais. Mais que veut-il que je fasse ?

— Il est temps que tu cesses de te demander ce qu'il veut, ce que tu dois faire ou ce que les autres attendent de toi. Il n'y a plus rien qui t'entrave ni qui te retienne, Beatrice. Tu as devant toi une page blanche ; à toi de la remplir comme tu le souhaites. Cette fois, je t'aiderai.

Que voulait Beatrice ? Ce qu'elle avait toujours voulu. Des journées de travail et des nuits de passion. Mais à présent elle entrevoyait une nouvelle manière de réaliser ce rêve, et Dalton, semblait-il, l'avait vue aussi.

Ils n'étaient pas rivaux, en réalité. Ils étaient faits pour être ensemble.

— Je sais exactement ce que nous devons faire, déclara-t-elle brusquement avec l'assurance qu'elle avait appris à puiser au plus profond d'elle-même. Mère, pourriez-vous aller au Dalton's et acheter toute la soie rose qu'ils ont en magasin ?

— Avec plaisir. Surtout si cela signifie que tu vas cesser de porter ces horribles robes à fleurs. Mais je pense que ce tissu sera ravissant sur les fauteuils du...

— Nous parlerons de retapisser les meubles plus tard. Je m'apprête à bâtir mon propre bonheur. Mais tout d'abord il me faut une robe pour la circonstance.

34

La Maison d'Adeline

La lecture de l'annonce avait précipité Beatrice dans un état de fébrilité qui ne l'avait pas quittée depuis. Que Dalton vende le Dalton's était à la fois totalement inattendu et parfaitement logique. Quant à cette « meilleure offre », que fallait-il en penser ? Beatrice connaissait tout de cet homme, son corps comme son esprit, son cœur comme son âme. Elle avait l'idée d'une offre qu'il ne pourrait pas refuser, et qui surpasserait toutes celles qu'il ne manquerait pas de recevoir.

Dès que sa mère fut de retour, chargée d'une quantité plus que suffisante de soie rose, Beatrice emporta le tout à la Maison d'Adeline.

— J'ai besoin que vous me confectionniez une robe, confia-t-elle à la couturière dès qu'elles furent seules dans l'atelier. Avec ceci.

Sur ces mots, elle lui montra les yards et les yards de soie églantine, soigneusement pliés et emballés, qui n'attendaient que ses mains expertes pour être transformés en une exquise toilette. Qui ne demandaient qu'à être touchés, aimés et fièrement exhibés. Avec ce tissu et le talent d'Adeline, Beatrice aurait la robe de ses rêves. Une robe faite pour conquérir le monde.

Et elle allait en avoir besoin. Car elle tremblait de nervosité à l'idée de ce qu'elle s'apprêtait à faire.

— Oh ! soupira Adeline. Je mourais d'envie de créer une robe avec cette soie ! Bien sûr, je ne m'y serais jamais autorisée à cause de notre campagne. Que s'est-il passé pour que vous changiez d'avis ?

— Je présume que vous avez lu l'annonce dans le journal ?

— Bien sûr. Il se trouve peut-être un ou deux fermiers au fin fond de l'État qui ne l'ont pas encore vue, mais cela ne saurait tarder. Il est certain que tout Manhattan sait que le monde merveilleux qu'a bâti Dalton est à vendre. Je suppose que vous allez lui faire une offre.

— Bien entendu.

Le regard d'Adeline s'éclaira.

— Combien ? demanda-t-elle.

— Oh ! ce n'est pas seulement de l'argent qu'il veut, répondit Beatrice. Cela, tout le monde peut le lui offrir. Il veut plus, et j'ai bien l'intention de le lui donner.

— Il vous faut donc la robe idéale, confectionnée dans le tissu qui lui appartient exclusivement et qui indique, sans aucune ambiguïté, que la guerre est finie entre vous.

— Exactement.

La robe serait l'étape la plus facile. Beatrice avait également l'offre idéale, et elle était presque certaine que Dalton l'accepterait. Mais c'était ce qui viendrait après qui la plongeait dans un état de folle anxiété.

Elle ne parvenait pas encore à envisager cet « après » avec sérénité.

— Mais tout d'abord, dit-elle, avant que j'accomplisse

cet acte monumental et irréversible, je veux que vous me disiez quelque chose.

— Hum.

Adeline était déjà en train de dérouler son mètre ruban pour mesurer la longueur exacte de son bras et le tour de son poignet. Visiblement, elle avait hâte de créer une robe avec cette soie et ne voulait pas perdre un instant.

— Vous avez trouvé l'amour en la personne d'un homme remarquable, important, puissant, et vous vous apprêtez à l'épouser. Mais vous ne voulez pas renoncer à votre prestigieuse maison de couture ni à vos amies. Voici ce que je veux savoir : comment faites-vous ? Comment peut-on poursuivre une relation avec un homme sans se perdre soi-même ?

Adeline sourit, puis elle soupira en posant sur la table son mètre ruban.

— Ce n'est pas facile. Vous devez écouter votre cœur et votre raison. Sans laisser rien ni personne vous influencer. Mais n'oubliez jamais que le cœur grandit si vous le lui permettez. Vous avez de la place pour tant d'amour ! Vous pouvez aimer Dalton et votre travail en même temps, Beatrice. Souvenez-vous : vous n'êtes pas forcée de choisir. Vous pouvez tout avoir.

— Je crois que c'est possible, en effet... maintenant.

— Autre chose, ajouta Adeline d'un ton grave en posant une main sur le bras de Beatrice : vous devez être capable de subvenir à vos besoins, afin de pouvoir partir à tout moment si vous le souhaitez. Car alors vous pourrez choisir librement de rester. Par amour.

Ces paroles laissèrent Beatrice songeuse. Son travail ne serait donc pas un obstacle à une vie avec Dalton. Il pouvait lui donner une autre raison d'être, en plus du mariage. Et, grâce à l'argent qu'elle gagnait, elle aurait toujours le choix de rester ou de partir. Cela voulait dire que Dalton et elle avaient une chance de passer le reste de leur vie ensemble uniquement par amour, et non par besoin.

Surtout si elle avait de la place pour les deux. Et, en effet, pourquoi son cœur ne pourrait-il s'agrandir à l'infini ?

— Mais, Adeline, ne ressentez-vous jamais un déchirement ? Entre le travail et la maison, entre vos envies et celles de votre bien-aimé ?

— Bien sûr que si ! répondit Adeline en riant. C'est inévitable, je le crains. Seulement, j'espère bien que mon duc le ressent tout autant. Écoutez, Beatrice, l'amour est parfois chaotique. Ce n'est pas un long fleuve tranquille. Mais, si nous n'acceptons pas ces difficultés, alors nous nous privons de tout ce qu'il a de merveilleux.

— À vous entendre, cela semble simple.

— Nous pourrions bien sûr rendre les choses beaucoup plus compliquées, mais, franchement, qui en a le temps ? Nous avons mieux à faire !

Beatrice, qui avait eu l'impression de retenir son souffle jusqu'à présent, poussa un soupir de soulagement qui se mua rapidement en un rire léger. Oui, ce serait difficile ! Oui, ce serait chaotique ! Mais, avec de l'amour et de la détermination, Dalton et elle parviendraient à se construire une vie heureuse.

Elle allait accomplir l'acte qui la terrorisait le plus au monde, pour la chose qu'elle aimait le plus au monde et avec l'homme qu'elle désirait le plus au monde. S'il y avait une personne avec laquelle elle était prête à prendre ce risque, c'était lui.

Ce serait peut-être un désastre. Mais n'avait-elle pas déjà survécu à des désastres ?

Cela pourrait aussi être magnifique.

— Quand la robe sera-t-elle prête ?

— Avant que vous n'ayez le temps de changer d'avis, si c'est ce que vous voulez savoir.

35

Le Dalton's

Dalton était en train de rassembler ses affaires personnelles dans son bureau du dernier étage quand un bruit de pas lui fit relever la tête. Telle une apparition vêtue de soie rose, Beatrice pénétra dans la pièce comme si elle lui appartenait déjà. Aussitôt, il sentit les battements de son cœur s'accélérer. Il en oublia presque qu'elle avait refusé sa demande en mariage.

— Je vous attendais, dit-il en guise de salut.

Dès l'instant où il avait publié cette annonce dans le journal, il s'était attendu à la voir faire irruption chez lui pour lui proposer une offre. Il n'était pas dans son caractère de s'avouer vaincue ni de rester chez elle pour le restant de ses jours. Elle était trop ambitieuse, trop déterminée pour cela.

C'est pourquoi, depuis quelques jours déjà, il attendait sa venue.

— Me voici enfin, lança-t-elle. Comment trouvez-vous ma robe ?

Sur ces mots, elle tourna lentement sur elle-même pour lui faire admirer sous tous les angles le tombé et les plis de sa robe de soie églantine. En connaisseur de la mode féminine, il apprécia l'élégance de la coupe. Mais ce fut bien autre chose qui lui étreignit le cœur : Beatrice venait de traverser Broadway vêtue de la couleur dont il avait l'exclusivité, et il savait ce que cela représentait pour elle.

Il osa espérer qu'elle n'était pas seulement venue pour affaires.

— Ma soie vous sied encore mieux que je ne l'avais imaginé. Et, croyez-moi, je vous ai beaucoup imaginée vêtue d'une telle robe. Même si je me voyais surtout en train de vous l'ôter.

Beatrice esquissa un sourire en coin.

— Vous allez vendre des rouleaux entiers de cette étoffe, maintenant. Elle va vous rapporter une fortune. Encore une !

— Dommage que je me retire.

— Et que vous vendiez.

— Je suppose que vous êtes ici pour me faire une offre.

S'approchant, elle appuya les mains sur son bureau et se pencha en avant. Le regard de Dalton tomba sur ses seins, tendus sous la soie rose.

— Bien entendu. Et pas n'importe laquelle. Je vais vous faire une offre que personne dans Manhattan, et donc dans le monde entier, ne pourra égaler.

— Je vous écoute.

— Trois mille dollars.

Dalton éclata de rire. Le magasin rapportait des millions chaque année, et les ventes et les profits augmentaient de saison en saison. Le Dalton's avait fait de lui l'un des trois hommes les plus riches de l'époque. Trois mille dollars, c'était ce que la vente des gants lui rapportait à elle seule. Le mardi. À l'heure du déjeuner.

— Macy m'a proposé cinq millions. Wanamaker, davantage encore.

— Oh ! je ne vous propose pas seulement trois mille

dollars. Je vais également vous donner quelque chose que l'argent ne peut pas acheter.

— Vous m'intriguez, dit-il sur un ton qu'il voulait nonchalant.

Mais sa voix était rauque, trahissant l'espoir qui faisait palpiter son cœur et lui oppressait la poitrine. La présence de Beatrice dans son bureau, vêtue de cette soie, avec des offres et des promesses, suffisait à le faire éclater d'espoir.

— Je vous propose un partenariat, déclara-t-elle en se juchant sur son bureau, éblouissante de beauté avec sa robe et ses lèvres roses.

Un partenariat. Voilà qui était très intéressant.

— Appelons-le « Dalton-Goodwin ». Le magasin sera ma propriété et j'en ferai ce que bon me semblera. Et je serai aussi votre épouse.

— Êtes-vous en train de me demander en mariage ? Est-ce un stratagème pour vous emparer de mon magasin ?

— Je vous ai également proposé trois mille dollars, observa-t-elle. Non, Dalton, ce n'est pas un stratagème pour m'emparer de votre magasin. J'ai encore mon nom, mon terrain et une coquette somme que va me verser l'assurance. Je pourrais commencer la reconstruction du Goodwin's dès cet après-midi, si l'envie m'en prenait. Mais, si vous êtes décidé à vendre le Dalton's, pourquoi ne pas me le vendre à moi ? Vous savez que je ferais de grandes choses avec ce que vous avez bâti. Vous savez que votre héritage, ou plutôt notre héritage, serait en de bonnes mains.

C'était vrai.

Elle était beaucoup plus inspirée que Wanamaker.

— Mais je me moque du devenir de mon magasin, répondit-il. Tout ce qui m'intéresse, c'est vous. Et moi.

— Je ne vous promets pas de vous donner des enfants, dit-elle. Je ne vous promets pas de rentrer à l'heure pour le dîner ni de ne pas parler affaires au petit déjeuner. Mais je vous aimerai, Dalton, d'une façon dont aucune autre ne vous aimera jamais. Pleinement et entièrement, sans retenue et sans réserves. Je vous connais comme personne d'autre ne vous connaît, Dalton. Je sais l'homme que vous avez été et celui que vous êtes aujourd'hui. Et je veux être auprès de vous pour découvrir l'homme que vous allez devenir. Aussi, si vous pensez pouvoir me partager, je crois pouvoir vous offrir un peu de moi.

C'était ce que Dalton avait toujours désiré. Beatrice, plus belle et effrontée que jamais, venait à lui, s'offrait à lui. Elle lui proposait une vie d'amour et de rires. Une vie ensemble. À des conditions qu'il acceptait volontiers.

Mais la blessure qu'elle lui avait infligée était encore vive, et son cœur cognait fort dans sa poitrine. Il craignait que ce ne soit trop beau pour être vrai. Puisqu'elle avait l'honnêteté de lui décrire ce que serait leur mariage, il décida de la mettre à l'épreuve à son tour.

— Je suis sérieux lorsque je dis que je me retire des affaires, dit-il. J'ai l'intention de consacrer mon temps et mon argent à des œuvres philanthropiques.

— Je connais des femmes de la haute société qui se vouent à de belles causes et seront ravies de vous accueillir parmi elles.

— Vous devrez subvenir aux besoins de notre couple. Je vais faire don de ma fortune.

— Cela ne m'inquiète pas.

— J'ai le projet de vendre mon manoir pour vivre plus simplement.

— Les châteaux sont surfaits.

— Vous me proposez le mariage.

— Un partenariat, un mariage. Appelez cela comme vous voudrez. Vous et moi, ensemble. Dans la santé comme dans la maladie, dans les affaires comme dans le plaisir, mais surtout heureux, jusqu'à la fin de nos jours.

Dalton contourna le bureau pour s'approcher d'elle. Il respira son parfum. Cette femme sublime et audacieuse voulait l'épouser pour lui-même, et non pour son prestige, sa puissance ou sa fortune. Elle voulait être à ses côtés tandis qu'il prenait de nouveaux risques. Elle voulait partager son lit pour le restant de leur vie.

Pour la première fois, il eut réellement l'impression d'être l'homme le plus puissant du monde. Rien ne pouvait plus l'arrêter.

— Dans les contes, c'est toujours l'homme qui demande la femme en mariage, fit-il remarquer.

— Vous et vos règles ! soupira-t-elle. Je crois que, tout ce qui compte, c'est que nous soyons réunis et que nous construisions notre propre bonheur. Vous ne croyez pas ?

— Bien sûr que si, répondit-il en l'attirant dans ses bras.

Sa bouche rencontra la sienne et ils s'embrassèrent passionnément. Il lui semblait que son cœur allait exploser de joie et que rien d'autre au monde n'avait d'importance. Ni le tumulte de Broadway qui s'élevait jusqu'à la fenêtre de son bureau, ni les cinq étages de marchandises et de désirs qui s'alignaient sous leurs pieds, ni les longues années pendant lesquelles ils avaient été séparés.

Tout ce qui comptait, c'était l'instant présent, et la promesse de lendemains qui dureraient toujours.

— Attendez ! dit-il, se rappelant soudain quelque chose.

Fouillant dans le tiroir de son bureau, il en sortit un écrin de velours bleu. Il acceptait volontiers de bousculer les conventions pour être avec Beatrice, mais il ne pouvait tout de même pas abandonner toutes les traditions.

— Êtes-vous prête, Beatrice ?

— Oui, souffla-t-elle. Oui, je suis prête.

Alors il glissa la bague à son doigt. Et ils s'embrassèrent encore. Bouche contre bouche, cœur contre cœur, ils ne faisaient plus qu'un. Ils s'embrassèrent comme si rien d'autre au monde ne comptait.

Épilogue

New York, 1899
Quatre ans plus tard

Dalton éprouvait toujours la même admiration lorsqu'il voyait Beatrice debout devant les fenêtres de son bureau, qui avait autrefois été le sien. Elle avait une présence qui inspirait le respect. Il la trouvait souvent ainsi, observant la ville, la foule qui se pressait sur Broadway et, en face, le chantier de construction qui avait remplacé le Goodwin's.

Son épouse avait fière allure dans sa robe de jour et sa veste bleu foncé.

C'était la Beatrice Dalton-Goodwin que tout le monde pouvait voir. La remarquable femme d'affaires, celle qui luttait ardemment pour les droits des femmes et qui était toujours prête à aider les autres.

Mais il y avait aussi la Beatrice que lui seul connaissait. Par exemple, il savait que, sous sa robe, elle portait les sous-vêtements les plus audacieux et les plus exquis confectionnés dans sa fameuse soie églantine. Cette Beatrice-là, avec sa peau douce, ses chuchotements et ses doux gémissements, était à lui et à lui seul.

Comme si elle percevait sa présence, elle se retourna et lui sourit.

— Oh ! bonjour, Dalton !

Comme d'habitude, sa vue lui coupa le souffle.

Elle le regarda longuement, avec un plaisir évident, et il sourit. Son épouse aimait le voir en costume, même si elle aimait encore plus le voir sans.

— Prête ?

— Prête.

Lui offrant son bras, il l'escorta fièrement jusqu'au rez-de-chaussée. Ils descendirent les marches du majestueux escalier central, passant devant l'étage des articles ménagers, de la confection féminine, de l'ameublement et des accessoires. Beatrice avait apporté quelques changements au magasin et à sa décoration pour l'adapter au goût du jour. Grâce à ses efforts, l'établissement, qui s'appelait désormais le Dalton-Goodwin's, demeurait le plus fréquenté de Manhattan, et donc du monde. Il n'y avait toujours pas d'enseigne sur la façade. C'était inutile : tout le monde le connaissait.

Dalton reconnaissait là le talent de Beatrice, et il savait que le magasin était maintenant son domaine. Pour sa part, il avait trouvé une nouvelle activité et n'avait jamais été aussi heureux. Ses œuvres philanthropiques occupaient ses journées. Dépenser la troisième fortune de l'époque n'était pas chose facile, mais il était à la hauteur de la tâche. Aujourd'hui, Beatrice et lui allaient célébrer le lancement d'un projet qui leur tenait particulièrement à cœur.

— Bonjour, Mrs Dalton ! Bonjour, Mr Dalton !

Les vendeuses les saluaient en souriant tandis qu'ils traversaient le rez-de-chaussée, où étaient exposés les parfums, les cosmétiques, les vins et autres petits articles. Ils rejoignirent la foule des clients qui passaient à la caisse avant de franchir la porte chargés des sacs roses qui contenaient leurs achats. Des sacs sur lesquels on n'avait pas pris la peine d'imprimer le nom du magasin : tout le monde savait.

— J'ai l'impression que c'est un succès, dit Dalton lorsqu'ils furent dehors.

En effet, ils eurent du mal à traverser Broadway pour gagner le trottoir où se tenait autrefois le Goodwin's. Une assemblée nombreuse, majoritairement féminine, était réunie là. Il reconnut des amies de Beatrice, mais la plupart des femmes devaient être venues après avoir lu l'annonce dans le journal.

— Nous aurions dû fermer la rue à la circulation, dit Beatrice.

— Il va peut-être falloir le faire.

Un événement spécial allait avoir lieu aujourd'hui.

Une sorte de baptême.

Une inauguration.

Quatre ans plus tôt, le Goodwin's avait été réduit en cendres par un homme qui n'acceptait pas de voir une femme le surpasser. Par ce geste, il avait voulu envoyer un message à Beatrice et à toutes celles qui partageaient son combat : taisez-vous et rentrez chez vous. D'autres auraient pris peur, mais Beatrice et ses amies étaient d'une autre trempe.

On avait déblayé les décombres.

Marian Morgan, une architecte, avait dessiné des plans. La construction avait alors pu commencer, et, après de longs, très longs travaux, le bâtiment était enfin terminé.

Rien ne pourrait jamais remplacer le Goodwin's. Mais

sur ses fondations s'élevait un autre édifice qui, à sa façon, était tout aussi magnifique. The Goodwin était un immeuble d'habitation qui contenait des appartements réservés à des femmes seules.

Dix étages de petits logements sûrs, propres et loués à un prix abordable. Ainsi, toutes celles qui en avaient besoin disposeraient d'une chambre à elles : vendeuses, dactylographes, secrétaires et futures patronnes, mais aussi toute femme ayant besoin d'un refuge pour se faire sa place dans le monde.

Dès leur arrivée, ils furent assaillis par Harriet, Ava, Adeline, Daisy et Eunice, les amies de Beatrice.

— Et si nous brisions une bouteille de champagne contre la façade, comme on le fait pour les navires ? suggéra Ava.

— Gâcher une bouteille de champagne ? rétorqua Harriet. C'est hors de question !

— Je suis d'accord.

Après les discours et les félicitations, Beatrice coupa le gigantesque ruban de soie églantine sous les acclamations de la foule.

Un instant plus tard, elle attira Dalton à part. Une lueur espiègle brillait dans son œil.

— Si nous nous retrouvions au magasin plus tard ? chuchota-t-elle. Au rayon des articles ménagers, à l'heure de fermeture ?

— Il n'y a qu'un endroit au monde où je veux être, et c'est auprès de toi, murmura-t-il.

Après quoi il la souleva dans ses bras pour l'embrasser, sous les applaudissements de l'assistance. Certaines spectatrices feignirent de tomber en pâmoison.

L'amour était, décidément, bien plus doux que la vengeance.

Remerciements

Un grand merci à celles et ceux qui ont rendu ce livre possible : la formidable équipe d'Avon, mes amies de Romancelandia, et ma famille (surtout Tony) pour son soutien indéfectible. Je remercie aussi tout particulièrement Mama Rodale pour son amour de la romance et du shopping.